Aucun cœur n'est libre

Barbara Cartland est une romancière anglaise dont la réputation n'est plus à faire.

Ses romans variés et passionnants mêlent avec bonheur aventures et amour.

Vous retrouverez tous les titres disponibles dans le catalogue que vous remettra gratuitement votre libraire.

Barbara Cartland

Aucun cœur n'est libre

*Traduit de l'anglais
par Claudia Charaire*

Éditions J'ai lu

Titre original :

NO HEAR IS FREE
Arrow Books Ltd

© Barbara Cartland, 1948

Pour la traduction française :
© V&O Éditions, 1991

1

Lorsque Tally, au volant de sa voiture, tourna vers Chesterfield Hill, il vit Mélia entrer au numéro 96. Il remarqua qu'elle portait le manteau rouge et la toque garnie de plumes au sujet desquels ils s'étaient querellés quelques jours auparavant.

— Pourquoi diable, vous habillez-vous aux couleurs de nos pompes à incendie ? lui avait demandé Tally sans ménagement.

Mélia, qui aimait beaucoup son nouvel ensemble d'hiver et qui n'était pas d'humeur, même dans ses meilleurs jours, à supporter les critiques de Tally, s'était fâchée.

— J'ai beaucoup de succès quand je le porte, avait-elle dit, tout en se retournant pour mieux se regarder dans les grands miroirs à cadre doré qui ornaient le salon de sa mère, une très vaste pièce généralement remplie de visiteurs.

— Je n'en doute pas, avait répliqué Tally.

Il savait que Mélia serait admirée, quoi qu'elle portât, car elle était une référence en matière d'élégance et tout ce qu'elle faisait, disait ou portait faisait fureur dès le lendemain.

Néanmoins, il ne pouvait s'habituer à cet ensemble rouge et trouvait que ces tons criards nuisaient à la beauté de Mélia dont le visage en forme de cœur et les grands yeux sombres étaient très souvent la cible des photographes.

Mais il savait aussi que plus il la critiquerait, plus elle le contredirait. Elle n'en faisait qu'à sa tête, cette demoiselle Melchester et, de plus, elle n'entendait supporter les réflexions d'aucun de ses soupirants et moins encore de celui à qui elle avait finalement accordé la faveur de son affection !

« Si vous m'aimez, aimez ce que je porte », se dit Tally tandis qu'il remontait Chesterfield Hill et garait sa voiture devant le numéro 96. Le portail, le lourd portail de fer forgé devant lequel tant de jeunes gens pleins d'ardeur et d'impatience avaient battu la semelle en attendant l'insaisissable Mélia, était fermé.

Tally coupa le moteur et se préparait à sortir de sa voiture quand une voix près de la portière l'interpella :

— Achetez-moi un bouquet de bruyère blanche, m'sieur, ça vous portera bonheur.

Tally se retourna avec l'intention de refuser, lorsqu'il reconnut le visage de l'homme qui se penchait pour lui offrir la bruyère. Il sourit tandis que l'autre s'écriait :

— Nom d'une pipe ! Mais c'est le major ! Comment allez-vous, mon commandant ?

— Très bien, Simpson, répondit Tally en sortant de sa voiture, qu'est-ce qui vous arrive ?

L'homme, un type aux épaules carrées, très laid, remit le bouquet de bruyère au milieu des autres, sur un plateau qu'il tenait sous son bras gauche.

— Si je vous avais reconnu, je ne vous aurais pas parlé, mon commandant. J'aurais pas voulu qu'vous m'voyiez faisant ce boulot minable.

— Je suis désolé de vous y voir, répondit Tally, ne pouvez-vous rien trouver de mieux ?

— Une mauvaise passe, répondit Simpson d'un

ton de confidence. (Mais voyant le regard bienveillant de Tally, il ajouta dans un sursaut d'honnêteté :) C'est pas uniquement de la malchance. J'avais trouvé deux emplois mais j'y suis pas resté.

Tally garda le silence; cependant quelque chose dans son attitude dénotait une certaine compréhension, et Simpson enchaîna :

— Vous savez ce que c'est, mon commandant. Tout paraît si banal après ce que nous avons vécu. Je m'ennuie, voilà la vérité. Vous savez aussi bien que moi qu'on n'avait pas envie de boire quand y avait du grabuge, mais maintenant c'est différent.

Il se tut pendant un instant avant d'ajouter d'un ton suppliant :

— Vous comprenez, n'est-ce pas, monsieur ?

— Oui, je comprends, répondit Tally. Mais cela ne sert à rien, Simpson, c'est du passé maintenant. Nous avons eu des moments heureux mais nous en avons vécu de difficiles aussi.

— C'est vrai, mais cela valait la peine. Vous souvenez-vous de l'expédition au Touquet ? Je me souviens, moi, de la tête qu'ont faite les Allemands quand nous sommes entrés dans le casino ! Et lorsque nous avons démoli la station de radar ! Ouais, une fameuse soirée ! J'vous revois vous occupant de trois des bonshommes, vous leur avez bien réglé leur compte à ces trois-là. Ah ! c'était le bon temps !

— Oui, je sais, dit Tally. Mais c'est une époque révolue. Il faut regarder les choses en face et prendre notre vie en main, tous tant que nous sommes. Ce n'est pas facile, je le sais bien mais cela ne sert à rien de s'effondrer. Qui sait ? Peut-être pourra-t-on avoir encore besoin de nous un jour...

— Vous croyez ? demanda Simpson, le visage soudain radieux.

— Pourquoi pas ? Le monde est si instable... Mais si on fait de nouveau appel à nous, ce sera comme par le passé. On ne choisira pas les médiocres, et encore moins ceux qui auront gaspillé leurs forces.

Tally parlait avec netteté mais sans regarder Simpson. Et tandis qu'il sortait une cigarette de son étui, il sentit que son interlocuteur s'était redressé, menton en avant.

— Vous avez raison, mon commandant, et j'voudrais pas être laissé pour compte.

— Écoutez, Simpson, ne savez-vous pas que j'ai ouvert un bureau de conseil pour aider nos hommes à trouver un travail convenable ?

— Non, mon commandant, j'en ai pas entendu parler.

— Eh bien, vous le savez maintenant. J'ai fait circuler la nouvelle, mais nous n'avions pas toutes les adresses. Voici ma carte. Allez au 190, Dover Street demain matin et dites à miss Ames, ma secrétaire, que vous venez de ma part. Elle vous trouvera un travail digne de ce nom et après, Simpson... à vous de jouer...

L'homme se redressa en disant :

— Vous pouvez compter sur moi, mon commandant, vous le savez !

— Oui, je sais... Au revoir, Simpson.

Tally lui tendit la main. L'autre la saisit. Il y avait de la force et de la résolution dans cette poignée de main et aussi un peu de la camaraderie qui, pendant la guerre, avait été plus forte encore qu'une fraternité. Aux hommes qui avaient servi sous ses ordres, Tally avait montré une affection qui ne pouvait se traduire dans le langage du temps de paix. Il sourit à Simpson et comme il allait s'éloigner, l'homme claqua des talons, salua et partit d'un pas assuré.

Tally le regarda partir. Il se souvenait très bien de lui, un brave garçon, un peu bagarreur, avec du sang irlandais dans les veines. Plusieurs fois, il avait fallu l'empêcher d'agir avec une témérité un peu folle, mais il était sorti indemne de situations où d'autres plus intelligents et plus raisonnables étaient tombés. Tally soupira et jeta dans le caniveau la cigarette qu'il venait d'allumer, en un geste qui laissait deviner qu'il voulait se débarrasser de ses propres souvenirs. Inutile de regarder en arrière, la guerre était terminée depuis deux ans, il valait mieux l'oublier. Hier était hier, il fallait se tourner vers l'avenir.

Il sonna d'une main décidée et impatiente. Quelques minutes passèrent avant que le vieux valet de chambre grisonnant, que Tally n'avait jamais vu sourire, n'ouvrît lentement la porte, comme à regret.

— Bonjour, Oakes, dit Tally en s'engageant dans l'entrée.

— Miss Amélia n'est pas là, monsieur le comte.

— Mais si, elle y est. Je l'ai vue entrer il y a quelques minutes. Vous deviez être en train de faire une petite sieste dans l'office, sinon vous l'auriez entendue.

— Je suis désolé, monsieur le comte, mais miss Amélia n'est pas là.

Oakes le disait d'un ton si convaincu que Tally qui le poussait pour entrer le regarda d'un air étonné.

— Grands dieux, Oakes, vous êtes sérieux. Êtes-vous en train de me dire poliment qu'elle n'est pas là « pour moi » ?

— Si monsieur le comte veut l'entendre comme cela...

— Ça alors !

Tally eut l'air fâché puis il se mit à rire.

— Qu'est-ce que ça veut dire, Oakes ? Allons, soyez humain pour une fois. Elle est en colère contre moi ou quoi ?

Oakes prit un temps de réflexion, puis il répondit à voix basse, d'un ton sinon humain, du moins légèrement moins distant :

— A vrai dire, monsieur le Comte, il y a une lettre pour vous. Miss Amélia m'a demandé de la faire porter à votre club, il y a environ deux heures, mais je n'ai pu trouver aucun coursier, et personne dans la maison n'a voulu s'en charger.

— Une lettre pour moi ? Eh bien, donnez-la-moi et voyons ce qu'elle dit.

Des profondeurs d'une poche sous sa jaquette, Oakes tira une grande enveloppe bleue, agrémentée de la grande écriture caractéristique de Mélia.

— Et maintenant, qu'est-ce que je fais ? dit Tally en la prenant.

— Peut-être serait-il plus sage que monsieur le comte retourne à son club et en prenne connaissance là-bas, suggéra Oakes.

— Autrement dit, vous voulez vous débarrasser de moi. Jamais de la vie. Je la lirai ici, et si je peux vous donner une réponse tout de suite, cela m'épargnera un timbre ou une communication téléphonique.

Tally ouvrit l'enveloppe et en sortit deux pages d'une écriture serrée. Puis, sans se soucier d'Oakes et de sa gêne évidente, il s'appuya au chambranle de la porte et se mit à lire.

A ce moment, la sonnerie du téléphone retentit.

— Si monsieur le comte veut bien m'excuser...

— Allez vite répondre, conseilla Tally, et fermez la porte, je suis dans un courant d'air.

Manifestement décontenancé par l'insistance de Tally, Oakes, après un instant d'hésitation, fit ce qui lui était demandé et ferma la porte d'entrée en laissant Tally à l'intérieur, puis il courut répondre au téléphone.

Tally lut la première page, commença la seconde et tout à coup poussa un cri, ou plutôt un rugissement de colère. Il jeta son chapeau sur une chaise, monta l'escalier quatre à quatre et ouvrit une porte qui donnait sur la galerie du premier étage, avec une décision et une rapidité dignes des tactiques guerrières. Il entra dans la chambre avec la soudaineté d'un typhon.

Mélia Melchester qui était assise sur un divan se leva avec une exclamation de surprise. C'était incontestablement une très jolie fille. Elle avait échangé son manteau rouge et sa toque contre un fourreau de satin noir qui la moulait et faisait ressortir la blancheur de sa peau. Sa chevelure sombre était partagée par le milieu, et ses noirs sourcils ressemblaient, comme le lui affirmaient ses soupirants, à deux ailes délicates survolant le lac de ses yeux.

— Tally, s'écria-t-elle, vous m'avez fait peur !

Tally referma d'un coup sec la porte derrière lui et s'avança dans la pièce. Il était, lui aussi, extraordinairement beau, avec son visage mince, sa peau mate et son corps athlétique, mais Mélia était à cet instant trop bouleversée pour apprécier son élégance. Elle leva une main très fine, aux ongles rouges, comme pour contenir le tumulte qui agitait son cœur tandis que, de l'autre, elle s'appuyait sur le dossier d'une chaise.

— J'avais donné l'ordre à Oakes de dire que je n'étais pas à la maison.

— Oui, je sais, mais je veux savoir ce que signifie ceci, dit Tally en brandissant sa lettre.

— Je pensais m'être expliquée clairement, fit remarquer Mélia. Cela ne sert à rien d'en faire toute une histoire. Je suis désolée mais je ne veux pas vous épouser.

— Pourquoi ? explosa Tally.

— Parce que... eh bien... parce que...

— Parce que... quoi ? demanda Tally impérativement.

— Eh bien, il y a beaucoup de raisons, mon cher

Tally. Mais ce n'est pas la peine de vous mettre en colère contre moi.

— Voyons un peu, Mélia! dit Tally se rapprochant de la cheminée et dominant Mélia de toute sa taille. Je vous connais depuis le temps où vous n'étiez qu'un horrible bébé braillard au berceau...

— Je n'ai jamais été comme cela, dit Mélia sèchement.

— Mais si, et ne m'interrompez pas je vous prie. Ce que je voulais dire, c'est que depuis que je vous connais, je ne vous ai jamais vue faire quoi que ce soit sans qu'il y ait une bonne raison. Si vous voulez rompre nos fiançailles, vous avez une raison pour le faire et je veux la connaître. La dernière fois que je vous ai vue, avant-hier, vous étiez parfaitement heureuse de nos fiançailles. Qu'est-il arrivé entre-temps?

— *Vous* pensiez que j'étais parfaitement heureuse, corrigea Mélia.

— Qu'est-il arrivé? Qui avez-vous rencontré? insista Tally.

Mélia se détourna de lui.

— Allons, Mélia, avouez. Vous n'avez rien expliqué du tout dans votre lettre. Vous avez invoqué un tas de raisons stupides pour lesquelles nous ne pourrions pas nous entendre. Aucune ne m'a convaincu. Enfin, bon sang! Mélia! Vous savez bien que je vous aime!

Mélia s'adoucit un instant.

— Oui, Tally, je crois que c'est vrai, dit-elle. Mais cela ne change rien. Je pense que je ne vous aime pas assez, en tout cas pas assez pour vous épouser.

— Mélia, pas plus tard que samedi dernier, nous parlions d'envoyer l'annonce de nos fiançailles au *Times* et nous discutions de la date de notre mariage. Et puis hier, j'ai dû aller voir ma mère à la campagne, sinon je serais resté avec vous. Qu'avez-vous donc fait pendant ce temps?

Mélia eut un geste d'impatience puis, tout à coup, elle joignit les mains.

— Ne rendez pas les choses difficiles, Tally, je vous en prie, ne me harcelez pas.

— Je ne vous harcèle pas, fit sèchement Tally. Vraiment, Mélia, vous viendriez à bout de la patience d'un saint. J'essaie simplement de savoir ce qui vous a fait changer d'avis depuis samedi.

Il essaya de croiser son regard, mais elle se dirigea vers la fenêtre devant laquelle elle se tint immobile tout en martelant la vitre de ses doigts, les yeux rivés sur la cour intérieure.

— C'est inutile, Tally, je ne veux pas en parler, dit-elle enfin.

— Si, vous allez le faire, dit Tally d'un ton menaçant. Vous ne pouvez pas me plaquer comme cela sans m'en donner la raison.

— Je vous le répète, Tally, je ne veux pas vous épouser et je vous serais reconnaissante... oui, très reconnaissante... de me laisser tranquille. J'espère que nous resterons bons amis.

Tally allait répondre quand Oakes ouvrit la porte.

— Je vous demande pardon, Mademoiselle, mais M. Danks est au téléphone. Il vous appelle de la Chambre des communes et voudrait vous parler.

— Dites-lui que miss Amélia est sortie, dit Tally vivement avant que celle-ci n'ait eu le temps de répondre.

— Non, non, Oakes, ne dites pas cela. Dites à M. Danks que... que... je le rappellerai dans quelques instants. Je... je ne peux pas... lui parler maintenant.

L'hésitation de Mélia et la rougeur qui empourpra son visage éveillèrent les soupçons de Tally. Quand Oakes eut fermé la porte, il se tourna vers elle.

— Qu'est-ce que cela signifie ? Grands dieux ! Ne me dites pas que c'est ce type-là ! Ernest Danks... vous devez être devenue folle !

— Cela suffit, Tally ! Ernest est un garçon extrêmement intelligent. En fait, il va être nommé Premier ministre incessamment.

Tally la regarda comme si elle avait perdu la raison. Il froissa, comme pour se soulager, la lettre qu'il tenait encore à la main et la lança à travers la pièce. Puis il enfonça ses mains dans les poches de son pantalon.

— Alors c'est ça ! Vous allez épouser Ernest Danks. Ça alors !
— S'il vous plaît, Tally... pour l'instant c'est un secret. Comme vous le savez, notre Premier ministre est mourant. Ce n'est qu'une question d'heures. Ce ne serait pas le moment pour... Ernest... et moi...
— Je comprends.

La voix de Tally était calme maintenant, au point que Mélia le regarda d'un air étonné.

— Je comprends, répéta-t-il. Je n'ai jamais voulu admettre que vous ne vous intéressiez qu'à votre propre publicité. Je croyais qu'il y avait en vous quelque chose de plus profond que cet appétit pour la notoriété, mais apparemment je me suis trompé. Au revoir, Mélia, j'espère que vous serez heureuse avec votre Premier ministre.

Tally tourna les talons et quitta la pièce. Cette fois, il ne claqua pas la porte mais la ferma doucement et descendit l'escalier normalement, marche après marche. Il ouvrit lui-même la porte d'entrée, prit sa voiture et démarra lentement.

Les hommes qui avaient servi sous les ordres de Tally auraient pu prévenir Mélia que, chez lui, ce comportement était des plus inquiétant. Il était naturellement exubérant et plein d'entrain mais lorsqu'il était calme et réfléchi, cela signifiait qu'il était en colère et préparait sa vengeance.

Tally fit le tour du parc tout en pensant à Ernest

Danks. C'était un homme qui s'était propulsé sur le devant de la scène politique depuis ces deux dernières années. Il était incontestablement astucieux. Mais Tally, qui l'avait rencontré en plusieurs occasions, l'avait trouvé prétentieux et arriviste. Hormis le fait qu'il était parfaitement plausible qu'il fût amoureux de Mélia, il était aussi de son intérêt d'épouser quelqu'un qui pourrait l'aider à améliorer sa condition sociale et financière.

Or, Mélia était riche : Tally était mieux placé que quiconque pour le savoir puisque ses propres terres jouxtaient celles du père de Mélia.

Depuis leur plus tendre enfance, on avait pensé à les marier. C'était l'union idéale — deux enfants uniques de deux propriétaires terriens —, à ceci près que Tally ne regardait pas du tout les filles lorsqu'il était au collège. Mais, alors qu'il était à la guerre, Mélia était devenue une jeune fille et à son retour elle était la vedette incontestée des salons londoniens et de loin la plus courtisée.

Tally avait repris sa place dans la vie de Mélia avec l'aisance conquérante d'un vieil ami et d'un prétendant attitré. Il découvrit avec surprise que Mélia avait d'autres idées. En fait, elle lui avait fait comprendre qu'il n'avait de place particulière ni dans son cœur, ni parmi ses admirateurs. Cela avait piqué Tally au vif car, durant la guerre, on lui avait appris qu'aucune place n'était imprenable et qu'avec des méthodes de « commandos » il y avait toujours moyen de gagner.

Il s'était attaché à conquérir Mélia comme on prépare un raid et avait réussi puisque Mélia avait accepté de l'épouser.

Mais alors qu'il croyait que tout était parfaitement organisé, voilà qu'il essuyait un échec. Il était pourtant parvenu à se convaincre pendant ces dernières semaines que Mélia l'aimait vraiment. Elle n'était pas très démonstrative, mais il lui avait demandé assez souvent si elle l'aimait ; elle lui avait répondu affirmativement et il l'avait crue.

Aujourd'hui, il se trouvait non seulement déçu mais, qui plus est, ridicule.

Leurs fiançailles étaient connues de tous leurs amis, ce n'était plus qu'une question de jours — le temps nécessaire pour les préparatifs — pour fixer la date du mariage.

Tally pensa à tous les commentaires que cette rupture allait susciter. « Pauvre vieux Tally, diraient les gens, mais le fait est qu'un Premier ministre, jeune de surcroît, est une meilleure affaire. »

Il pouvait concevoir le triomphe que cela représentait pour Mélia. Il devait y avoir des années que personne n'avait épousé un Premier ministre. Quel événement sensationnel ! Ils se marieraient à Westminster, les députés de la Chambre des communes et de la Chambre des lords seraient présents. Peut-être même le roi et la reine ! Quelle joie pour Mélia !

Il se souvint de l'avidité avec laquelle elle avait lu les nombreux potins parus dans les journaux lorsqu'il fut question de leurs fiançailles.

On parle des fiançailles imminentes de la belle Amélia Melchester, fille de sir Charles et lady Melchester, avec lord Brora dont les brillants exploits pendant la guerre... » Elle les avait tous découpés et collés dans deux gros albums en cuir bleu pâle dorés à l'or fin. « Eh bien ! pensa Tally, elle aura son compte de coupures de journaux si elle épouse Ernest Danks. »

Il passa rageusement les vitesses, fit volte-face et fila dans South Street en direction de Chesterfield Hill. Quand il y arriva, il se ravisa. Il était inutile de discuter avec Mélia. Il devait d'abord réfléchir et établir un plan d'attaque.

Conduisant lentement, il tourna au coin de la rue et passa devant la maison sans intention de s'arrêter. C'est en prenant le tournant suivant qu'il vit Ernest Danks sortir d'un taxi qui venait de stopper devant la porte. C'était un jeune homme brun au teint cadavérique, arborant l'inévitable chapeau noir et la non moins inévitable serviette noire des hommes politiques. Il paya sa course et gravit les marches du numéro 96.

A ce moment, la porte s'ouvrit, et Mélia apparut sur le seuil. « Elle l'attendait », pensa Tally qui la vit tendre les mains en signe de bienvenue. C'est ce geste qui en même temps l'attrista et le mit en colère : la vision des deux mains blanches de Mélia tendues vers Ernest Danks.

Il s'en alla, plus furieux qu'il ne l'avait été de toute son existence. « Si ce garçon était vraiment séduisant, je pourrais lui pardonner, pensa-t-il. S'il n'était pas sur le point de devenir Premier ministre, elle ne le regarderait même pas. »

Il en avait l'intime conviction, tout comme il était absolument certain que Mélia Melchester et Ernest Danks n'auraient rien d'autre en commun qu'une ambition dévorante.

Tally, au volant de sa voiture, traversa Berkeley Square, remonta Hay Hill et atteignit Dover Street. Il regarda sa montre et vit qu'il était six heures passées. Son bureau serait fermé. Peu importe, il y passerait un moment pour prendre le temps de réfléchir. Il avait besoin d'être seul. Plusieurs de ses amis, il le savait, allaient l'attendre au bar du *White's*. Il lui fallait trouver quelque chose à raconter, se ressaisir et panser son orgueil blessé.

Son bureau était au premier étage. Ce n'était pas un local très vaste mais jusqu'à présent il avait été suffisant.

Des dizaines d'hommes avaient monté cet escalier, le désespoir au cœur, et l'avaient redescendu ragaillardis. Il n'était pas toujours facile de trouver du travail pour ces gars des « commandos », rudes au combat mais nullement habitués à une tâche sédentaire et régulière. Il était difficile de les transformer en employés dociles, cependant Tally savait leur parler et tirer le meilleur d'eux-mêmes comme lorsqu'il les menait à l'attaque. Il avait bien sûr des échecs avec quelques irrécupérables mais pour la plupart il suffisait de trouver une situation adaptée.

Il avait eu la chance de trouver miss Ames pour le seconder. Elle avait une certaine expérience dans le maniement des hommes et avait réussi quelquefois mieux que Tally à stimuler un candidat pour qu'il montre le meilleur de lui-même devant un éventuel employeur. Elle lui était dévouée corps et âme. Il pensa avec soulagement qu'elle aurait déjà quitté le bureau pour prendre son train de banlieue. Sans quoi, elle aurait sûrement deviné que quelque chose n'allait pas.

Perdu dans ses pensées, Tally entra dans le bureau des secrétaires où il n'y avait personne. Il y régnait une vague odeur indistincte de radiateur à gaz, de papier, de colle, de thé et de tabac de Virginie bon marché fumé par les visiteurs. Tally n'y prêta pas attention. Tout absorbé par ses problèmes, il heurta du pied une corbeille à papier qui répandit son contenu sur le parquet, puis ouvrit la porte de son bureau. C'était une toute petite pièce qui ressemblait plus à un salon qu'à un bureau, avec ses deux larges fauteuils de cuir de chaque côté de la cheminée et les gravures à sujets sportifs sur les murs. Près de la fenêtre se trouvait son bureau en acajou verni où il s'asseyait rarement lui-même, mais qui était utilisé par miss Ames, quand il n'était pas là, pour recevoir les visiteurs qui souhaitaient un entretien privé.

Tally entra dans la pièce. Il était tellement certain de n'y trouver personne qu'il tressaillit et s'arrêta net en apercevant une forme humaine qui sursauta au bruit de la porte. Derrière son bureau, relevant sa tête qui était cachée dans ses bras, se tenait une toute jeune fille en larmes. Pendant un instant, Tally ne la reconnut pas, puis il se rappela qu'il l'avait déjà vue. Une des secrétaires avait quitté le bureau pour se marier et miss Ames en avait aussitôt engagé une autre. « Elle est très jeune, lui avait-elle dit, mais il est si difficile de trouver des secrétaires ces temps-ci que nous n'avons plus qu'à espérer qu'elle se mettra vite au courant. » Il n'y avait pas fait très attention sur le moment car cela relevait des compétences de miss Ames à qui il faisait entièrement confiance, mais il se demanda si, cette fois, elle n'avait pas commis une erreur...

La jeune fille se leva précipitamment.

— ... Je suis... désolée, bredouilla-t-elle. Je... suis venue apporter... quelques papiers.

Sa voix basse était étouffée par les pleurs.

— Ne vous tracassez pas, dit Tally, je vois bien que quelque chose ne va pas.

— Je suis horriblement confuse... C'est idiot de ma part... Je ne m'attendais pas... à voir arriver quelqu'un à cette heure tardive...

Elle rangea les papiers sur le bureau et se dirigea vers la porte. Elle essuya ses yeux avec un mouchoir trempé de larmes. Il y avait quelque chose de pathétique dans le comportement de cette petite. Instinctivement, parce qu'il n'aimait pas voir les gens malheureux, Tally essaya de la consoler.

— Écoutez, si c'est quelque chose de vraiment sérieux, puis-je vous aider ?

— Non, je vous remercie. Je vous prie de m'excuser d'être entrée dans votre bureau... C'était stupide de ma part... mais... j'ai eu un choc.

— Je comprends, dit Tally d'un ton rassurant. Voyons, asseyez-vous un instant, vous êtes toute pâle, vous n'allez pas vous trouver mal ?

— Non, je vais très bien... vraiment...

La jeune fille se dirigeait vers la porte mais Tally fut alarmé par sa pâleur et par ses mains qui tremblaient.

— Restez ici, ordonna-t-il. J'insiste pour que vous vous asseyiez. Soyez sage et faites ce que l'on vous dit sans discuter. Je vais vous donner un remontant.

Il alla vers un placard qui contenait quelques bouteilles destinées aux visiteurs impromptus et à ceux des anciens camarades qui avaient du mal à se délier la langue sans l'aide de l'alcool. Il versa un peu de cognac dans un verre, y ajouta de l'eau gazeuse et ordonna :

— Buvez cela.

— Je ne peux pas, non vraiment, c'est impossible...

— Faites ce que je vous dis.

Elle lui obéit docilement. L'alcool la suffoqua un instant, puis elle s'exécuta comme un enfant qui avale un médicament. Les larmes lui vinrent aux yeux mais, malgré tout, elle lui sourit.

— Je vous remercie. C'est très fort, non ?

— C'est ce qui plaît à pas mal de gens !

— Cela réchauffe, c'est sûr ! Je vous remercie beaucoup.

Elle était assise au bord du fauteuil, prête à partir.

— Maintenant détendez-vous, dit Tally en se servant un whisky-soda.

Il ferma le placard, puis s'assit dans l'autre fauteuil.

— Qu'est-ce qui vous arrive ?

— Il faut que je m'en aille.

— Pourquoi ? Est-ce qu'il y a urgence ?

— Non, vous avez raison. Le temps ne fait rien à l'affaire, ni dans un sens ni dans l'autre. De toute façon, rien n'a plus d'importance maintenant.

Sa voix s'étrangla dans sa gorge.

— Que vous est-il arrivé de si bouleversant ? demanda Tally d'un ton bienveillant.

Elle hésita et il se rendit compte qu'elle avait besoin de se confier à quelqu'un. Il lui était arrivé quelque chose de si grave, de si accablant qu'elle se sentait seule et impuissante.

— J'ai reçu... une lettre, se décida-t-elle à murmurer.

— Les mauvaises nouvelles arrivent souvent par courrier, dit Tally d'un ton compatissant.

— Vous êtes bien bon de vous intéresser à moi. Oui, je suis bouleversée... C'est une lettre d'un jeune homme avec qui je devais me marier... et maintenant il ne veut plus...

Tally la regarda avec insistance.

— Et pourquoi cela ? demanda-t-il.

— Il veut en épouser une autre.

— J'ai l'impression d'avoir entendu cela quelque part, marmonna Tally entre ses dents, mais continuez, racontez-moi, ajouta-t-il rapidement de peur qu'elle ne se méprît sur ses paroles.

— Cela va vous paraître ridicule, mais j'avais organisé ma vie en fonction de ce mariage. J'y pensais depuis longtemps, cela me paraissait la seule chose à faire. A vrai dire, c'était mon seul but dans la vie. Maintenant, je ne sais plus où j'en suis. Je dois repartir à zéro. C'est comme si on m'avait abandonnée en plein désert... Je ne sais plus par où commencer, ni où aller.

Elle serra ses mains jusqu'à en faire pâlir les jointures, essayant de réprimer un nouvel accès de larmes. Tally resta silencieux. Après un instant, elle continua :

— J'étais si heureuse d'avoir trouvé cet emploi. Non seulement je gagnais plus que je n'avais jamais gagné, mais de plus miss Ames paraissait si gentille et le travail m'intéressait tellement ! J'avais écrit tout cela à ce garçon que je devais épouser. Nos lettres ont dû se croiser.

Sa voix se brisa.

— Comment vous appelez-vous ? demanda Tally.
— Jane... Jane MacLeod.
— Vous êtes écossaise ?
— Oui, je viens de Glendale.
— Vraiment ? Je connais très bien. Ce n'est pas loin de chez moi. Un de mes oncles y pêchait le saumon. Qu'est-ce qui vous a fait venir à Londres ?
— Je voulais gagner assez d'argent pour m'acheter quelques jolis vêtements et me marier nantie d'un petit pécule. Si je n'avais pas été si orgueilleuse, à l'heure actuelle je serais mariée.
— Cela va peut-être s'arranger, dit Tally. (Non qu'il le pensât vraiment mais simplement parce que c'était la réponse à faire. Cela lui parut peu convaincant et il ajouta :) Mais pourquoi ne veut-il plus vous épouser ?
— Il a trouvé quelqu'un de mieux, dit Jane avec un sanglot dans la voix. Quelqu'un de plus important. Je la connais. Elle le voulait et elle a réussi. Ils sont faits l'un pour l'autre. Je voudrais pouvoir leur montrer que cela m'est égal. Je ne supporte pas l'idée que tout le monde puisse avoir pitié de moi parce qu'il m'a laissée tomber pour elle. Jamais je ne pourrai retourner là-bas. Vous ne pouvez pas comprendre. Tout cela doit vous paraître futile et stupide mais j'ai non seulement perdu l'homme que je devais épouser mais tout ce qui était ma vie jusqu'à maintenant.
— Je comprends, dit Tally, ému par le désarroi de Jane. Je vous comprends très bien parce que je

me trouve moi-même dans une situation semblable. On vient de me quitter pour quelqu'un de plus important.

— Vous ne voulez pas dire que miss Melchester... demanda Jane en ouvrant de grands yeux.

— Mais si... Elle ne veut plus de moi.

— Oh ! Quelle tristesse ! Elle est si belle, si séduisante.

— C'est vrai. Elle est tout cela.

Sa colère refit surface. Il revit Mélia sur le perron, les mains tendues vers Ernest Danks.

— Mais comment a-t-elle pu ? Je ne comprends pas.

— Moi, je comprends, dit Tally d'un ton lugubre.

— Ne pouvez-vous rien faire ? Ne pouvez-vous la convaincre ? Vous êtes sur place et vous pouvez aller la voir, ce n'est pas comme si vous étiez, comme moi, à des centaines de kilomètres.

— Je n'ai pas encore eu le temps d'y penser. Cela vient d'arriver.

— Oh ! Pauvre monsieur. Tout le monde est au courant de vos fiançailles, non ? Qu'allez-vous raconter à vos amis ?

— C'est justement la question que je me posais. Écoutez, mademoiselle, nous sommes tous les deux embarqués sur la même galère. Votre fiancé vous a abandonnée, la mienne m'a traité pareillement. Le mieux que nous ayons à faire, c'est de noyer notre chagrin ensemble ! Un autre cognac !

— Oh ! non merci. Je dois m'en aller.

Tally se dirigea vers le placard.

— Non, ne partez pas. Vous êtes la seule personne en ce moment à qui je puisse parler, et je suppose qu'il en est de même pour vous. Nous avons le même problème, ce qui crée des liens bien que nous n'ayons pas été présentés l'un à l'autre selon les règles.

— Je suis sûre que miss Ames serait très choquée si elle savait que vous m'avez trouvée ici en train de pleurer sur votre bureau.

— Nous ne le lui dirons pas, promit Tally. Alors que prenez-vous ? Il y a du whisky, du gin et du cognac.

— Pourrais-je avoir juste un peu d'eau gazeuse ?

— Si vous y tenez ! Pour ma part, je prendrai quelque chose de plus fort pour boire au malheur de tous nos ennemis.

Il versa de l'eau dans un verre et le lui tendit.

— Voilà une piètre façon de boire à notre revanche !

— J'ai bien peur qu'elle n'arrive jamais, dit Jane tristement.

— Ne désespérez pas, répliqua Tally. Nous devrions être capables d'imaginer cette solution.

— Comment cela ? Oh ! pour vous c'est peut-être facile mais à Glendale c'est une autre affaire ! Je ne supporterai pas d'entendre partout « Pauvre Jane ». Je déteste inspirer la pitié.

Il y avait de la fierté dans sa voix, fierté inattendue chez une jeune fille d'aspect si frêle.

— Moi aussi, je déteste entendre dire « Pauvre Tally ».... Buvons à notre revanche, dit-il en levant son verre.

C'est alors que lui vint une idée.

— Écoutez. Il y a une façon de renverser les rôles pour qu'on ne s'apitoie pas sur nous. C'est toujours celui qui est abandonné que l'on plaint mais, si nous sommes assez rapides, nous pouvons prendre les autres de vitesse.

— Je ne comprends pas.

— Oh ! Mais vous allez comprendre. Vous allez voir que c'est un plan idéal, la meilleure réplique.

— Mais comment cela ?

— Chacun de nous doit se fiancer avant qu'ils n'aient eu le temps d'annoncer leurs fiançailles.

— Se fiancer ? mais comment ? et à qui ?
Tally la regarda et sourit.
— C'est si simple. L'un à l'autre, voyons !

2

Sans même attendre la réponse de Jane, Tally se leva d'un bond.

— Formidable ! s'exclama-t-il. Mais il va falloir faire ça bien et d'ailleurs, je connais l'homme qu'il nous faut.

Il prit le téléphone et composa un numéro tandis que Jane essayait de se remettre. Enfin elle parvint à bégayer : « Mais... mais... lord Brora... »

— Une minute, répondit-il. Allô ! Je suis bien au *White's* ? Voulez-vous me passer le capitaine Fairfax ?

Il lui sourit sans lâcher le téléphone et elle fut frappée par sa beauté. Le jour où il était entré dans le bureau, alors qu'elle commençait à y travailler, elle s'était dit que c'était l'homme le plus séduisant qu'elle eût jamais vu. Maintenant, elle avait l'impression de rêver. Cette situation absurde ne pouvait pas être vraie ! Après un effort, son bon sens écossais reprit le dessus. Elle traversa la pièce et se rapprocha de Tally.

— Écoutez, lord Brora, dit-elle doucement, je sais que c'est une plaisanterie, mais je ne comprends pas très bien... S'il vous plaît, laissez-moi partir maintenant.

— Une plaisanterie ? Mais pas du tout, fit Tally vivement. (Puis il reprit le téléphone :) Oh ! salut, Gérald. Non, ce n'est pas à toi que je parlais. Écoute ! J'ai besoin de toi. Il se passe quelque chose d'important et j'ai besoin de ton aide... oui, tout de suite... aux postes de combat, mon vieux !

La réponse le fit rire et il posa le récepteur.

— Il sera ici dans quelques minutes, commenta-t-il. (Puis, voyant l'air troublé et anxieux de Jane, il ajouta plus gentiment :) Écoutez, laissez-moi faire. Nous sommes tous les deux dans une situation délicate, nous avons tous les deux, momentanément, je dis bien « momentanément », subi un échec. Eh bien, nous allons reprendre l'avantage. Nous allons en sortir gagnants même si les parieurs sont contre nous. Ne voulez-vous pas me faire confiance ?

Il lui sourit à nouveau et, pour le coup, Jane le trouva irrésistible. Il fallait bien qu'elle en passe par ce qu'il voulait.

— Mais, je ne comprends pas... dit-elle avec hésitation.

— Mais si, fit Tally d'un ton rassurant. Vous allez ridiculiser votre méchant jeune homme. Au fait, quand avez-vous reçu sa lettre ?

Jane la tira de la poche de sa robe.

— Elle est arrivée au courrier de six heures, répondit-elle. Je m'étais attardée parce que j'avais promis à miss Ames de terminer ces lettres que vous devez signer demain matin.

— C'est une chance que vous soyez restée. Quand la lettre a-t-elle été écrite ?

Jane tira les feuilles de l'enveloppe. En dépit d'un effort presque surhumain, elle ne put empêcher ses mains de trembler ni ses yeux de s'embuer soudainement. L'écriture d'Angus lui sautait au visage : « *Chère Jane...* »

Dès qu'elle avait lu ces simples mots si froids, si officiels, elle avait compris que quelque chose n'allait pas. Elle se souvenait de la première fois qu'il lui avait écrit. Cela lui avait fait un tel plaisir de voir son écriture. Depuis qu'elle était arrivée à Londres, elle attendait le courrier chaque jour, dans l'espoir de nouvelles. Les quelques mots d'affection qu'il lui avait adressés avaient été si importants pour elle ! Et maintenant, voilà ! La révocation de tous ses projets, de tout ce qui aurait pu être leur avenir commun. « *Chère Jane* », lut-elle encore une fois, puis elle réalisa que Tally attendait.

— Il l'a écrite samedi matin. Il doit l'avoir postée à Glendale vers midi. Le samedi, il va au village pour acheter ce dont il a besoin à la ferme pendant la semaine.

— Il est agriculteur ?

Jane acquiesça.

— Et vous l'aimez ?

— Je crois, dit-elle en retenant un sanglot. Je trouvais si merveilleux qu'il veuille m'épouser. Comprenez-moi, à la mort de mon père, je n'avais rien. C'était le pasteur de Glendale et il n'avait aucun sens pratique. En tout cas, à sa mort, il y avait beaucoup de dettes et il a fallu tout vendre.

— Et vous, qu'avez-vous fait à ce moment-là ?

— Je n'avais que quinze ans et je suis allée vivre chez ma grand-tante. Elle était sévère et sans cœur. Elle m'a fait travailler dur à la maison et au jardin. Je n'avais pas d'amis de mon âge et puis, un jour, j'ai rencontré Angus.

Son visage s'adoucit en évoquant ce souvenir. Comment aurait-elle pu expliquer à cet inconnu ce qu'avait représenté pour elle à ce moment-là de parler avec un jeune homme, avec quelqu'un de bienveillant et d'humain qu'elle semblait intéresser ? Il lui était impossible de décrire l'âpreté de sa vie chez sa grand-tante. Elle y était nourrie et habillée, elle avait un toit, et personne ne pouvait soupçonner à quel point elle était malheureuse et abandonnée. Et pourtant, c'était un véritable supplice. Pas un seul instant on ne lui permettait d'oublier sa pauvreté ni son état d'orpheline. On ne lui avait jamais rien laissé qui soit vraiment à elle ; il lui semblait même parfois que pas une seule de ses pensées n'échappait à l'œil inquisiteur de sa tante ou à sa langue de vipère. Jane avait vaguement l'intuition de ce qu'elle devait découvrir par la suite — il y avait une raison à l'incessante méfiance de sa tante et à sa volonté de la briser à seule fin de la maintenir dans un état de totale soumission.

Quand elle fit la connaissance d'Angus, elle venait de pleurer et c'était son extrême désespoir qui l'avait poussée à faire ce qu'elle n'avait jamais osé auparavant. Elle s'était glissée hors de la maison, alors qu'elle était censée préparer le repas du soir, et était montée dans la lande derrière la maison chercher un réconfort dans la solitude. Le soleil se couchait et jetait au loin d'étranges lueurs sur le paysage. Et voilà qu'Angus était arrivé vers elle à grandes enjambées. Avec sa chevelure dorée, c'était une apparition presque surnaturelle qui ressemblait à un être venu d'un autre monde plutôt qu'à un fermier harassé à la recherche de brebis égarées.

Ils ne parlèrent que quelques minutes, mais qui suffirent à éveiller la féminité de Jane. Elle n'était plus une enfant effrayée et soumise, mais une jeune femme pleine d'une ardeur nouvelle.

Elle était rentrée à la maison, le sourire aux lèvres, sachant qu'elle le reverrait. Il avait fallu un an pour qu'ils se connaissent bien, une année pendant laquelle Jane risqua maintes fois que sa tante ne découvrît qu'elle avait un ami. Au cours de cette période, elle était parvenue à une nouvelle connaissance d'elle-même et, croyait-elle, du monde.

Ce ne fut qu'à la mort de sa tante qu'elle découvrit pourquoi bien des choses l'avaient étonnée pendant son enfance. Elle apprit également que sa tante la laissait sans le sou. La vieille dame vivait d'une rente. Ce qu'elle possédait en propre, elle l'avait légué à la paroisse. Il ne restait rien à Jane sinon la liberté. La liberté d'épouser Angus s'il le lui demandait.

Il le lui avait demandé en effet, et une fierté tout écossaise avait alors poussé Jane à retarder le mariage. Elle voulait prendre le temps de souffler, ne serait-ce que pour se donner les moyens de s'offrir une garde-robe vraiment à elle. Quelque chose en elle se révoltait à l'idée d'aller vers Angus les mains entièrement vides, de lui laisser payer jusqu'à sa robe de mariée.

Tout en travaillant pour sa tante, elle avait appris seule à taper à la machine et avait suivi des cours de sténographie par correspondance. Sa tante les lui avait laissé payer, malgré les journées harassantes qu'elle passait dans la maison à s'occuper comme une esclave du ménage, de la cuisine, du lavage et du raccommodage.

« Je ferai une bonne épouse », se disait Jane. Mais elle voulait plus que cela — elle voulait un peu de la beauté et du succès auxquels, comme elle devinait instinctivement, sa jeunesse avait droit. Elle voulait être jeune, frivole et gaie, tout ce qu'on ne lui avait pas permis d'être ; et elle voulait s'unir à Angus non pas comme une orpheline sans ressources mais comme une femme indépendante et capable de subvenir à ses propres besoins.

Peut-être était-ce une idée absurde, mais elle était d'une race fière qui n'abdiquait pas ; et c'est ainsi que, malgré les protestations d'Angus, elle était venue à Londres pour se trouver un travail.

Beaucoup de gens de son village lui avaient dit qu'elle était folle. Une fois sa tante morte, elle avait appris certaines choses sur Angus — qu'il était la coqueluche du voisinage ; que toutes les filles, l'une après l'autre, avaient jeté leur dévolu sur lui. Sa ferme était prospère depuis des générations. Sa famille était à l'aise financièrement et Angus avait fait de bonnes études. « Trop bonnes », au dire de certains, car « ses chevilles avaient enflé » et « il se prenait pour un monsieur ». Cela aurait été sans dommage, s'il n'avait tourné le dos à ses amis d'enfance pour ne fréquenter que les riches propriétaires et ceux qui louaient les landes pour la saison.

— Je me souviens de sa mère, si fière de battre le meilleur beurre du pays, avait dit à Jane une vieille femme. Mais Angus n'fera pas travailler sa femme. Tu s'ras une dame pendant qu'les autres travailleront pour toi.

— Il n'en est pas question, avait répondu Jane en riant, mais lorsqu'elle avait abordé ce sujet avec Angus, elle s'était aperçue qu'il avait des idées bien arrêtées.

— Tu ne manqueras pas de quoi t'occuper, avait-il dit sèchement, sans pour cela travailler comme une domestique. D'ailleurs, je ne veux pas être rivé à la ferme. Nous descendrons dans le Sud, et nous passerons une semaine ou deux à Edimbourg de temps en temps ; nous pourrions même penser à un voyage à l'étranger, qui sait ?

Jane se disait qu'elle aurait dû être enchantée de ces ambitieux projets, mais il y avait quelque chose d'affecté dans sa façon de parler qui sous-entendait qu'il ne songeait pas seulement à se distraire mais qu'il avait d'autres motivations plus secrètes et plus compliquées. Elle eut assez d'intuition pour ne pas insister sur le moment, mais bientôt elle apprit ce qu'elle voulait savoir.

Elle éprouva une soudaine déception, un jour qu'elle vit Angus parler avec certains des hommes venus pour la saison de la pêche. Il riait et plaisantait avec eux et ils paraissaient contents de le voir, mais l'attitude d'Angus la gênait quelque peu. Il n'y avait qu'un mot pour le décrire. Elle essayait de chasser ce mot de son esprit, mais il s'incrusta : Angus « fayotait ». Oui, il faisait des grâces à des gens qu'il considérait socialement comme plus élevés.

Ce fut alors que, pour la première fois, Jane compara Angus à son père et comprit ce qui les différenciait. Jusque-là, Angus était pour elle non seulement un homme jeune, viril et amoureux d'elle, mais un idéal, quelqu'un qu'elle admirait autant qu'elle l'aimait. Maintenant, elle le voyait tel qu'il était : un homme jeune et viril certes, mais manquant de cette classe, de cette touche supplémentaire que donne la bonne éducation et qu'elle tenait pour normale tant elle faisait partie de son propre héritage. Avec entêtement, elle se dit qu'elle ne l'en aimait que davantage. Furieuse, elle se moqua d'elle-même ; elle s'en voulut d'accorder tant d'importance à la différence qu'il y avait entre Angus, trop empressé et gesticulant un peu gauchement, et les hommes qui, autour de lui, avec une aisance naturelle, l'écoutaient avec calme et bienveillance.

Ce ne fut qu'au moment de partir pour Londres, alors que la maison de sa grand-tante avait été mise en vente, et qu'elle-même logeait dans une petite chaumière du village, qu'elle entendit parler d'Elizabeth.

— Croyez-vous que ce soit bien raisonnable de partir, mademoiselle Jane ? lui avait demandé la vieille Annie, l'ancienne servante de son père au presbytère.

— Raisonnable ? Bien sûr que c'est raisonnable. Vous savez pourquoi je le fais, Annie. Ce ne sera pas long. Je gagnerai un peu d'argent, j'achèterai quelques affaires et je reviendrai vous épater tous.

— Ne restez pas trop longtemps, dit Annie d'un ton plein de sous-entendus.

— Que voulez-vous dire ? demanda Jane.

— Cet Angus est beau garçon, il le sait, répliqua Annie, et il y en a une autre qui pense toujours à lui.

— Et qui ça ?

— Miss Elizabeth Ross, bien sûr. Elle passe chaque jour devant la ferme pour descendre au village. Vous pouvez être certaine qu'elle en profite.

— Vous dites des bêtises, Annie, s'esclaffa Jane. A présent, je vois de qui il s'agit. Allons, elle est plus âgée qu'Angus, et le colonel Ross n'envisagerait pas de marier sa fille à un agriculteur.

— Ce que femme veut, l'homme souvent s'y soumet, dit Annie d'un air entendu.

Ces paroles s'étaient gravées dans l'esprit de Jane. Elle avait questionné Angus en affectant l'indifférence bien qu'elle éprouvât une pointe de jalousie et, à sa façon de répondre, elle s'était aperçue qu'il était heureux de compter Elizabeth Ross parmi ses relations.

— Elle a été très bonne pour moi, avait-il dit, et c'est grâce à elle que le vieux m'invite de temps en temps à la chasse quand il lui manque un fusil. Ce sont des gens très bien, Jane, le genre que nous fréquenterons quand nous serons mariés.

Jane se dit en son for intérieur que le colonel Ross, propriétaire d'une grande lande et qui ne passait qu'une partie de l'année dans le Nord, ne fréquenterait guère un fermier écossais et sa femme. Mais elle connaissait déjà suffisamment le point faible d'Angus pour ne rien exprimer de ce qu'elle pensait. Pourtant, le lendemain, dans le village, quand elle aperçut Elizabeth Ross dans sa voiture, elle la dévisagea avec curiosité. Ce n'était pas une jolie fille et il y avait quelque chose de dur et d'autoritaire dans la mince ligne rouge de ses lèvres.

Peut-être Jane la regarda-t-elle fixement, en tout cas Elizabeth se retourna et la regarda droit dans les yeux. Fut-ce une impression ? Sa bouche parut se durcir. Y avait-il de l'hostilité dans son attitude ? La sachant une amie d'Angus, Jane aurait dû sourire, mais Elizabeth se détourna brusquement et démarra.

« Elle ne me connaît pas », se dit Jane pour se rassurer, mais elle n'était pas dupe. Glendale était trop petit pour que ses habitants et ceux des environs ne se connaissent pas au moins de vue.

Elle rentra chez Annie vaguement mal à l'aise sans pouvoir exprimer ce qu'elle ressentait. Elle ne dit rien à Angus quand il vint la chercher le lendemain pour l'emmener à la gare.

— Je suis triste de te voir partir, lui avait-il dit pendant qu'ils attendaient le train.

Ces mots lui allèrent droit au cœur et Jane fut sur le point de changer d'avis. Il n'était pas trop tard. Elle n'avait qu'un mot à dire pour qu'Angus remette sa petite valise dans la voiture, la reconduise chez Annie et, la semaine suivante, ils pourraient se marier. Elle avait les mots sur les lèvres et pourtant quelque chose l'empêchait de les prononcer. Elle entendait la voix coupante de sa grand-tante comme celle d'un fantôme du passé. « Si je ne t'avais pas recueillie, sans le sou et sans ressources, tu serais à l'orphelinat. Où serais-tu allée si je ne t'avais pas nourrie et vêtue ? Le moins que tu puisses faire, c'est de travailler pour me remercier. »

Non, jamais elle ne se remettrait dans cette situation, jamais, jamais.

Le train fut annoncé. Elle avait les yeux embués de larmes, de sorte que la lente arrivée en gare du train qui devait l'emporter vers le Sud lui parut nimbée de mille petits arcs-en-ciel...

La lettre d'Angus était encore entre ses mains. Jane réalisa que ses pensées l'avaient emportée dans le passé et que Tally attendait toujours qu'elle parle. Il avait les sourcils un peu froncés comme s'il se concentrait pour l'écouter.

— Excusez-moi, bégaya-t-elle, je pensais à... je me rappelais...

— Ne vous excusez pas. Mais il nous faut agir vite. Alors, est-ce que votre ami vous a dit qu'il allait se fiancer ?

— Non. Il dit simplement qu'Elizabeth Ross veut... l'épouser.

— Bien, dit Tally sans relever la voix étranglée de Jane alors qu'elle disait ces derniers mots. Nous n'avons qu'à annoncer nos fiançailles avant qu'ils n'annoncent les leurs.

— Mais c'est absurde... impossible..., protesta Jane.

— Ah oui ? Eh bien, écoutez-moi. Voulez-vous que vos proches vous prennent en pitié ? Ne croyez-vous pas qu'il vaudrait mieux annoncer vos fiançailles avec moi avant que votre ami n'ait eu le temps de leur apprendre qu'il va épouser... comment dites-vous qu'elle s'appelle ?... Elizabeth Ross ?

— Si, bien sûr, mais...

— Il n'y a pas de mais, coupa Tally. Voici ce que nous allons faire. Nous allons envoyer à votre ami un télégramme lui disant que vous êtes fiancée et qu'une lettre suit. Vous feindrez de ne pas avoir eu sa missive. Asseyez-vous et écrivez-lui tout de suite en datant d'hier. Avec un peu de chance, il n'ira pas regarder le timbre de la poste, et même s'il le fait, il ne pourra être sûr que vous ayez reçu sa lettre. Après tout, la poste étant ce qu'elle est, elle aurait pu n'arriver que demain matin.

— Mais que puis-je dire dans le télégramme ? demanda Jane.

— Oh ! je vais m'en charger.

Tally prit une des lettres que Jane avait tapées la veille et commença à écrire sur le verso.

— Quel est son nom ? et son adresse ? demanda-t-il.

Elle les lui donna puis attendit en silence car elle ne trouvait rien à dire. Ses pensées étaient dans le plus grand désordre.

— Voilà ! Que pensez-vous de ceci ? s'exclama enfin Tally, qui lut tout haut : « *Angus McTavish, Ferme de la Lande, Glendale — Suis fiancée à lord Brora. Regrette profondément n'avoir pu vous informer plus tôt. Pardonnez-moi. Lettre suit. Jane.* » J'aime le « Pardonnez-moi », pas vous ?

— Mais vous ne pouvez pas envoyer cela !

— Pourquoi pas ? Si la poste locale fonctionne bien comme je le pense, tout le village sera au courant avant même que votre ami Angus ne reçoive le télégramme. Quoi qu'ils sachent ou devinent de ses relations avec Elizabeth Ross, cela leur donnera certainement à réfléchir.

— Oui, c'est vrai, dit Jane lentement.

Il y eut un bruit dehors et la porte s'ouvrit.

— Salut, Gérald, lança Tally, et un jeune homme blond et athlétique entra dans la pièce.

— Tally, que diable fais-tu au bureau à cette heure-ci ?

— Je complote et je combine et j'ai besoin de ton aide, mon vieux ! répondit joyeusement Tally. (Il se tourna vers Jane :) Je vous présente un vieil ami, Gérald Fairfax. Gérald, je te présente Jane McLeod.

— Enchanté, dit Gérald, poliment, jetant son chapeau sur le bureau et s'asseyant dans un des fauteuils. Que se passe-t-il, Tally ?

— Je veux annoncer mes fiançailles, répondit Tally. Mais je veux que cela fasse vraiment sensation.

— Dieu du ciel ! Ne me dis pas que tu m'as fait venir seulement pour me dire ça ! dit Gérald écœuré. Voyons, Mélia aura déjà tous les « paparazzi » d'Europe devant sa porte. Je n'ai aucune chance de faire mieux qu'eux.

— Je n'annonce pas mes fiançailles avec Mélia, dit Tally doucement.

— Quoi ? s'exclama Gérald en se levant d'un bond et en laissant tomber son étui à cigarettes. Mais, nom d'une pipe, qu'est-ce que tu racontes ? Tu n'épouses pas Mélia ?

— Je n'ai pas dit que je ne l'épouserais pas. J'ai simplement dit que je n'annonçais pas mes fiançailles avec elle. Il faut apprendre à être précis, mon vieux !...

Il se tourna vers Jane :

— Gérald est dans la publicité. Ce sont de braves gens mais jamais rigoureux dans l'observation des faits.

— Qu'est-ce que c'est que cette histoire ? demanda Gérald avec impatience.

— Eh bien, si tu m'écoutes, je vais te le dire. Jane MacLeod et moi-même nous souhaitons annoncer nos fiançailles au monde ébahi.

Gérald ouvrit la bouche toute grande. Il regarda Jane, manifestement il lui prêtait attention pour la première fois depuis son arrivée.

— Eh bien, ça alors ! J'en suis baba !

— Tu n'es pas très délicat, mon vieux !

— Excusez-moi, se rattrapa Gérald, mais c'est quand même une surprise ! Je ne crois pas avoir déjà rencontré miss MacLeod et j'espère qu'elle me pardonne.

— Il n'y a pas de mal, dit Jane doucement. C'est tout autant une surprise pour moi. Voyez-vous...

— Il vaut mieux que ce soit moi qui l'informe, dit Tally. Je crois qu'il faut que tu saches la vérité, mais tu seras le seul. Main sur le cœur, jure que tu ne diras rien à personne. Tu jures ?

— Bien sûr. Il vaut mieux que tu me dises tout.

Tu sais que ça finira mal si tu essaies de trop en faire tout seul. (Puis, en aparté à Jane :) Je connais Tally depuis l'époque où nous fréquentions Eton. Il a toujours été impétueux. Je suis obligé de le garder à l'œil !

— Tais-toi et écoute-moi, dit Tally. Voici ce qui s'est passé. Mélia me laisse tomber pour épouser Ernest Danks. Oui, elle croit qu'elle va être le prochain Premier ministre. Et il se trouve que miss MacLeod est dans la même situation. Son ami l'a laissée tomber et nous avons donc décidé de leur donner à tous les deux une leçon. C'est là que tu interviens.

— Moi ?

— Oui, toi ! Il nous faut du sensationnel, mon vieux. Miss MacLeod veut stupéfier l'Écosse et moi Londres. Il faut que cela fasse plus de bruit que la mort du Premier ministre et que ce scoop éclipse complètement celui de Mélia. Tu piges ?

— Oui, mais est-ce bien raisonnable, Tally ? Cela me paraît un peu fou.

— C'est ce que je pense aussi, s'interposa Jane. Je vous en prie, capitaine Fairfax, persuadez-le qu'il vaut mieux renoncer.

— Allons, Jane, dit Tally d'un ton de reproche, vous revenez sur vos promesses.

— Peut-être, admit Jane, mais j'ai peur que nous allions vers d'affreuses complications.

— Laissez-moi faire, trancha Tally, je me suis déjà trouvé dans des situations complexes, et pires que celle-ci, n'est-ce pas Gérald ?

— Je n'en suis pas sûr. Mais du moment que tu as cela en tête, il est sans doute difficile de t'en empêcher.

— Bon ! Et comment allons-nous faire ?

— Faire quoi ?

— Faire la première page des journaux, pauvre minus !

— On peut en rajouter dans le genre : « Le célèbre lord Brora, le chef des Commandos », etc.

— Non, non. Pas de ce genre-là. Je veux quelque chose de vraiment sensationnel qui fera ressembler les coupures de presse que Mélia collectionne dans son album à des extraits des « Potins de la commère ».

— Tu veux dire « un rebondissement dans l'idylle » ou ce genre de niaiseries ?

— Bien, se moqua Tally. Voilà que ta cervelle se réveille. Ce n'est pas trop tôt, mon vieux !

— Excuse-moi, Tally, mais je suis encore sous le coup. Y a-t-il quelque chose à boire ?

— Bien sûr, sers-toi. Le placard est ouvert.

Gérald se leva et alla chercher une bouteille de whisky.

— Et vous, miss MacLeod ?

— Non, merci. Lord Brora m'a déjà donné du cognac. Je crois même que c'est cela qui m'a fait accepter ce projet insensé.

— C'est vrai que cela semble un peu fou, dit Gérald en se servant un whisky. Pourtant, à bien y réfléchir, que Tally se fiance à quelqu'un d'autre est la seule façon de ramener Mélia sur terre. Il est invraisemblable qu'elle souhaite épouser ce Danks. Je l'ai toujours trouvé tout à fait « artificiel ».

— C'est exactement le mot qui lui convient ! (Tally se tourna vers Jane et lui sourit :) Je vous ai dit que Gérald était malin ; un peu lent à mettre en route mais quand il démarre...

Jane sourit à son tour et, à écouter le badinage des deux hommes, elle se sentit jeune et insouciante. D'ailleurs, Tally semblait créer cette atmosphère partout où il allait. Elle avait entendu parler de lui avant de venir à Londres. Comme tout le monde. Ses exploits avaient toujours fait la une des journaux et son personnage avait pris une place importante dans la chronique mondaine.

Tous connaissaient la raison pour laquelle lord Brora, de son nom de baptême George Alexander, était surnommé Tally. Jane avait entendu maintes fois l'histoire et l'avait lue également dans un magazine féminin. Lors d'une partie de chasse, alors qu'il attendait que les chiens débusquent un renard, le père de Tally avait été rejoint par un vieux serviteur qui galopait pour lui annoncer la naissance d'un fils : « Que monsieur le comte m'excuse, avait dit celui-ci en ôtant son chapeau, mais j'ai à vous dire que madame la comtesse a accouché d'un beau garçon. »

Les autres cavaliers accoururent pour le féliciter.

— Eh bien, Arthur, comment vas-tu l'appeler ? demanda quelqu'un.

— L'appeler ? répondit lord Brora, transporté de joie. Eh bien ! il s'appellera...

A cet instant, le renard détala et, d'un cri, le comte termina sa phrase « Taïaut*, il est sorti... » !

Ce nom était resté à Tally pendant toute son enfance. A Eton, ses amis avaient continué à l'appeler ainsi et lorsqu'il était sorti d'Oxford à la déclaration de guerre ce nom ne l'avait pas quitté. Il s'engagea dans les commandos à leur création et devint vite un de ces personnages qu'affectionne le public anglais. Il était téméraire, audacieux et réussissait étonnamment bien. Ses hommes l'appelaient « Tally la Chance ». Il les emmenait dans les aventures les plus folles et ils affirmaient que, grâce à lui, les pertes seraient légères.

Au bureau, miss Ames avait également parlé de Tally, tout comme les hommes qui venaient chercher des conseils, de l'aide et du travail.

---

* En anglais « Tally-ho ». Dans la chasse à courre, cri du veneur pour signaler la bête. *(N.d.T.)*

Jane savait qu'il était impitoyable et pourtant le meilleur ami du monde en cas de coup dur ; qu'il était impatient et cependant n'épargnait pas sa peine lorsqu'on faisait appel à sa compassion ; qu'il était prévenant bien qu'il eût par ailleurs des manières d'enfant gâté. Oui, elle avait entendu tout cela et bien d'autres choses, et elle s'apercevait tout à coup que toutes ces anecdotes ne lui révélaient finalement rien de précis sur l'homme qui était devant elle.

— Eh bien, as-tu trouvé quelque chose, Gérald ? l'entendit-elle dire, décelant le ton impérieux derrières les mots apparemment badins.

— Veux-tu une histoire romanesque ? Dans ce cas, il faut que votre rencontre ait eu lieu dans des circonstances sensationnelles. Il faut que tu sauves miss MacLeod d'un quelconque péril. C'est le genre de choses que le public attend de ta part, Tally. On met le feu à l'immeuble... ou elle saute dans la Tamise ?

— Ni l'un ni l'autre, fit vivement Tally. Nous ne voulons pas être poursuivis comme incendiaires et il ne faut pas que Jane meure de pneumonie avant même d'avoir la bague au doigt.

— Je sais, s'exclama Gérald en se tournant vers Jane. Où habitez-vous ?

— Je suis, en ce moment, dans un meublé à Putney.

— Parfait. Eh bien, hier soir tard, vous traversiez le parc de Putney. Assaillie par trois voyous, vous appelez à l'aide, et Tally vous sauve. Vous avez le coup de foudre l'un pour l'autre et les fiançailles sont annoncées immédiatement.

— Magnifique ! Que deviennent les voyous ? fit Tally.

— Tu leur aurais couru après si miss MacLeod ne t'avait retenu en te suppliant de ne pas la laisser seule.

— C'est un bouleversant mélodrame, dit Tally.
— Quand allez-vous annoncer vos fiançailles ?
— Tout de suite.
Gérald se gratta la tête.
— Ce qui veut dire qu'il le faut en exclusivité au *Daily Express* ou au *Daily Mail* pour l'édition du matin ; le *Times* l'aura le lendemain. On devrait avoir de bonnes photos dans les journaux du soir.
— Et pour mon épisode héroïque comme chevalier sauveur ?
— Oh ! vous n'aurez qu'à jurer que ça s'est passé ainsi. Mieux vaut le situer hier soir. Au fait, que faisiez-vous, hier soir ?
— Je suis allée me coucher de bonne heure, dit Jane.
— Quelqu'un sait-il que vous n'êtes pas sortie plus tard ?
— Je ne crois pas. J'habite dans une pension où tout le monde a sa clef.
— Alors ça va. Et toi, Tally, où étais-tu ?
Tally réfléchit un instant.
— Je ne me souviens plus. Ah si ! idiot, tu étais avec moi ! Tu ne te rappelles pas ? Tu es passé après le dîner et nous avons discuté jusqu'à près de minuit.
— Parfait, ça tombe bien, dit Gérald. Eh bien, ce petit drame s'est passé hier à 21 heures, et vous avez passé la journée d'aujourd'hui à faire connaissance.
— Non, non ! interrompit Tally, Jane était ici toute la journée. Elle travaille au bureau.
— Bigre ! Voilà qui est fâcheux ! Ça ne s'accorde guère avec l'idée de rencontre imprévue et de coup de foudre.
— Et en plus, ça manque un peu de prestige, dit Tally. Il ne faut pas que cela tourne au genre « La dactylo épouse un lord » dans le *Daily Mirror*.

— Non, bien sûr que non, dit Gérald. Peux-tu faire taire ton personnel ?

Tally se tourna vers Jane.

— Qui avez-vous vu au bureau ? demanda-t-il.

— Seulement miss Ames. Elle m'a dit qu'il y avait une autre jeune fille mais elle a été absente toute la semaine à cause d'une grippe. Elle doit revenir demain.

— Bien ! On peut avoir confiance en miss Ames. Je vais lui téléphoner et lui dire de ne pas ouvrir la bouche avant que je ne l'aie vue demain. C'est bien compris ? Nous ne sommes jamais vus avant votre promenade de la nuit dernière dans le parc de Putney.

— Mais pourquoi allais-je m'y promener ?

— Voilà une bonne question, dit Tally. Pourquoi se promenait-elle, Gérald ?

— Elle allait poster une lettre à son ami qui vit à... D'où êtes-vous ?

— D'Écosse.

— Parfait. « Pleurant sa lande natale, suffoquant dans le brouillard de Londres, elle sort dans la nuit sombre, etc. » Je pourrais presque en faire un roman.

— Pour l'amour du ciel ! écris donc un bon article pour les journaux.

— Bien, je vais le faire. A propos, soyez prêts à recevoir les photographes demain. Je pense qu'il vaudrait mieux que les prises de vue ne soient pas faites à Putney. C'est un peu trop sordide. Tu devrais aller les chercher de bonne heure, Tally, afin que cela se fasse dans ta maison de Berkeley Square. Est-ce que ce « mausolée » est ouvert ?

— Je crois, répondit Tally. De toute façon, il y a là-bas quelques vieux domestiques et nous pouvons ouvrir une ou deux pièces. Faisons les photos les plus belles possible, cela embêtera Mélia qui a toujours rêvé d'organiser une soirée dans le salon chinois.

— Bien ! Alors nous pourrons y faire poser miss MacLeod.

— Magnifique ! dit Tally avec enthousiasme.

Gérald hésita un instant.

— Ne m'en veuillez pas de vous poser cette question, dit-il à Jane d'un ton d'excuse, mais avez-vous une tenue vraiment élégante pour les photos ?

Jane ouvrit de grands yeux.

— Non, hélas ! En fait, j'ai très peu de vêtements.

Gérald regarda Tally. Ils se sourirent l'un à l'autre.

— C'est là qu'intervient Michael !

— Qui est Michael ? demanda Jane.

— N'avez-vous jamais entendu parler de Michael Sorrel ?

— Bien sûr que si. C'est le fameux couturier de la reine.

— Eh bien, il a travaillé pour nous, expliqua Gérald. Pendant la guerre, il faisait nos tenues de camouflage. Nous allons le voir tout de suite.

Gérald se leva et Jane dit à Tally :

— Je vous en prie, lord Brora, écoutez-moi un instant. Nous allons trop loin, je ne veux pas vous laisser m'acheter des vêtements. Je crains de ne pas pouvoir continuer cette comédie.

Elle sentit la main chaude et ferme de Tally se refermer sur la sienne.

— Écoutez, Jane. Vous avez dit que vous me faisiez confiance. C'est une aventure pour l'un comme pour l'autre. Ne reculez pas avant même que nous n'ayons commencé.

— Je ne recule pas, protesta Jane, mais...

— Comme je vous l'ai déjà dit, il n'y a pas de « mais » qui tienne. Nous allons voir Michael.

Tout en disant cela, il lui souriait. Leurs regards

se croisèrent. Les yeux de Tally exprimaient à la fois autorité et charme. Pour le meilleur et pour le pire, Jane comprit qu'elle le suivrait au bout du monde.

3

Assise dans la voiture de Tally, Gérald à l'arrière, Jane essayait de réfléchir, de se persuader qu'il ne s'agissait pas seulement d'une folle escapade. Elle se sentait intimidée, pleine d'appréhension, et trouvait en même temps à toute cette affaire quelque chose de joyeux qui semblait donner un air de divertissement à tout ce qu'ils organisaient.

Plus d'une fois elle fit un effort pour se rappeler qu'elle était malheureuse, désespérément malheureuse et que son avenir était brisé. Mais pour l'instant, Angus avait perdu toute réalité et n'était plus qu'une ombre à l'arrière-plan. La forte personnalité de Tally monopolisait toute son attention.

— Je pense que Michael sera chez lui, dit Tally à Gérald tandis qu'ils quittaient Berkeley Square.

— Je l'espère, sinon nous devrons le dénicher, où qu'il se trouve.

Arrivée à la boutique de Michael Sorrel, la voiture s'arrêta devant l'imposante entrée. C'était la maison de couture la plus connue de tout le West End*. La famille royale, les stars de cinéma, les femmes du monde, en un mot toutes les femmes fortunées avaient gravi les trois marches de marbre et étaient passées sous le somptueux portique qui menait à la boutique.

Michael Sorrel était le couturier le plus en vogue et le plus prestigieux que le monde eût connu depuis un quart de siècle, et ses modèles, dessinés pour les

* Quartier chic de Londres. *(N.d.T.)*

célébrités, étaient souvent copiés par les midinettes.

Jane regarda autour d'elle avec intérêt lorsqu'on la fit passer par le grand hall décoré de miroirs qui ouvrait sur les salons d'exposition pour rejoindre un luxueux ascenseur.

— M. Sorrel est-il là ? demanda Gérald au liftier.

— Je crois que oui, monsieur. Il est monté chez lui à la fermeture de la boutique.

— Parfait !

L'ascenseur monta rapidement jusqu'au dernier étage. Là, une autre porte s'ouvrit et Jane se trouva dans une entrée confortablement chauffée, discrètement éclairée, où flottait une étrange senteur asiatique. Elle eut juste le temps de remarquer que les luminaires étaient portés par de grandes statues de négrillons, puis fut introduite avec Tally et Gérald dans une grande pièce, basse de plafond et entièrement blanche. Sur le canapé, devant le feu, un jeune homme était étendu sous une couverture d'hermine blanche à doublure pourpre ; à côté de lui s'épanouissait un grand bouquet d'orchidées blanches. Au moment où le domestique qui les précédait ouvrait la porte, elle entendit le jeune homme dire d'une voix languissante : « Je suis vraiment trop fatigué pour recevoir qui que ce soit, Carter. »

Tally s'avança.

— Tu ne peux pas faire ça à un vieux copain, Michael. Nous avons besoin de ton aide.

— Tally ! s'exclama Michael Sorrel et, rejetant la couverture d'hermine, il se leva d'un bond. Je ne savais pas que c'était toi, mon vieux ! Entre, bien sûr. C'est que j'ai eu une journée épuisante, absolument épuisante.

Ils se donnèrent une bonne poignée de main.

— Naturellement, tu te souviens de Gérald... et je veux te présenter miss MacLeod.

Jane tendit la main. Michael Sorrel la prit. Elle

s'attendait à une molle poignée de main correspondant à sa voix traînante. Au contraire, la main était ferme et chaleureuse.

— Nous allons prendre un verre, dit Michael à son domestique qui attendait près de la porte. Apportez-nous des cocktails, Carter. Votre spécial. Carter fait de merveilleux cocktails. Et je pense d'ailleurs que c'est exactement ce dont j'ai besoin. J'ai tout du « cadavre ambulant », comme dit la vieille garde en bas.

— Tu dis des bêtises, protesta Tally. Tu sais bien que tu n'es jamais fatigué. Ce n'est que de la frime, comme cette pièce !

— Pourquoi ? Tu n'aimes pas ? Je viens de la faire réaliser. Personnellement j'en suis enchanté.

— Cela me fait plutôt penser à la « suite nuptiale » sur un transatlantique de luxe !

Michael éclata de rire, semblant ne pas lui en vouloir pour cette critique.

— Tu as toujours détesté mon appartement, dit-il, mais comme le sait bien Gérald, la publicité rapporte. Quoi qu'il en soit, c'est le goût que le public me prête.

— C'est vrai, dit Tally. Te souviens-tu de toutes ces merveilleuses créatures que tu faisais attendre en bas quand tu nous préparais nos tenues pour une expédition ? Cela m'amuse encore quand j'y pense. Le téléphone sonnait parce que la duchesse de ceci ou cela ou quelque magnat du cinéma avait besoin d'une robe, tout de suite et à n'importe quel prix, et nous, nous étions là au milieu des filets de camouflage et des pots de peinture faisant des essayages pour juger de l'effet. Mon Dieu ! Ce qu'on a pu rire !

— C'était amusant, en effet... Je pense souvent à cette nuit épouvantable où tu m'as pris avec toi. Tu m'as fait venir malgré ma terreur. Je n'oublierai jamais le « tchouk-tchouk » de ce bateau à vapeur quand nous avons traversé la Manche. Je pensais que chaque Allemand pouvait l'entendre à des kilomètres. Et ce débarquement sur la plage ! J'étais purement et simplement paralysé.

— Pas du tout ! Tu y as pris plaisir, avoue-le.

— J'étais si reconnaissant quand tout a été terminé que j'aurais apprécié n'importe quoi, répliqua Michael. Ah ! voilà Carter avec les cocktails. J'espère que vous aimerez cela, miss...

Il hésita sur le nom de Jane.

— MacLeod, souffla Tally. A présent, Michael, au travail !

— A votre service, monsieur le comte, dit Michael en faisant une courbette pleine de dérision puis, levant son verre, il ajouta : A la personne la plus prestigieuse que j'aie jamais habillée.

Tally était gêné car l'admiration et le respect dans la voix de Michael étaient sincères.

— Tu es idiot mais un idiot intelligent, c'est pourquoi j'ai besoin de ton aide. Je vais me marier.

Michael se mit à rire.

— Ce n'est pas une nouvelle, mon vieux ! Si tu viens me voir à propos de la robe de Mélia, elle me cramponne depuis des semaines. Elle veut se marier en rouge, ce qui est parfaitement ridicule. Je lui ai dit que je ne la laisserais pas faire, non, vraiment, je ne la laisserai pas.

— Je ne suis pas fiancé à Mélia Melchester, dit calmement Tally.

Manifestement, Michael fut surpris.

— Pas fiancé à Mélia ! Ne sois pas stupide, Tally ! Tu es fiancé !

— Tu me mets dans l'embarras, Michael. L'annonce de mes fiançailles avec miss MacLeod va paraître demain.

Pendant un instant, le visage de Michael laissa voir son étonnement, puis, avec une maîtrise de soi que Jane lui envia, il se ressaisit et dit très poliment :

— Mes félicitations, Tally. Naturellement je te souhaite ainsi qu'à miss MacLeod tout le bonheur possible.

— Je te remercie, fit Tally. A présent, Michael, écoute-moi une minute. Nous nous sommes rencontrés il y a très peu de temps mais nous voulons que nos fiançailles soient annoncées le plus vite possible — demain comme je te l'ai dit. Gérald va s'occuper de tout mais miss MacLeod n'a malheureusement pas de tenue adéquate. Ses vêtements sont en Écosse, et nous avons pensé que tu pourrais nous tirer d'affaire.

Il y eut un instant de silence et comme Michael ne disait rien, Tally ajouta :

— Je compte sur toi, Michael, et j'espère qu'au nom de notre vieille amitié tu ne me laisseras pas tomber.

Les regards des deux hommes se croisèrent et Jane sentit qu'une grande complicité existait entre eux. Tally devina que Michael ne refuserait pas. Celui-ci soupira et se leva pour aller presser la sonnette qui se trouvait près de la cheminée.

— Tu sais que je ne peux pas dire non, Tally.

Puis il se tourna, le dos vers le feu, et regarda Jane. Elle se dit qu'elle n'avait jamais été observée aussi attentivement. Elle se sentit rougir bien qu'elle se rendît compte qu'il ne la regardait pas comme un homme regarde une femme mais comme un artisan considère le matériau qu'il doit travailler.

Carter ouvrit la porte.

— Allez voir si Mme Marie est encore en bas et, si elle y est, dites-lui de monter ici tout de suite.

— Très bien, monsieur.

Carter ferma la porte derrière lui.

— Que faut-il exactement à miss MacLeod ?

— Tout, répondit Tally.

— Et en particulier une robe pour la séance de demain, intervint Gérald. Nous pensons faire les photos dans le salon chinois de Berkeley Square. Tally veut qu'elles fassent sensation et tu sais ce que cela veut dire.

Michael acquiesça d'un signe de tête.

— C'est difficile de savoir quel est son type, dit-il comme s'il s'agissait de quelque mannequin sans vie ni personnalité. Chevelure blonde avec une pointe de roux, yeux bleus... classique et pourtant... (Il s'arrêta et, sur un ton horrifié qui aurait amusé Jane en tout autre moment, il demanda :) Où avez-vous trouvé ce manteau et cette jupe ?

— En Écosse, répondit Jane en s'excusant.

— Je n'aurais pas cru que l'on puisse massacrer un morceau de tweed à ce point. Pourtant...

Il haussa les épaules tandis que Jane sentait le rouge lui monter aux joues. Elle aurait dû être en colère ou au moins vexée, mais tout ce qu'il disait n'était que trop vrai. Elle était à Londres depuis assez longtemps pour savoir que la jupe et le manteau de tweed grossier, achetés par sa tante trois ans auparavant, étaient mal coupés et très laids. Mais qu'y pouvait-elle ? Elle n'avait pas encore assez d'argent pour renouveler sa garde-robe et avec ce qu'elle avait économisé sur son salaire, elle avait acheté des chaussures, des bas et un chapeau, sinon élégant, du moins simple et de bon goût. Elle imaginait très bien à quoi elle ressemblait, assise là, mal habillée et muette de timidité dans ce beau salon exotique ; à cet instant elle souhaita n'être jamais venue, n'avoir jamais rencontré Tally, n'avoir jamais été embarquée dans cette folle aventure.

La porte s'ouvrit et une femme d'un certain âge, vêtue d'une élégante robe grise, entra.

— Vous m'avez demandée, monsieur Sorrel ?

— Oui, Marie, j'ai besoin de vous. Vous souvenez-vous de lord Brora ?

— Bien sûr, répondit-elle en souriant. Comment allez-vous ? Cela fait plaisir de vous retrouver.

— Moi aussi, ça me fait quelque chose de vous revoir. Vous semblez être en pleine forme.

— Nous sommes tous un peu fatigués. Nous avons beaucoup de travail ces temps-ci. Vous connaissez monsieur Sorrel...

— Il n'est jamais trop occupé pour aider un ami, et c'est le principal.

— Oh ! Lord Brora ! Ne me dites pas que vous êtes venu commander quelque chose, s'écria Mme Marie d'un ton de reproche. Nous savons ce que vous avez l'habitude d'acheter et nous n'avons pas une minute actuellement, même pour le plus petit travail.

— Alors, maintenant, tenez-vous bien : c'est un très gros travail que je vous demande, répliqua Tally en riant tandis que Mme Marie portait ses deux mains à son visage en faisant mine d'être horrifiée.

Il présenta Jane, et la scène qui commençait à devenir fâcheusement habituelle se reproduisit. Mme Marie fut étonnée d'apprendre que ce n'était pas Mélia que Tally allait épouser. Elle aussi, Jane le remarqua, fut stupéfaite qu'une personne aussi insignifiante et mal habillée soit fiancée à quelqu'un d'aussi célèbre et prestigieux que Tally. Mais une fois les présentations faites, Michael donna ses instructions.

— Emmenez miss MacLeod en bas, Marie, et faites-lui passer un fond de robe. Après je verrai ce qu'on peut faire pour elle. Il faudra lui prêter un modèle ou deux pour demain, et après cela...

— Voyons, monsieur Sorrel, prévint Mme Marie, n'oubliez pas que nous devons terminer cette semaine les robes de Son Altesse Sérénissime, et il y a aussi toutes les robes du soir pour ce nouveau spectacle à Drury Lane. Nous venons de les commencer et nous avons presque une quinzaine de jours de retard sur notre programme ordinaire...

— Ne vous fatiguez pas, Marie, dit Michael, vous savez bien que nous ne pouvons rien refuser à lord Brora.

— En effet, je suppose qu'on ne peut pas, répondit Mme Marie d'un air sombre pendant que Tally éclatait de rire.

— Voulez-vous venir avec moi, miss MacLeod ? demanda-t-elle, et Jane la suivit docilement.

Les deux femmes prirent l'ascenseur pour descendre. Jane était trop timide pour dire quoi que ce soit, mais Mme Marie bavardait sans discontinuer.

— Comme c'est curieux, vos fiançailles avec lord Brora. Je l'admire tant ! Il a accompli des exploits incroyables pendant la guerre ! Bien sûr, nous le voyions beaucoup à ce moment-là. Il formait avec ses hommes une fameuse équipe. Nous les aimions tant que nous ressentions comme un deuil personnel la mort de l'un d'entre eux. Ils adoraient lord Brora. Vous devez être très fière de lui. Venez par ici, miss MacLeod.

Elle conduisit Jane dans un salon d'essayage.

— Si vous voulez bien vous déshabiller, je vais aller vous chercher un fond de robe.

Elle quitta la pièce mais, pendant un instant, Jane ne fit pas l'effort de se déshabiller. Elle se tenait debout, immobile, se regardant dans les grands miroirs qui couvraient les murs, se voyant sous tous les angles comme elle n'avait jamais eu l'occasion de le faire. Elle vit un visage tendu, pâle, un peu trop mince mais qui avait — bien qu'elle n'en fût pas consciente — quelque chose de très jeune et de charmant. Ses yeux étaient grands et sombres et, non sans satisfaction, Jane constata que l'excitation lui donnait une bonne mine. Puis elle observa sa silhouette, le manteau épais était mal coupé, avec des manches sans épaulettes et des poches déformées, la jupe était trop large et trop longue. Oui, c'était affreux, elle le savait. Irritée, elle retira son manteau pour laisser apparaître une blouse de flanelle défraîchie qui avait perdu sa teinte d'origine et dont la couleur était devenue fade et indéfinie.

« C'est bien facile de critiquer, dit-elle à son image dans le miroir, mais est-ce que tous ces gens savent ce que c'est que de ne pas avoir un sou à soi et d'être entièrement dépendante d'une vieille femme hostile à la jeunesse et à toute forme de séduction féminine ? »

Souvent, quand elle était enfant, Jane avait imaginé que sa tante choisissait exprès ce qu'il y avait de plus laid pour l'habiller. Quand la vieille dame était morte, elle avait eu la révélation que ces choix étaient délibérés. Elle ôta sa blouse et sa jupe et aperçut alors les sous-vêtements de laine rétrécis et feutrés par de multiples lavages. Ils n'avaient jamais été attrayants, même quand ils étaient neufs. Ils étaient seulement pratiques. Jane sentit monter en elle une haine soudaine pour tout ce qui était utile et inusable. Elle pensa au grand salon blanc du dernier étage, à ces délicates orchidées. Comme tout cela était beau ! Tally s'en était moqué, mais, pour elle, c'était la plus belle pièce qu'elle eût jamais vue. La senteur ambiante de parfum oriental, les chandeliers à pendeloques de cristal, le canapé avec ses grands coussins de soie et sa couverture d'hermine. Imaginer que quelqu'un puisse vivre dans une telle pièce. Elle pressa soudainement ses mains sur ses yeux pour ne plus se voir. Elle revit le salon de sa tante, sombre et austère, avec ses lourds rideaux de velours pelucheux et le sol recouvert d'un linoléum qu'elle avait ciré jour après jour jusqu'à ce qu'il soit assez brillant pour refléter le mobilier. Elle revit sa chambre avec ses murs nus, blanchis à la chaux, son lit de fer, ses rideaux de toile bise et sa pesante table de toilette à plateau de marbre. Comme tout cela était laid ; laid comme une prison.

« Si seulement je pouvais connaître autre chose, même pour peu de temps », se murmura Jane, et c'était presque une prière.

La porte s'ouvrit et Mme Marie entra.

— Je pense que ceci devrait vous aller, miss MacLeod, mais il vaudrait peut-être mieux que vous enfiliez d'abord ceci.

Elle lui tendit une combinaison en voile et en dentelle, ravissante et fragile. Jane n'avait jamais rien eu d'aussi délicat entre les mains. Elle se glissa dans cette lingerie si transparente qu'elle osait à peine se regarder dans le miroir. Puis Mme Marie lui fit enfiler un long fourreau de soie blanche. C'était un modèle « à la grecque » qui moulait sa poitrine et laissait ses épaules et ses bras nus. Il épousait son corps et tombait en plis souples jusqu'au sol.

— C'est ce qu'on fait toujours porter aux clientes avant que M. Sorrel ne commence à dessiner. Cela lui donne une idée de leur silhouette.

Jane se regarda. Elle n'avait jamais réalisé qu'elle avait une silhouette. Maintenant elle pouvait constater qu'elle était mince avec des hanches étroites et une taille très fine. Ses épaules étaient d'une blancheur laiteuse et elle avait de très jolis bras.

« Je ne suis pas trop mal », pensa-t-elle pour s'encourager.

— Peut-être pourriez-vous défaire un peu vos cheveux ? dit Mme Marie en hésitant, comme si elle craignait que Jane ne trouve sa suggestion impertinente. Ils sont d'une si jolie couleur, mais vous les tirez en arrière d'une façon un peu trop austère.

Jane leva les bras pour retirer plusieurs épingles à cheveux. Elle laissa se dérouler le chignon strict, serré sur la nuque, et quelques grosses mèches de cheveux blonds tombèrent sur ses épaules.

— Seigneur ! s'exclama Mme Marie, je ne me doutais pas que vous aviez des cheveux aussi longs. Votre chignon devait être très serré !

— Oui, je l'ai toujours fait comme cela, dit Jane rapidement, sans préciser que sa grande-tante l'y forçait.

Elle tira un peigne de son sac et le passa dans ses cheveux.

— Qu'ils sont beaux, dit Mme Marie avec enthousiasme. Je ne comprends pas pourquoi vous les cachez.

— Je ne savais que faire d'autre.

Sous le peigne les cheveux s'électrifiaient, dansaient en un chatoiement d'or sous les lumières. Ils lui arrivaient aux épaules et tombaient en ondulations naturelles de chaque côté de son visage.

Mme Marie ouvrit un tiroir de la table près du miroir.

— Maintenant, miss MacLeod, voici du mascara. Mettez-en un peu sur vos cils. Je remarque qu'ils sont longs mais trop blonds pour qu'on les voie.

Elle tendit une boîte rouge avec une petite brosse. Jane la prit en hésitant.

— J'ai peur de ne pas savoir m'en servir. Voyez-vous, je ne me suis jamais maquillée.

Un étonnement manifestement sincère se lisait sur le visage de Mme Marie.

— Seigneur ! Mais d'où sortez-vous ? Dans ce cas, laissez-moi faire. Je vais chercher un peu d'eau pour mouiller la brosse.

Elle ne s'absenta qu'une minute et se mit à noircir les cils de Jane d'une main experte.

— Voilà, c'est beaucoup mieux comme cela.

Maintenant, un peu de rouge à lèvres. Ne me dites pas que vous n'en avez pas !

— J'ai bien peur que ce soit le cas ! répondit Jane avec une toute petite voix.

— Eh bien, si on m'avait dit qu'il existait au monde quelqu'un comme vous, je ne l'aurais pas cru. Je ne dis pas cela pour être désagréable, miss MacLeod, comprenez-moi, mais c'est un fait que la plupart des jeunes filles aujourd'hui apprennent à se maquiller dès le berceau. Attendez une seconde, il faut que je trouve la couleur exacte pour vous ; un genre de rose corail devait bien vous aller. Oui, en voici un. Elle prit le bâton de rouge dans le tiroir et en effleura les lèvres de Jane. Je ne mettrai pas de rouge aux pommettes, vous avez une si jolie peau claire... Juste un nuage de poudre... Celle-ci est la plus fine qui existe... Maintenant, regardez-vous.

Jane fit ce qu'on lui disait. Lorsqu'elle se vit dans le miroir, elle retint son souffle. Ce n'était pas possible ; ce n'était pas elle, cette jeune fille dans une robe de soie blanche, moulante, décolletée, avec une chevelure dorée retombant sur ses épaules, de grands yeux aux longs cils noirs et des lèvres roses et pulpeuses.

— Je ne suis plus la même, n'est-ce pas ?

Et sa voix elle-même lui parut changée.

— Attendez seulement de voir la tête que va faire M. Sorrel quand vous allez remonter, dit Mme Marie. Venez, on va lui montrer.

— Mais je ne peux pas aller là-haut comme cela, je me sens... j'ai l'impression d'être toute nue.

Mme Marie éclata de rire.

— Vous n'avez pas de raison d'être intimidée par M. Sorrel !

— Mais lord Brora est là, dit Jane affolée.

— Cela ne fait rien puisque vous allez l'épouser !

— Oui, bien sûr, murmura Jane, mais tout de

même, je vous en prie, je voudrais bien un manteau ou quelque chose...

Mme Marie la dévisagea comme si elle n'en croyait pas ses oreilles, puis elle disparut un instant et revint avec une petite cape de velours blanc bordée de zibeline.

— Mettez cela sur vos épaules, au moins vous n'aurez pas froid.

Il y avait dans sa voix un soupçon de rire qui retint Jane de protester davantage. Sans rien ajouter, elle suivit Mme Marie et elles prirent l'ascenseur jusqu'au dernier étage.

Dans l'entrée, Jane respira profondément. Elle était si intimidée que c'était pour elle un vrai supplice de suivre Mme Marie.

Elle aurait donné n'importe quoi à cet instant pour que le plancher s'ouvrît sous ses pas, mais elle se força cependant à avancer, à entrer dans la pièce où les trois hommes attendaient. Comme elle le faisait toujours en cas de frayeur ou de contrariété, elle se tenait la tête bien droite, s'efforçant de paraître plus grande qu'elle n'était, si bien que lorsqu'elle pénétra dans le salon elle n'avait vraiment plus aucune ressemblance avec la jeune fille qui vingt minutes plus tôt était sortie de la pièce, la tête rentrée dans les épaules.

Les hommes étaient toujours assis devant l'âtre. Michael sur le sofa, Tally et Gérald dans de gros fauteuils blancs. Quand Jane entra, ils se levèrent lentement. Michael s'avança.

— Je suis désolé, on ne m'a pas averti... Seigneur! s'exclama-t-il, c'est miss MacLeod... Pendant un instant je ne vous ai pas reconnue!

Mme Marie qui était restée derrière la porte ouverte entra en riant:

— Il me semblait bien que vous ne la reconnaîtriez pas. C'est pourquoi je l'ai laissée entrer toute seule. N'est-ce pas une métamorphose ?

Michael Sorrel se recula en plissant les yeux mais Jane faisait à peine attention à lui. Elle regardait Tally, constatant qu'il avait lui aussi les yeux fixés sur elle mais d'une manière toute différente.

— Maintenant, nous pouvons nous mettre au travail, dit Michael d'un ton triomphant.

Comme dans un rêve, Jane l'entendit donner des instructions à Mme Marie. Les robes avaient toutes de jolis noms : « Flèche ailée », « Soleil couchant », « Lumière des étoiles », « Lune bleue » et « Amour dans la brume ».

— Cela suffira pour l'instant, dit Michael Sorrel. Tally, si tu peux me la prêter quelques minutes demain matin, je dessinerai un ou deux modèles spécialement pour elle qui pourront être prêts à la fin de la semaine.

— Mais non, M. Sorrel, ce ne sera pas possible, protesta Mme Marie.

— A la fin de la semaine, répéta Michael.

— Et la robe pour les photos demain ? demanda Gérald.

— Je l'avais oubliée, celle-là. Vous lui donnerez « Fleur d'amandier », madame Marie.

— Mais, monsieur Sorrel, vous en aviez promis l'exclusivité à Son Altesse Sérénissime.

Michael Sorrel haussa les épaules.

— Miss MacLeod la portera beaucoup mieux.

Jane fut surprise par ces mots. Pensait-il vraiment ce qu'il disait ? Pendant un instant, elle crut qu'il plaisantait, puis elle s'aperçut qu'il parlait sérieusement. Enfin elle retrouva sa voix et émergea de son rêve.

— Je vous en prie, ne me donnez pas trop de choses. Juste une robe pour les photos demain. Je n'ai pas besoin des autres, vraiment.

Alors, Tally prit enfin la parole en se rapprochant d'elle.

— Laissez-moi faire, dit-il tranquillement. Vous m'avez fait une promesse, n'oubliez pas, et de plus vous allez être superbe avec tout cela. Pourquoi ne vous coiffez-vous pas toujours ainsi ?

Elle leva les yeux vers lui. Elle n'avait pas réalisé jusqu'à cet instant à quel point il était grand, et elle petite et menue à côté de lui.

— Mais je ne peux pas les laisser retomber, sans les attacher.

— Pourquoi pas ?

Michael Sorrel qui avait paru ne pas prendre part à la conversation intervint.

— Mais c'est ainsi qu'il faut vous coiffer, naturellement. Je vais dessiner une robe spécialement pour vos cheveux. Ils sont magnifiques.

— Si Michael le dit, vous devez obéir.

Tally était toujours debout à côté d'elle et la regardait. Jane eut l'impression qu'ils étaient seuls dans la pièce. Elle entendait, comme s'ils étaient au loin, Mme Marie suppliant Michael Sorrel de se souvenir de leurs autres engagements et celui-ci lui répondre avec impatience. Mais elle ne voyait que Tally et il lui semblait qu'ils se rencontraient pour la première fois.

Puis le charme fut rompu par Gérald :

— Je crois que miss MacLeod va être très photogénique.

Il n'ajouta rien, mais Jane termina intérieurement sa phrase « et cela va bien contrarier Mélia ». « C'est ce qu'ils pensent tous, se dit-elle. Ils ne s'intéressent pas vraiment à moi. Mes cheveux, ma silhouette, mes vêtements n'ont d'importance que pour une seule raison, pour en agacer une autre. »

Et tout à coup, la petite et insignifiante Jane

MacLeod se rendit compte qu'elle détestait la belle Mélia Melchester qu'elle n'avait jamais vue.

4

Jane ouvrit les yeux et réalisa qu'elle avait dû s'endormir. Ils roulaient toujours dans la nuit. Ils étaient manifestement en pleine campagne et, dans le clair de lune, elle apercevait les arbres dénudés qui étiraient leurs branches vers le ciel comme sur une sombre gravure ancienne. Elle aperçut une ferme avec sa fenêtre éclairée d'une chaude lumière dorée, puis ils s'enfoncèrent à nouveau dans la campagne en longeant la crête des collines du Cotswold. Le vent sifflait contre les parois de la voiture et elle appréciait la chaleur douillette des couvertures dans lesquelles Tally l'avait enveloppée.

Au début du voyage, il avait un peu bavardé, parlant de leurs projets, de Michael Sorrel et de Gérald resté à Londres pour s'occuper des journaux, mais au bout d'un moment s'était établi un silence tranquille. Le ronronnement du moteur avait fini par endormir Jane et son rêve l'avait ramenée à la lande de Glendale baignée de soleil. Elle mit un instant à rassembler ses esprits. Puis les événements étranges et compliqués des cinq dernières heures lui revinrent en mémoire.

Oui, c'était bien vrai qu'elle, Jane MacLeod, jusqu'à ce matin obscure petite dactylo circulant en métro pour se rendre à son travail, roulait en Rolls, habillée par un grand couturier et emmitouflée dans des couvertures de fourrure, aux côtés d'un jeune homme aussi célèbre que beau et qui demain annoncerait publiquement leurs fiançailles.

A cette pensée, elle leva la tête vers Tally qui se tourna vers elle.

— Bien dormi ? s'enquit-il.

— Pardon, s'excusa Jane, j'ai honte de m'être ainsi écroulée. Je suppose que c'est la chaleur... et aussi les émotions.

— Ne vous excusez pas. Vous devez être fatiguée. Vous avez travaillé toute la journée au bureau avant que nous ne commencions « l'opération Brora ».

— Ce n'était pas très difficile, avoua Jane. Ce travail me plaît beaucoup.

— Miss Ames m'a dit que vous vous en tiriez très bien. Quand je lui ai annoncé que je vous emmenais, elle a été très contrariée de voir partir une employée aussi efficace.

Jane pensa que le mécontentement de miss Ames ne tenait pas tant à la perte d'une bonne dactylo qu'à la découverte d'une telle intimité entre eux ! L'admiration de miss Ames pour son patron n'échappait à personne — même à quelqu'un d'aussi naïf que Jane —, c'était une admiration respectueuse, proche de la vénération.

— Qu'a-t-elle dit d'autre ? demanda Jane avec curiosité.

— Elle nous souhaite tout le bonheur possible, dit Tally avec dans la voix une pointe d'amertume que Jane n'avait jamais entendue auparavant.

— A-t-elle été surprise, elle aussi, que vous n'épousiez pas miss Melchester ?

— Surprise ? Bien sûr ! comme tout le monde, apparemment ! Mais si vous voulez mon avis, elle était surtout soulagée. Miss Ames n'a jamais aimé Mélia. Elles s'agressaient en douceur chaque fois qu'elles se rencontraient.

— Pauvre miss Ames. Elle ferait n'importe quoi pour vous, lord Brora.

— Tally, corrigea-t-il. Pensez à m'appeler par mon prénom.

— Oui, bien sûr, acquiesça Jane en rougissant,

mais je ne peux m'empêcher de trouver cela terriblement familier.

Tally sourit.

— Il faudra bien en venir là tôt ou tard. Au fait, Jane, je vous ai trouvée splendide chez Michael. Cette situation a dû vous paraître un peu bizarre et même assez intimidante mais cependant vous étiez tout simplement superbe.

— Oh ! lord Br..., je veux dire, Tally, je voudrais pouvoir vous remercier pour toutes ces merveilles que vous m'avez offertes. Même en rêve, je n'avais jamais imaginé pouvoir porter des robes aussi somptueuses.

Tout en parlant, Jane apercevait un pan du manteau bleu bordé de castor qu'elle portait et sentait sur son corps la chaleur de la robe de lainage assortie. Au moment de sortir du magasin pour aller dîner avec Tally, elle s'était à peine reconnue dans le miroir. Jamais elle n'avait imaginé être non seulement aussi séduisante, mais si différente de la jeune fille qui travaillait péniblement chez sa tante. Là-bas, le miroir fêlé et terni qui surmontait la commode de sa chambre n'avait que trop souvent réfléchi un visage noyé de larmes, aux yeux rougis, aux joues blêmes de froid et de tristesse, aux lèvres tremblantes. Aujourd'hui, son visage rayonnait d'une sorte de lumière intérieure et d'une flamme qui se lisait dans ses yeux.

« Je devrais me morfondre pour Angus », se disait-elle sévèrement, mais ces mots sonnaient creux et elle s'était détournée de la glace pour écouter les cris d'admiration de Mme Marie et lire l'approbation dans les yeux de Tally, alors qu'elle traversait la salle pour venir à sa rencontre.

C'était Gérald qui avait repoussé l'idée de renvoyer Jane dans la pension de famille de Putney, et elle se dit avec satisfaction que ce changement de stratégie n'était dû qu'à sa métamorphose.

— Je ne crois pas que cette histoire d'attaque par des voyous à Putney soit assez romantique pour miss MacLeod, avait dit Gérald quand Michael Sorrel et Mme Marie les avaient laissés seuls quelques instants.

— Que suggères-tu à la place ?

— Eh bien, il vaudrait mieux que cette bagarre se soit passée à Hyde Park, et de plus lorsque les journaux voudront contacter miss MacLeod ce soir ou demain matin, il faudrait que ce soit à une adresse convenable.

— Qu'appelles-tu convenable ?

— Tu sais très bien ce que je veux dire, répondit patiemment Gérald. Permets-moi de te faire remarquer, au cas où cela t'aurait échappé que miss MacLeod a besoin d'un chaperon.

— Un chaperon ! Grands dieux ! Je les croyais passés de mode depuis des années !

— Pas pour les très jeunes filles, surtout très jolies, dit Gérald d'une façon appuyée.

Jane l'en aurait remercié si elle n'avait été beaucoup trop intimidée pour prononcer un seul mot.

— Oui, je vois ce que tu veux dire, dit Tally d'un air pensif, mais qui pouvons-nous trouver à cette heure tardive ?

Il y eut un silence et Jane s'aperçut tout à coup que son cœur battait la chamade. Qu'allait-il lui arriver maintenant ? Elle était moins effrayée que surexcitée. La vie avec Tally était pleine d'imprévu, oui, c'était vraiment une merveilleuse aventure.

— Je sais, fit soudain Tally. Comment n'y avais-je pas pensé plus tôt !

— A quoi ? demanda Gérald.

— C'est ta faute, mon garçon ! Comme conseiller, tu n'es pas terrible. Pour tout dire, tu me déçois, Gérald.

— Bon ! Qu'ai-je encore oublié ?

— Tu me laisses annoncer nos fiançailles sans informer la famille. Un manque de tact qui peut les indisposer envers ma fiancée.

— Bien sûr ! Tu as raison, mon vieux !

— Évidemment ! Allons nous restaurer tous les trois, et puis j'emmènerai Jane chez ma mère.

— Dans le Worcestershire ?

— Oui. Elle est chez elle. Je vais d'abord lui téléphoner pour qu'elle puisse tuer le veau gras !

C'est alors que la voix de Jane, faible et implorante, les interrompit.

— Mais... je vous en prie... avant de décider, rappelez-vous que je ne peux pas partir en voyage. Je n'ai rien à me mettre... je n'ai rien de convenable à emporter. Je ne sais pas ce que votre mère pourrait penser de moi.

— Nous allons nous occuper de tout cela, répondit Tally. Au fait, il faut que nous passions dans votre pension prendre vos affaires, donner congé et payer le loyer, sinon ils vous croiront en fugue ou kidnappée.

— Bien sûr, murmura Jane.

A cet instant toutes ses appréhensions ressurgirent. Elle ne s'attendait pas à être présentée à la famille de Tally.

« Comment sera sa mère ? se demanda-t-elle. Une douairière autoritaire, furieuse de voir son précieux fils se fiancer avec une inconnue, voire une aventurière ? » Jane frissonna.

« Laissez-moi faire », avait dit Tally une fois de plus. Elle aurait bien voulu, en effet, pouvoir s'en remettre complètement à lui, au lieu de tant se tourmenter.

Tally quitta la pièce et Jane tourna son regard vers Gérald. Il lui fit un sourire rassurant.

— Vous allez voir, tout va s'arranger en définitive.

Jane soupira. Elle ne trouvait pas grand-chose à dire mais elle se demandait bien comment tout cela finirait. Gérald voulait-il dire que Mélia Melchester qui avait rompu ses fiançailles avec Tally changerait d'avis et se refiancerait avec lui ? Oui, c'était certainement cela. Alors Tally serait de nouveau heureux et tout redeviendrait comme avant, sauf pour elle. Un instant elle éprouva une sensation de vertige, puis elle se dit avec reproche qu'elle avait une chance inouïe de prendre part, même momentanément, à cette folle aventure.

— Au fait, dit Gérald, Tally m'a donné votre télégramme. Je le téléphonerai dès que possible.

— Je vous remercie.

C'était évidemment un élément important de leur plan. Elle essaya d'imaginer la tête d'Angus quand il l'ouvrirait. Que penserait-il ? Qu'éprouverait-il ? Serait-il mortifié de voir que celle qu'il avait évincée pour une autre plus brillante l'avait en fait déjà repoussé pour la même raison ?

Jane se sentit très jeune et sans expérience. Que savait-elle des hommes et de leurs sentiments ? Les réactions d'Angus seraient peut-être tout autres. Elle avait eu tort de croire qu'il l'aimait vraiment ; peut-être ne ferait-il même plus attention à elle, quoi qu'elle puisse faire ou dire.

— Êtes-vous malheureuse ? demanda Gérald en la regardant avec attention.

— Pas vraiment. Seulement un peu effrayée par tout cela !

— Je me mets à votre place ! dit-il. Maintenant, il me faut quelques détails sur vous, pour les journaux. Comment s'appelait votre père ?

— Le révérend Evan MacLeod.

— Il est mort ?

— Oui.

— Et votre mère ?

Il y eut un silence. Gérald leva les yeux du carnet sur lequel il prenait quelques notes. Jane était prostrée et il pensa que ses questions réveillaient de douloureux souvenirs. Enfin, elle parla d'une voix basse et incertaine.

— Ma mère est... morte...

Gérald allait lui dire quelques paroles compatissantes. Puis il se ravisa. Les choses seraient sans doute plus faciles pour elle s'il s'en tenait à sa simple mission.

— Votre père était ?...
— Pasteur de Glendale, dans le comté de Sutherland.

Jane parlait très vite, comme soulagée de pouvoir répondre. Gérald relut ses notes.

— Je crois que c'est tout. Ah ! non, il me faut votre âge. Les journalistes un peu curieux ne manqueront pas de le demander.

— Je viens d'avoir dix-neuf ans.

Gérald nota et remit le carnet dans sa poche. Soudain, Jane se pencha, le visage tendu, les mains crispées comme si elle était en proie à une vive émotion.

— Capitaine Fairfax, il y a quelque chose qu'il faut que...

Mais il ne sut jamais ce qu'elle allait dire, car Tally entra dans la pièce.

— J'ai tout arrangé, dit-il joyeusement à Jane. Michael va vous prêter ce qu'il faut pour ce soir. Demain, quand nous rentrerons à Londres, nous achèterons tout le nécessaire. J'ai demandé au liftier de retenir une table au *Claridge*, nous irons y dîner dès que vous serez prête. Dépêchez-vous, jeune fille, j'ai faim.

— Dois-je descendre au salon d'essayage ? demanda Jane.

— Oui, Mme Marie vous y attend. Elle m'en veut, alors tâchez de l'amadouer un peu !

— Je ferai de mon mieux, répondit Jane sans grande assurance.

Elle sortit en hâte, s'en voulant de se sentir ainsi, comme un oiseau tombé du nid.

Le dîner au *Claridge* se passa comme dans un rêve. Elle n'était encore jamais entrée dans un hôtel de luxe ; le service raffiné, les plats délicieux et le verre de vin que Tally lui avait fait boire, les accents lointains d'une musique douce, tout cela l'avait transportée dans un monde enchanté, un peu comme dans un film.

Après le dîner, Tally insista pour qu'elle écrive sa lettre à Angus, puis ils montèrent en voiture et se dirigèrent à vive allure vers Putney. Gérald avait proposé de parler lui-même à la logeuse.

— Mieux vaut qu'elle ne vous voie pas, conseilla Tally. Je crois qu'elle ne vous reconnaîtrait pas ; ou alors elle pensera que vous avez vendu votre âme au diable ! D'ailleurs, il ne faut pas qu'on fasse le rapprochement entre la demoiselle MacLeod timide et discrète qui a vécu ici et la Jane MacLeod élégante et sophistiquée dont les fiançailles seront annoncées demain.

— Peut-être vaudrait-il mieux que je change de nom, dit Jane mi-sérieusement.

Tally secoua la tête.

— Laissez-moi vous donner un petit conseil, Jane. Il ne faut jamais, jamais mentir à moins d'y être absolument contraint. La meilleure façon de tromper est de dire la vérité avec peut-être... une ou deux petites réserves.

Tally et Jane attendirent donc devant la pension de Putney. Gérald en ressortit au bout d'un quart d'heure avec toutes les affaires de Jane dans une petite valise bon marché.

— J'ai donné à la femme de chambre un petit

pourboire pour faire votre valise, elle était enchantée, dit-il.

— J'en suis sûre.

— Elle avait l'air gentille, continua Gérald. Elle s'occupait bien de vous ?

— Elle n'avait pas beaucoup de temps pour s'occuper de tout le quatrième étage, répondit Jane en réprimant une envie de rire.

Aucun des deux hommes n'avait la moindre idée de ce qu'était la vie dans une modeste pension de famille surpeuplée où la logeuse et une seule employée assurent tout le service.

— Bon, avons-nous fini ? demanda Tally en mettant le moteur en marche.

— Je crois, répondit Gérald. Il vaut mieux que vous partiez directement pour le Worcestershire. Je vais me débrouiller pour rentrer, ne vous en faites pas pour moi.

Tally regarda la montre au tableau de bord.

— Il est juste neuf heures, dit-il. Tu as peut-être raison. Il va nous falloir près de trois heures. Tu es sûr que ça ne t'ennuie pas qu'on te laisse ?

— Pas du tout.

— Bon, eh bien, allons-y. Nous rentrerons demain matin. Occupe-toi de la presse.

— Tout de suite. Bonne soirée et bonne chance à tous les deux.

Tally embraya et Gérald les regarda s'éloigner en agitant son chapeau.

Quand ils furent en route, Jane demanda :

— Votre mère ne va-t-elle pas trouver que nous arrivons bien tard ?

— Minuit, ce n'est pas tard pour ma mère, répondit-il.

Jane se demanda ce qu'il voulait dire mais n'osa pas insister. Maintenant qu'ils étaient seuls dans l'obscurité intime et confortable de la voiture, il était

plus facile de lui parler. Elle demanda timidement :
— Qu'a dit votre mère de... quand vous lui avez annoncé ?... Je veux dire... à mon sujet ?
— Vous voulez parler de nos fiançailles ? Mais rien, bien sûr !

Jane espérait en savoir davantage, mais il avait l'œil fixé sur la route et semblait n'avoir rien à ajouter. Après quelques minutes de silence, la curiosité l'emporta et elle demanda :
— Votre mère était-elle mécontente que vos fiançailles avec miss Melchester soient rompues ?
— Mécontente ? non, je ne crois pas.
— Êtes-vous le seul fils de lady Brora ?
— Oui, je n'ai ni frères ni sœurs... A propos, ma mère ne s'appelle pas lady Brora. Elle s'est remariée après la mort de mon père. Il a été tué dans un accident de chasse quand j'avais douze ans. Ma mère s'appelle maintenant Mrs Melton, mais son second mari, mon beau-père, est mort de ses blessures après la chute de Singapour.
— Comme c'est affreux ! s'écria Jane avec sympathie.

Tally inclina la tête mais n'ajouta rien. Ils roulèrent en silence et bientôt Jane se sentit gagnée par le sommeil. Aucun doute, elle était fatiguée. Il lui était arrivé tant de choses en si peu de temps... Elle repensa à l'instant où elle avait ouvert la lettre d'Angus, à l'amertume de ses larmes, à l'entrée inattendue de Tally dans le bureau et à son étonnante proposition ; à Michael Sorrel, aux vêtements qu'elle portait et à ceux du lendemain et peut-être du surlendemain. Les airs qu'avait joués l'orchestre du *Claridge* faisaient un arrière-plan lancinant à ses pensées jusqu'à ce que sa tête glissât sur le côté pour se reposer sur l'épaule de Tally. Elle s'était endormie...

Elle se réveilla en sursaut. La voiture s'était arrêtée.

— Nous sommes arrivés, dit Tally.

Jane ouvrit les yeux et s'aperçut que le bras de Tally entourait ses épaules pour la soutenir.

— Réveillez-vous. Nous sommes à la maison.

— Ô mon Dieu ! Ai-je encore dormi ? Je suis désolée.

Comme Tally l'aidait à sortir de la voiture, une porte s'ouvrit et brusquement ils furent pris dans un faisceau de lumière dorée. Jane leva les yeux vers la grande maison qui s'élevait, très haute, au-dessus de leurs têtes. Il y avait beaucoup de fenêtres éclairées, et sous le grand porche d'entrée en haut d'un escalier de pierre se tenait, plein de dignité, un maître d'hôtel aux cheveux blancs.

— Avez-vous fait bon voyage, monsieur le comte ? demanda-t-il respectueusement.

— Pas mal, Barnet. Nous avons mis trois heures et cinq minutes. C'est un peu au-dessous de mon record mais j'ai conduit prudemment. Je ne voulais pas effrayer miss MacLeod.

Tally se tourna vers Jane.

— Jane, je voudrais vous présenter Barnet. Il est chez nous depuis cinquante ans et il est au courant de tous mes écarts de conduite depuis ma naissance.

— Très heureux, mademoiselle, dit Barnet comme Jane lui serrait la main. Je suis heureux de vous accueillir à Greystones.

— Je vous remercie, répondit Jane, mise en confiance et même un peu encouragée par ces mots.

— Mon Dieu ! Qu'il fait froid ! dit Tally en frissonnant. Il doit geler, Barnet ?

— Oui, monsieur le comte. Environ moins quatre, quand j'ai regardé le thermomètre juste après le dîner. Voulez-vous aller au salon ? Il y a un bon feu et Madame vous y attend.

— Très bien. Venez, Jane, ordonna Tally et, la prenant par le bras, il lui fit monter les marches vers l'entrée.

Le hall était immense et très haut de plafond, avec des lambris de chêne et un grand escalier courbe. Les murs étaient ornés de portraits dans de lourds cadres dorés et des peaux de tigre couvraient le parquet bien ciré. Jane avait envie de tout examiner autour d'elle mais, sans s'arrêter, Tally la conduisit jusqu'à une petite porte à l'extrémité du hall. Il l'ouvrit et il y eut un soudain flamboiement de lumière et de couleur, un parfum exotique de fleurs de serre et un bruit confus de conversations. Le salon était grand. Des lustres de cristal étaient suspendus au plafond. Autour de la cheminée, il sembla à Jane qu'il y avait une foule de gens, la plupart d'entre eux assis à de petites tables couvertes de feutrine verte et jouant aux cartes. Une grande femme vêtue de velours noir se leva pour les accueillir.

— Tally, mon chéri ! Nous nous demandions dans combien de temps tu allais arriver.

— Bonsoir, maman ! dit-il en se penchant pour l'embrasser. Voici Jane.

— Bonsoir. Je suis enchantée de faire votre connaissance. Venez près du feu. Vous devez être gelés. Il y a de petits sandwiches là-bas et du café bien chaud. Si vous voulez quelque chose de plus substantiel, demandez à Barnet.

— Des sandwiches suffiront. Nous avons dîné avant de partir.

Ils s'approchèrent du feu et furent accueillis par un concert de souhaits de bienvenue :

— Heureux de te revoir, Tally...
— Comment ça va, mon vieux ?
— Qu'est-ce que nous apprenons ?...
— Une autre fiancée ?...
— Vraiment, Tally, tu es incorrigible...

Il était difficile de discerner qui parlait. Jane se tint à l'écart jusqu'à ce que Tally la poussât en avant; elle serra alors la main d'une douzaine de personnes. C'est seulement quand Tally eut été lui chercher un sandwich et qu'elle eut avalé un café fumant qu'elle put dominer son trac et observer les personnes qui bavardaient et riaient ensemble.

La mère de Tally était étonnante. Jane s'attendait à quelqu'un de plus vieux. Mrs Melton semblait très jeune pour avoir un fils de cet âge. Elle était très gracieuse avec son long cou et son visage aux traits délicats. Elle avait de grands yeux noirs, et ses cheveux coupés assez court formaient de minuscules boucles à la grecque autour de son front blanc. Elle était d'une beauté singulière.

« Je ne me lasserai jamais de la regarder, pensa Jane. C'est la plus belle personne que j'aie jamais vue. »

Et cependant tout en admirant Mrs Melton, elle trouvait que son visage n'était pas celui d'une femme heureuse. Il y avait de la nervosité et comme une obsession dans son regard et quelque chose de pathétique dans la forme de sa bouche un peu tombante. Comme la conversation se poursuivait, Jane se rendit compte que Mrs Melton ne s'intéressait pas vraiment à ce qui se disait. Pleine de charme, elle était visiblement absorbée.

« Je me fais des idées », pensa Jane bien que l'impression persistât malgré elle.

Bientôt les invités qui jouaient aux cartes retournèrent à leurs tables. « Il faut finir notre partie », dirent-ils; Jane, Tally et sa mère se retrouvèrent seuls devant le feu.

Mrs Melton se tenait debout, une main posée sur la cheminée de marbre, la tête penchée comme si elle regardait les flammes. Sa robe tombait en plis gracieux autour d'elle, formant une flaque d'ombre à ses pieds.

« Ce qu'elle est belle », pensa Jane et elle se demanda à quoi pouvait bien penser Mrs Melton, les yeux fixés sur le feu.

— Avez-vous été étonnée, maman, quand je vous ai téléphoné ? demanda Tally en prenant un sandwich sur le plateau d'argent gravé à ses armes — un aigle aux ailes déployées.

— Étonnée ? demanda Mrs Melton d'un air vague. Oh ! parce que tu venais ce soir ? Bien sûr, mon chéri.

Il était évident que sa réponse était purement conventionnelle et Jane comprit l'agacement de Tally lorsqu'il insista :

— Vous avez bien saisi que mes fiançailles avec Jane seront annoncées demain ?

— C'est ce que tu m'as dit, mon chéri. Tu n'as pas besoin de moi pour quoi que ce soit, n'est-ce pas ?

— Non, bien sûr que non ! Je pensais simplement que cela vous intéresserait.

— Mais cela m'intéresse, Tally. Et demain, quand elle sera reposée, Jane me parlera d'elle.

Elle sourit à Jane mais alors que celle-ci allait lui rendre son sourire, le regard de Mrs Melton se détourna, comme si elle ne se souciait pas du tout de la réponse. Tally regarda sa montre.

— Si on allait se coucher ? demanda-t-il. Devez-vous attendre le départ de tous ces gens ?

— Oh ! non. Je crois qu'ils vont jouer encore un moment. Je vais conduire Jane à sa chambre. Vous ne voulez plus de café ?

— Non, je vous remercie, répondit Jane.

— Alors, venez avec moi. Ne vous croyez pas obligée de dire bonsoir à tout le monde. Ils sont absorbés par leur jeu.

Elle l'entraîna d'un pas vif hors du salon, la traîne de sa robe du soir glissant derrière elle sur l'épais tapis.

Tally les suivit dans le hall.
— Dormez bien. N'hésitez pas à demander si vous avez besoin de quelque chose. A demain matin.
— Bonne nuit, Tally.
Jane s'en alla un peu perdue. Elle avait peur de le quitter parce qu'il était le seul lien entre la Jane qu'elle avait été et celle qu'elle était en train de devenir.
Elle était déjà à mi-étage avec Mrs Melton quand il lui répondit :
— Bonne nuit, Jane.
Elle s'arrêta un instant et se pencha au-dessus de la lourde rampe de chêne. La tête levée vers elle, il se détacha sur le fond des lambris sombres du hall, comme un homme plein de dignité et d'autorité.
— Bonne nuit, dit Jane d'une voix mal assurée.
— Dieu vous bénisse, répondit Tally, et... merci.
Ce furent ces mots qu'elle emporta avec elle pour se donner du courage tandis qu'elle entrait dans une grande chambre décorée de tapisseries où trônait un grand lit à baldaquin. Il y avait un feu dans l'âtre, et le cœur de Jane chavira quand elle s'aperçut que la femme de chambre avait défait les deux valises, celle que Michael Sorrel lui avait prêtée et celle que Gérald avait récupérée dans sa pension de famille.
Sur la coiffeuse, devant le haut miroir à trois faces, se trouvaient ses minables affaires de toilette — un peigne auquel manquaient trois dents, une brosse à cheveux en bois verni — et sur le lit, offertes à son choix, étaient étalées deux chemises de nuit : l'une soyeuse et transparente, garnie de dentelle d'une exquise fragilité et une autre, en épais coton ornée seulement de deux gros boutons pour la fermer au cou et des reprises qu'elle avait soigneusement exécutées.
Il sembla à Jane que sa duplicité était à cet instant clairement révélée. Il y avait deux Jane — l'artifi-

cielle que Michael Sorrel avait créée sur les instances de Tally et la vraie Jane, simple, austère et dévouée. A cet instant, elle eut envie de tout expliquer à Mrs Melton, de lui dire la vérité et le pourquoi de sa présence là. Malgré son air indifférent et son détachement, il y avait dans l'attitude de son hôtesse une certaine sympathie qui empêchait Jane d'avoir peur d'elle.

Parlerait-elle ? Les mots tremblaient sur ses lèvres. Alors, avant qu'elle n'ait pu dire quoi que ce soit, Mrs Melton dit, après avoir jeté un coup d'œil alentour pour voir si tout était en ordre :

— J'espère que vous serez bien ici. Appelez, je vous en prie, si vous avez besoin de quelque chose. Bonne nuit.

Elle se tourna vers la porte sans rien ajouter. C'était comme si elle redoutait des confidences ou une familiarité de la part de la jeune fille que son fils avait choisie pour fiancée.

— Bonne nuit, répéta Mrs Melton, et la porte se ferma derrière elle.

Jane resta là, debout, immobile. Puis elle tourna de nouveau son regard vers ses deux chemises de nuit.

Mrs Melton les avait-elle vues ? Sûrement ! Qu'avait-elle pensé ? Pour Jane, elles étaient là — la vraie et la fausse — comme des accusatrices.

5

Lady Melchester entra dans la chambre de sa fille, la traversa jusqu'à la fenêtre et tira les rideaux. Dans son lit à courtepointe de dentelle, Mélia dormait encore. Elle se retourna, cherchant une position confortable pour prolonger son sommeil.

— Mélia ! appela lady Melchester. Réveille-toi ! J'ai quelque chose à te montrer.

N'obtenant aucune réponse, elle s'approcha du lit, se pencha sur sa fille et lui secoua l'épaule.

— Réveille-toi tout de suite, Mélia. C'est important. Regarde le *Daily Express*.

En entendant *Daily Express*, Mélia, d'un mouvement brusque, se dressa sur le lit. Chaque boucle de sa chevelure brune était soigneusement épinglée ; elle portait une charlotte de dentelle bleu pâle assortie à sa chemise de nuit et elle trouvait le moyen d'être étonnamment jolie, à son réveil, même sans maquillage.

Sans dire un mot à sa mère, elle bâilla et tendit la main vers le journal.

— Regarde, s'exclama sa mère d'un ton dramatique.

Mélia jeta un coup d'œil. Puis elle saisit nerveusement le journal à deux mains.

— Ce n'est pas vrai, dit-elle en hoquetant. Comment Tally ose-t-il me faire ça ? Comment ose-t-il ?

— Je t'avais bien dit, Mélia, que tu faisais une bêtise, dit, d'un ton las, lady Melchester.

Mélia leva ses grands yeux noirs vers sa mère.

— Vous savez ce que cela signifie ? Tout le monde va dire que Tally m'a laissée tomber. C'est inadmissible ! Comment peut-il me faire cela ?

La mère et la fille se regardaient avec, dans leurs yeux, une sorte de détresse.

Lady Melchester était américaine. Elle avait fait un brillant mariage lors de son premier voyage en Angleterre. Présentée à la Cour et chaperonnée par la femme de l'ambassadeur des États-Unis, elle avait été invitée au bal des Débutantes à Buckingham Palace. Là, au milieu des ors et de la pourpre de la réception, sir Charles Melchester était tombé amoureux d'elle. Le fait qu'elle soit très riche n'était intervenu en rien dans sa décision car c'était un homme simple, désintéressé et qui n'eut aucun soupçon, sa vie durant, des intrigues de sa femme et de sa fille.

Lady Melchester était mariée depuis près de dix ans lorsqu'elle accoucha d'une fille. Et, après la naissance de Mélia, elle ne voulut pas se donner le mal de procurer à son mari l'héritier qu'il espérait. Il allait de soi que Mélia fût adulée chez elle, mais elle allait également chaque année rendre visite à la famille de sa mère aux États-Unis et c'est là qu'elle découvrit que le monde était fait pour les femmes.

De l'autre côté de l'Atlantique, Mélia avait non seulement pris conscience de sa supériorité, mais elle avait appris aussi à s'habiller, à être gracieuse, spirituelle et drôle ; à acquérir une maîtrise de soi et un raffinement inconnus des jeunes Anglaises. Toutes ses années d'adolescence, à l'âge où les jeunes filles sont influençables et hypersensibles, s'étaient passées aux États-Unis. En effet, dès la déclaration de guerre, pour qu'elle soit en sécurité, lady Melchester avait envoyé sa précieuse fille dans sa famille béate d'admiration. A quinze ans, Mélia faisait déjà partie du Tout-New York. Ses opinions étaient publiées dans la rubrique mondaine ; le courrier qu'elle recevait se composait d'offres de contrats pour tourner des films, de demandes d'autographes, de propositions de mariage et de déclarations de soupirants. Il n'était donc pas surprenant que Mélia eût une aussi haute idée d'elle-même... L'histoire, la géographie, les événements internationaux et les crises nationales n'avaient d'intérêt pour elle que si elle se sentait concernée. Son succès lors de son entrée dans le monde à Londres fut un événement. Elle monopolisa l'attention non seulement de la haute société, mais aussi du public anglais toujours friand de jolies filles et prêt à oublier les plus grandes stars de cinéma pour tomber sous le charme de la prestigieuse Mélia Melchester. Elle était la coqueluche des chroniqueurs mondains et la proie des photographes. Pas un seul magazine illustré ne sortait sans une photo insolite d'elle ou une référence à la plus célèbre jolie femme du moment.

La renommée de Mélia se répandit comme une traînée de poudre. Peu nombreux étaient ceux qui, des îles Britanniques à la côte Est des États-Unis, n'avaient pas entendu parler d'elle. Beaucoup de jeunes gens la demandèrent en mariage mais Tally était sans conteste le plus célèbre et le plus beau de tous. Au début, la manière dont il affirmait qu'ils étaient destinés, depuis leur naissance, l'un à l'autre avait irrité Mélia. Elle était habituée à être entourée de flatteurs et les manières de Tally, franches et familières, l'avaient exaspérée jusqu'au jour où elle décida de lui donner une leçon en le rendant amoureux d'elle. Cela n'avait pas été difficile.

Pendant la guerre, les femmes n'avaient pas été le souci primordial de Tally. Il avait eu plusieurs « flirts » pour occuper ses permissions mais, comme il ne faisait pas les choses à moitié, c'est la guerre qui l'avait totalement absorbé, et c'est pourquoi malgré sa maturité il manquait un peu d'expérience. Lorsqu'il commença à faire la cour à Mélia, elle le trouva direct, énergique et obstiné. Il ne réagissait pas comme les autres hommes à une légère froideur dans le ton de sa voix, à un signe de ses blanches mains ou à un battement de cils, mais au fil des jours, elle avait trouvé que l'autorité de Tally avait un charme particulier et elle prit plaisir à être dominée par lui. Pour la première fois de son existence, elle avait ressenti un léger trouble quand il l'avait serrée possessivement dans ses bras pour l'embrasser malgré ses protestations.

— Non, Tally, non ! s'était-elle insurgée.

— Comment, non ? avait-il demandé. Je vous aime et je vais vous épouser.

Mélia avait eu plus d'une fois l'impression que si elle s'abandonnait aux étreintes de Tally, elle éprouverait un plaisir inconnu d'elle jusque-là. Mais sa tendance innée à se préserver de tout sentiment qui ne fût pas pensé, calculé, planifié lui interdisait de se soumettre. Or, c'était le meilleur moyen pour éveiller l'intérêt de Tally. Il était entraîné à la conquête des places fortes et avait appris que plus l'objectif est difficile à atteindre, plus l'assaut doit être violent et ingénieux. Tally avait mis autant d'ardeur à conquérir Mélia qu'à remplir ses missions pendant la guerre.

Finalement, Mélia promit avec beaucoup de grâce, dans le décor qu'elle avait choisi, de devenir sa femme. Elle était artiste en ce qui la concernait. C'était au cours d'un bal donné dans un vieux manoir. Après avoir erré dans les couloirs, ils avaient abouti à l'extrémité d'une longue galerie de portraits. Dans le lointain, un orchestre jouait une valse langoureuse. Le clair de lune s'infiltrait à travers les croisées sans rideaux. Ils se sentaient loin de tout, seuls avec les fantômes du passé.

Mélia se tenait immobile, une main sur le rebord de la fenêtre, l'autre jouant du bout des doigts avec son collier de perles. Elle portait une robe de tulle d'un gris très doux rehaussé d'un gros bouquet de roses écarlates épinglé dans l'échancrure de son corsage. Avec un soudain battement de ses longs cils bruns elle avait levé la tête et regardé Tally.

— Que vous êtes belle ! Je vous en prie, Mélia, voulez-vous m'épouser ?

Elle avait hésité un instant puis, dans un souffle à peine audible, avait murmuré :

— Oui, Tally. Je veux bien.

Pendant un instant, il n'en crut pas ses oreilles.

Elle avait refusé si souvent et depuis si longtemps ! Alors il s'était avancé, et l'avait entourée de ses bras pour l'attirer plus près de lui. Elle l'avait alors repoussé avec une force surprenante en poussant un petit cri.

— Ma coiffure, Tally ! Ma robe ! Faites attention !
— Quelle importance ?
— C'est très important. Je ne veux pas redescendre en ayant l'air de sortir de vos bras et, de plus, nos fiançailles doivent rester secrètes pour l'instant. Je veux qu'elles soient annoncées exactement au bon moment.
— C'est maintenant le bon moment pour moi, avait répliqué Tally.

Mélia s'était mise à rire en lui caressant la joue.
— Mon cher Tally, il ne faut pas être impatient.

Il avait saisi sa main et posé un long baiser dans sa paume.
— Je vous aime, Mélia, et vous allez me rendre fou.

Il ne savait pas ce qu'il préférait en elle — sa grâce insaisissable, ses traits délicats ou sa voix qui l'enchantait même lorsqu'elle le repoussait ou le réprimandait. Cependant, à cet instant, il s'était surpris à penser qu'il connaissait très peu la vraie Mélia, très peu le cœur qui devait battre quelque part dans ce corps superbe, très peu l'âme qui se cachait derrière ce front parfait.

Il ne la comprenait pas et s'irritait de devoir garder leurs fiançailles secrètes.
— Qu'est-ce que nous attendons ? ne cessait-il de demander. Marions-nous et nous irons en Suisse pour notre lune de miel.

Mélia fit la moue.
— Je ne souhaite pas vraiment me marier en hiver.
— Eh bien, c'est pourtant ce qui va vous arriver, avait répliqué Tally d'un ton lourd de menaces. Si

vous croyez que je vais attendre jusqu'à l'été prochain, vous vous trompez.

Mais, malgré ses supplications, ses intimidations et même ses menaces, Mélia était restée inflexible. Elle annoncerait ses fiançailles quand elle serait prête et pas avant. Sa mère était du même avis, malgré son affection pour Tally qu'elle connaissait depuis de nombreuses années.

— C'est un garçon charmant et son titre est très ancien. Mais cependant, ma chérie, j'ai toujours rêvé de te voir duchesse, lui avait-elle dit.

Mélia eut un petit geste agacé.

— Et où est le duc ?

— Voilà la difficulté, avait soupiré lady Melchester. Tous ces magnifiques jeunes gens, maris en puissance, morts à la guerre ! Il en a été de même après la guerre précédente. Enfin, je crois que les diamants de la famille Brora sont superbes. Mrs Melton les a mis en sécurité dans un coffre, c'est normal.

— Je porterai un des diadèmes pour mon mariage, avait dit Mélia pensivement.

— J'adore les diamants avec le tulle, avait répliqué lady Melchester avec enthousiasme.

Mélia avait commencé à préparer son trousseau ; elle ne commandait rien de précis mais faisait faire des croquis et sollicitait des conseils en faisant tant d'allusions dans les boutiques qu'il n'y eut bientôt plus une personne dans tout Londres qui ne connût l'imminence de ses fiançailles.

Ce fut au moment précis où elle avait enfin pris la décision de ne plus faire enrager Tally et de fixer la date de leur mariage que Mélia rencontra Ernest Danks. C'était au cours d'un bal de bienfaisance — chaque billet avait coûté une fortune à sa mère et la soirée fut, comme de coutume, parfaitement ennuyeuse.

Mélia était sur le point de s'en aller quand une douairière, assise non loin d'elle à la même table, avait fait remarquer à son voisin :

— Je m'étonne de voir Ernest Danks ici. C'est un jeune homme très sérieux, m'a-t-on dit. Mon mari pense qu'il a des chances de devenir Premier ministre.

— Il n'y a aucun doute là-dessus, avait répondu son interlocuteur.

Mélia, vaguement intéressée, avait jeté un coup d'œil vers le jeune homme en question. Il se trouva que leurs regards se croisèrent et, bien qu'elle eût détourné le sien immédiatement, elle sut tout de suite qu'elle ne le laissait pas indifférent. Elle changea d'avis, renonça à quitter le bal et, quelques minutes plus tard, vit une femme d'un certain âge, suivie d'Ernest Danks, qui se frayait un chemin parmi les danseurs.

— Oh! miss Melchester. Vous ne pouvez pas vous souvenir de moi, je suis une vieille amie de votre mère. Je tiens à vous présenter M. Danks qui me dit que, depuis longtemps, il meurt d'envie de vous rencontrer. Il a tellement entendu parler de vous ! Naturellement ! Comme tout le monde !

La vieille dame sourit et s'éclipsa, laissant Mélia et Ernest Danks face à face.

— Voulez-vous m'accorder cette danse ? avait-il demandé, un peu gêné.

Mélia avait hésité.

— Je suis avec un groupe d'amis, mais, après tout... pourquoi pas ? avait-elle ajouté avec un radieux sourire.

Sans se soucier des protestations des trois jeunes gens qui avaient attendu la faveur d'une danse, elle s'était éloignée au bras d'Ernest Danks. Il ne fallut pas longtemps à Mélia pour apprendre beaucoup de choses sur lui. Il s'était fait lui-même. Sa jeunesse, sa compétence et sa personnalité l'avaient rapidement propulsé sur le devant de la scène politique dans une Chambre des communes assez terne et médiocre dans l'ensemble. Il avait en effet toutes les chances de devenir Premier ministre. Il avait du brio, jouissait d'une grande popularité et personne d'autre dans le gouvernement n'était capable de cumuler ces deux avantages avec autant de succès.

Malgré un tel avenir, Mélia n'aurait peut-être pas été aussi sérieusement intéressée si l'actuel Premier ministre, alors âgé de 70 ans, n'avait eu récemment une crise cardiaque. Il y avait peu d'espoir de guérison et, du jour au lendemain, Ernest Danks devint si influent que même Mélia en fut impressionnée. C'est à ce moment-là qu'il lui avait demandé de l'épouser.

— La semaine dernière, j'aurais hésité, avait-il dit d'un ton un peu suffisant. J'aurais eu si peu à vous offrir, mais d'ici quelques heures les choses peuvent changer. Ensemble, depuis le 10 Downing Street, nous pourrions entrer dans l'Histoire de l'Angleterre.

Cette perspective avait séduit Mélia. Elle avait vécu si longtemps sous les yeux du public qu'il lui semblait que rien ne pouvait mieux lui convenir que de passer des quartiers résidentiels au quartier des ministères et de porter la double couronne de reine de la haute société et d'égérie du monde politique.

Mais maintenant qu'elle lisait le *Daily Express*, elle voyait le visage de Tally l'observant derrière les gros titres et réalisa qu'il avait détruit tout ce qu'elle avait difficilement échafaudé. C'était une chose de laisser tomber un jeune et beau lord très en vue, mais c'en était une autre de se faire plaquer par lui. De plus, le Premier ministre n'était pas encore mort, et tant qu'il vivrait, elle n'avait pas la moindre intention de se fiancer officiellement à Ernest Danks. Tally avait pris les devants et, à sa

Finalement, l'opératrice dit qu'elle passait la communication.

— Je voudrais parler à lord Brora.
— De la part de qui, je vous prie ?
— Miss Melchester.
— Attendez un instant, s'il vous plaît.

Elle attendit, se raidissant un peu, comme pour se préparer au combat. Elle entendit Tally s'approcher du téléphone.

— Allô ! C'est vous, Mélia ?
— Tally, comment avez-vous pu faire cela ?
— Faire quoi ?
— Vous savez bien quoi — je viens de lire les journaux.
— Il y a quelque chose d'intéressant dedans ? Ici, dans ce trou perdu, nous ne les recevons pas avant dix heures.
— Vous savez parfaitement ce qu'il y a dedans, Tally.
— Mes fiançailles avec Jane ?
— A quoi bon tout cela ?
— Tout cela quoi ?
— Tout ce que vous faites. Ces fiançailles ridicules. Vous savez très bien que tout cela n'est qu'une comédie.
— Je vous assure qu'il n'en est rien, Mélia.
— Je vous déteste, Tally. Je vous ai toujours considéré comme quelqu'un de cruel et de brutal, mais je n'aurais jamais cru que vous me traiteriez de cette manière.

La voix de Mélia frisait l'hystérie.

— Ma chère petite, puis-je vous faire remarquer que vous m'avez dit très clairement — en fait je l'avais même par écrit jusqu'à ce que je l'aie jeté quelque part dans votre charmant salon — que vous ne saviez plus quoi faire de moi et que vous aviez l'intention d'épouser le futur Premier ministre ?

— C'était hier à six heures du soir. Comment avez-vous pu vous fiancer entre ce moment-là et maintenant ?

— Tactique de guerre, Mélia.

— Tally, je vous hais.

— Vous me l'avez déjà dit.

— Mais il faut que je vous voie, il faut que je vous parle de tout cela. Il faut que vous veniez me voir tout de suite à Londres.

— Justement nous allons rentrer. Jane a un essayage avec Michael et tout le monde réclame des photos à cor et à cri.

— Il faut que je vous voie, répéta Mélia.

— Je vous appellerai quand je pourrai, dit Tally avec désinvolture. Mais j'ai peur que cela ne soit pas avant cet après-midi. Nous avons tant de choses à faire. Au revoir, Mélia, et merci pour vos félicitations.

Il raccrocha avant qu'elle n'ait pu répondre et resta pendant un moment à regarder le récepteur du téléphone, un sourire aux lèvres ; ce sourire n'exprimait aucune gentillesse mais beaucoup de satisfaction. Puis Tally retourna à la salle à manger où il se trouvait avant que le maître d'hôtel ne l'appelât.

Jane descendit vingt minutes plus tard et entendit retentir le rire de Tally. Elle se dit qu'il semblait heureux et insouciant. Elle se demanda si Mélia l'avait vraiment blessé autant qu'il le lui avait laissé entendre la veille.

A son réveil, elle s'était demandé si elle devait descendre ou plutôt attendre qu'on l'appelle. Étendue dans le grand lit, elle observait les rais de lumière qui se faufilaient entre les hauts rideaux des fenêtres. Elle avait l'impression d'être une princesse de conte de fées que gêne la présence d'un petit pois en dessous des vingt-quatre matelas sur lesquels elle dort; son « petit pois » à elle étant sa conscience qui, une grande partie de la nuit, l'avait tenue éveillée. Jane n'avait cessé de se dire qu'elle n'avait d'obligations envers personne, qu'il n'y avait rien de mal à se lancer dans une telle aventure mais, au fond d'elle-même, subsistait un reste de puritanisme écossais.

« C'est en trompant ton monde que tu es ici », lui disait sa conscience, et même la douceur de la chemise de nuit en mousseline de soie qui l'enveloppait n'avait pas réussi à la consoler. Quand elle avait finalement sombré dans un sommeil agité, elle avait rêvé qu'elle était réprimandée par sa tante pour quelque écart de conduite. Elle fut soulagée de constater en se réveillant que ce n'était qu'un rêve.

Pendant qu'elle hésitait sur la conduite à tenir, une domestique entra dans la chambre, tira les rideaux et lui apporta le petit déjeuner sur un plateau. Jane s'assit et, les yeux écarquillés, contempla les œufs brouillés, les fines tranches de pain grillé dans le porte-toasts d'argent, les coquilles de beurre doré, la marmelade et la confiture dans de petits pots de cristal taillé. Le café sentait bon et était délicieux. Il y avait aussi une grosse poire juteuse et, pour la manger, un couteau et une fourchette à manche de nacre. Jane se remémora le petit déjeuner qu'elle avait pris la veille dans sa pension de famille, sur une nappe tachée par le dîner de la veille, et qui se composait d'un épais porridge plein de grumeaux, d'une minuscule portion de pain rissolé, de thé trop noir servi dans une tasse ébréchée et d'épaisses tranches de pain tartinées d'une mince couche de margarine. Comme tout ceci était différent !

Elle mangea lentement, savourant chaque bouchée tandis qu'un soleil hivernal entrait par les hautes fenêtres pour éclairer la chambre. Curieuse et impatiente et ne pouvant plus attendre, elle se glissa hors du lit pour aller regarder par la croisée.

Devant la maison s'étendait un grand étang gris. Des terrasses et des pelouses y descendaient en pente douce. Comme c'était l'hiver, il n'y avait pas de fleurs, les arbres étaient dénudés, mais le paysage était malgré cela d'une beauté obsédante. Les siècles avaient patiné la pierre des balustres le long des terrasses. De l'autre côté de l'étang se trouvait un petit temple grec entouré d'arbres. Dans le lointain, au-delà du parc, Jane pouvait voir la vallée d'Evesham jusqu'aux monts Malvern, dont la beauté aride se découpait sur l'horizon. Tout cela était si beau qu'elle restait là, en extase, sans que la touche de neige sur Bredon Hill ni la gelée blanche qui argentait les pelouses lui rappellent qu'elle était pieds nus et peu couverte.

Elle sursauta en entendant frapper à la porte. La femme de chambre entra.

— Je suis désolée, Mademoiselle. J'ai cru que vous m'aviez dit d'entrer, s'excusa-t-elle quand elle vit Jane à la fenêtre. Je venais vous prévenir que votre bain était prêt. M. le comte vous fait dire que la voiture sera ici à neuf heures et demie.

— Je vous remercie, dit Jane.

— Je reviendrai faire vos bagages, Mademoiselle, dès que vous serez habillée, si vous voulez bien sonner.

— Je vous remercie, répéta Jane.

Aussitôt après le départ de la femme de chambre, elle décida de faire elle-même sa valise. Elle but son café et alla prendre son bain. Puis elle s'habilla rapidement et commença à remplir la valise que Gérald était allé chercher à Putney. Elle sortit de l'élégante commode joliment sculptée les affreux vêtements choisis par sa tante. Il y avait deux tricots de laine, une jupe quelconque, quelques sous-vêtements et trois paires de gros bas de fil qui avaient été les seuls qu'elle possédât jusqu'à ce qu'elle eût touché sa première semaine de salaire. Jane se souvint de son impatience et de son émotion lorsqu'elle s'était rendue dans un grand magasin d'Oxford Street acheter sa première paire de bas de soie. « Ils sont à moi, vraiment à moi », s'était-elle dit pendant que la vendeuse préparait le paquet.

Se souvenant de cet instant et de sa fierté d'avoir été capable de gagner et de dépenser son propre argent, elle se leva d'un coup. La valise et son contenu minable étaient un défi.

— Pourquoi en aurais-je honte ? se demanda-t-elle à haute voix. Pourquoi devrais-je être affolée par ce qu'a vu la femme de chambre ? Les gens peuvent penser ce qu'ils veulent. Si quelqu'un me demande des explications, je dirai la vérité.

Elle se tenait debout, la tête en arrière dans une attitude fière quand on frappa à la porte. C'était encore la femme de chambre.

— Excusez-moi, Mademoiselle, je pensais que vous aviez peut-être oublié de sonner. (Elle jeta un coup d'œil vers la valise ouverte.) Oh ! mais vous n'auriez pas dû commencer, Mademoiselle. Je vais tout préparer et je serai prête à temps pour M. le comte.

— Je vous remercie, dit Jane timidement. Merci beaucoup.

Elle hésita un instant puis, ouvrant son sac qui était posé sur la coiffeuse, elle y prit un peu de monnaie. C'était la première fois qu'elle donnait un pourboire à quelqu'un. Elle devint écarlate lorsqu'elle le mit dans la main de la jeune fille en disant :

— Je vous remercie de vous être occupée de moi.
— Tout le plaisir était pour moi, Mademoiselle,

répondit la femme de chambre. Nous espérons tous que vous serez très heureux, M. le comte et vous. Tout le monde l'aime beaucoup ici.

Jane balbutia une réponse puis descendit. Elle marchait lentement et calmement car elle voulait reprendre ses esprits. Elle avait presque atteint l'entrée quand Tally apparut sur le seuil de la salle du petit déjeuner.

— Bonjour Jane, êtes-vous prête à partir pour Londres ?

— Oui, ma valise sera bouclée dans quelques minutes.

— Bon ! Si nous ne rentrons pas de bonne heure, Gérald va devenir fou furieux ! Et de plus, vous avez promis d'aller voir Michael avant le déjeuner.

— Oui, bien sûr !

Elle traversa le hall et se tint près du feu, tendant ses mains vers les flammes.

— Avez-vous bien dormi ? demanda Tally.

— Oui, je vous remercie.

Elle aurait trouvé inconvenant de parler des tracas qui l'avaient empêchée de dormir. Tally, lui, semblait être dans une forme exceptionnelle. Comme s'il répondait à une question qu'elle n'avait pas posée, il déclara :

— Oui, j'ai eu de bonnes nouvelles.

— De qui ?

— De Mélia.

— Oh ! Qu'a-t-elle dit ? Est-ce qu'elle a téléphoné ?

— Oui, elle a téléphoné. Elle est très, très en colère, et je vous assure que provoquer une émotion vive chez Mélia est chose difficile !

Jane ne savait trop que répondre, aussi resta-t-elle silencieuse et après un instant Tally ajouta :

— Je vais aller la voir cet après-midi.

— Pensez-vous qu'elle va vous demander de vous re-fiancer ? demanda Jane d'une toute petite voix.

— Seigneur, non ! La bagarre ne fait que commencer. En ce moment, Mélia veut m'arracher les yeux. Mais nous allons voir !

Il eut un petit rire étouffé mais vraiment joyeux, puis il prit Jane par l'épaule et la serra contre lui.

— Vous êtes une chic fille. Je vous en suis terriblement reconnaissant.

Jane rougit un peu et s'en voulut de le faire. Pour changer de sujet, elle demanda en montrant un grand tableau qui était cet homme à cheval dont la veste de chasse rouge vif se détachait sur la grisaille d'un ciel hivernal. A l'arrière-plan on devinait un grand manoir de pierre grise que Jane supposa être Greystones.

— C'est mon père, répondit Tally. Ce portrait est très fidèle.

— C'est un très bel homme, dit Jane tout en remarquant que Tally lui ressemblait étonnamment. Cela a dû être terrible pour votre mère d'apprendre cet accident de chasse. L'a-t-on ramené ici ?

Tally, de la tête, fit signe que oui.

— A propos, cela me rappelle que maman vous transmet ses amitiés. Elle ne pourra pas vous voir ce matin. Elle a passé une très mauvaise nuit.

— Oh ! J'en suis désolée.

Le ton de voix de Tally était le même que d'habitude mais elle crut remarquer quelque chose de bizarre dans son expression. Se faisait-elle des idées ou bien faisait-il réellement preuve d'une soudaine prudence comme s'il s'attendait à ce qu'elle manifestât de la surprise ou de la curiosité ? Mrs Melton évitait-elle de la rencontrer ? Pendant le trajet de retour, elle se posa et se reposa la question. Pourquoi y attacher tant d'importance ? Après tout, il était fort probable qu'elle n'aurait jamais l'occasion de revoir la mère de Tally ; certes, elle l'admirait et, en dépit de l'indifférence de Mrs Melton, elle s'était sentie attirée vers elle comme vers quelqu'un à qui elle pourrait parler en toute sincérité. Sans doute n'était-ce qu'une idée ridicule et sans fondement, cependant tandis qu'ils roulaient rapidement vers Londres, Jane ne cessait de revoir le beau visage de Mrs Melton avec ses yeux angoissés et sa bouche triste.

Aux abords de Londres, le trafic était intense et il était presque une heure de l'après-midi lorsqu'ils atteignirent le West End.

— J'ai dit à Parker de téléphoner à Gérald pour lui demander de nous retrouver au *Berkeley*, expliqua Tally. Vous pourrez aller chez Michael aussitôt après le déjeuner. De toute façon, il ne s'attend pas à ce que vous soyez exacte.

Tally stoppa dans Berkeley Street et tandis qu'il aidait Jane à sortir de la voiture, les photographes les entourèrent.

— Juste une seconde, lord Brora, nous voulons faire une photo de vous avec miss MacLeod.

— Comme ça c'est bien. Encore une s'il vous plaît...

— Pouvez-vous faire quelques pas ensemble ?...

— Souriez, miss MacLeod. Très bien...

— O.K.

— Merci beaucoup et tous nos vœux...

Jane était intimidée mais Tally se mit à rire.

— Ça, c'est du Gérald ! Il a le sens de la mise en scène !

Jane ne dit rien mais maintenant qu'ils étaient revenus à Londres, ses craintes semblaient se multiplier, si bien que ce fut presque avec soulagement qu'elle vit Gérald venir vers eux, une liasse de journaux sous le bras.

— Vous avez vu les journaux ?

— Non. Nous sommes partis avant qu'ils ne soient arrivés.

— Alors vous allez voir que je vous ai gâtés, dit Gérald en s'asseyant sur le canapé à côté d'eux. M'avez-vous commandé un cocktail ?

Tally fit signe que oui. Il prit le *Daily Express* et tendit le *Daily Mail* à Jane. Il lut les gros titres et siffla.

— Pas étonnant que Mélia soit furieuse !

— Et encore tu n'as pas vu la première édition des journaux du soir. L'*Evening Standard* raconte qu'on s'attendait plutôt à l'annonce de tes fiançailles avec une personne très en vue du Tout-Londres.

Tally, rejetant la tête en arrière, éclata de rire.

— Je suis désolée pour elle, dit Jane calmement.

Les deux hommes parurent surpris.

— Pourquoi ? demanda Tally.

— Elle est si jeune, après tout, et vous vous liguez tous les deux pour l'accabler.

Tally prit une mine sévère.

— Écoutez-moi, Jane. Vous n'avez pas besoin de gaspiller votre pitié. S'il existe une personne au monde capable de se prendre en charge elle-même en toutes circonstances, c'est bien Mélia Melchester.

— Mais je croyais que vous l'aimiez, dit Jane d'un ton grave.

— Je l'aime, mais cela ne veut pas dire que je ne voie pas ses défauts. Elle a échafaudé quelque manigance et j'en prépare moi aussi. Nous verrons bien qui gagnera. Telle est la situation actuelle, et il ne sert à rien de s'attendrir alors que nous ne sommes qu'au début des opérations.

— Bien sûr, dit Jane sans grande conviction.

Après le déjeuner, Tally et Gérald la conduisirent chez Michael en lui recommandant de se dépêcher car les photographes attendaient.

Mme Marie lui fit essayer différents modèles. Son

expression de mécontentement n'indiquait que trop clairement qu'ils avaient été commandés par d'autres clientes. Finalement, portant une boîte en carton qui contenait la précieuse robe « Fleur d'amandier » prévue pour les photos, elle sortit de la boutique en se dépêchant de rejoindre les deux hommes dans la voiture.

— Mme Marie est très fâchée à cause de cette robe, dit-elle à Tally en s'asseyant sur le siège avant à côté de lui.

— Laissez-la faire, grommela Tally. Vous êtes plus importante que toutes les princesses et les duchesses que Michael essaye de rendre séduisantes.

— Et il y arrive ! ajouta Jane avec enthousiasme. Ses robes sont si belles qu'elles rendraient superbe la femme la plus disgracieuse. Quand j'ai essayé ses modèles, j'avais l'impression d'être Cendrillon.

— Eh bien, nous allons essayer et vous emmener danser, dit Tally d'un ton plein de bonne humeur.

Un instant plus tard, il s'arrêta devant une maison de Berkeley Square. C'était un des plus vieux hôtels particuliers de la place. Le long des grilles étaient encore fixés les éteignoirs de fer où les préposés aux réverbères avaient l'habitude d'éteindre leurs torches. Tally frappa bruyamment à la porte à l'aide d'un lourd marteau d'argent et un homme très âgé vint ouvrir.

— Bonjour, monsieur le comte.
— Nous voici, Johnson, dit Tally.

Lui ayant présenté Jane, il montra le chemin du premier étage et gagna un grand salon, très haut de plafond où attendaient les journalistes. C'était une pièce superbe mais qui sentait la poussière comme un lieu inhabité depuis longtemps. Dans un coin se trouvait une pile de housses qui manifestement venaient d'être retirées des meubles qu'elles protégeaient. Les murs étaient tapissés d'un délicat motif chinois représentant des fleurs et d'étranges oiseaux exotiques, il y avait d'énormes vases de fine porcelaine sur des socles en ébène et des miroirs à cadre doré qui se reflétaient sans fin les uns dans les autres. C'était un décor de conte de fées et Jane remarqua que seul le photographe avec ses appareils de prise de vues et ses projecteurs n'était pas dans le ton du décor.

— Vous pouvez vous changer par ici, dit Tally.

Il la conduisit dans une autre grande pièce, tapissée d'un damas vieux rose, dans laquelle se trouvait un lit à baldaquin de bois sculpté et doré.

— Quelle jolie chambre ! s'exclama Jane.

— C'est la chambre de ma mère. Mais elle ne vient plus jamais ici maintenant, et je crains qu'il n'y fasse très froid.

Tally la laissa et Jane changea de robe en regardant autour d'elle. Bien que Mrs Melton ne risquât pas de venir à Berkeley Square, la chambre semblait prête à l'accueillir à tout moment. Les brosses en écaille étaient alignées sur la coiffeuse, il y avait des livres et un portrait-miniature de Tally sur la table de nuit. Près de la cheminée, dans une boîte en onyx blanc, se trouvaient des cigarettes et, sur le manteau de la cheminée, une pendule en porcelaine de Dresde indiquait l'heure.

— C'est une jolie chambre, répéta Jane à haute voix.

Cependant elle ressentait une impression étrange. Était-ce de la tristesse ou de la nervosité ? Elle ne savait pas. C'est alors qu'elle vit, de l'autre côté du lit, une photographie dans un cadre d'argent. Bien que très pressée, Jane traversa la chambre pour la regarder de plus près.

C'était le portrait d'un homme au physique intéressant avec une moustache et des cheveux noirs, visiblement l'agrandissement d'un instantané. Il semblait sur le point de dire quelque chose. Dans le coin de la photo était inscrit d'une petite écriture très lisible : « A ma femme chérie. Stephen. »

Ce devait être le second mari de Mrs Melton, pensa Jane et, se sentant indiscrète, elle se coiffa rapidement devant le miroir et retourna vite au salon. La séance de photographie dura un bon moment. Elle posa près des vases chinois, à côté des miroirs, devant la cheminée, et aussi seule au milieu du salon sous la lumière scintillante du magnifique lustre de cristal.

Enfin, le photographe déclara qu'il avait terminé et, avec un soupir de soulagement, Jane prit congé pour aller se changer dans la chambre.

Elle entra dans la pièce et se sentit attirée par la photo près du lit.

« Je me demande ce qu'il allait dire, s'interrogea Jane. Peut-être veut-il le dire encore maintenant ? »

Cette idée s'imposa à elle et elle eut, de façon étrange et insistante, la conviction que Stephen Melton avait un message à transmettre. L'atmosphère de la chambre avait gardé son empreinte. Elle se reprocha sa trop grande imagination mais, ayant tourné le dos à la photo, cette sensation mystérieuse et déroutante persista néanmoins. Elle fut soulagée quand, ayant remis la robe « Fleurs d'amandier » dans sa boîte, elle put quitter la chambre. Sur le seuil de la porte, elle se retourna pour regarder une dernière fois la photo. « Je suis sûre qu'il a quelque chose à dire », pensa-t-elle.

Seul, Gérald l'attendait en bas.

— Où est Tally ? s'enquit Jane.

Elle eut l'impression fugace que Gérald avait l'air gêné.

— Il est allé voir Mélia, dit-il enfin, et nous devons le retrouver chez lui pour le thé.

Ils sortirent ensemble dans Berkeley Square.

— Mes ordres sont de vous emmener faire des courses, dit Gérald. Qu'avez-vous besoin d'acheter ?

— Des tas de choses, répondit Jane sans réfléchir. (Puis elle ajouta :) Mais je n'ai pas d'argent.

— Tally en a beaucoup, dit Gérald.

Elle le regarda, ne soupçonnant pas à quel point elle paraissait petite et émouvante sous son léger bonnet de plumes assorti à son manteau de tweed bleu.

— Capitaine Fairfax, je vous en prie, répondez-moi franchement. Pensez-vous que je doive ?... Je veux dire que je puisse laisser Tally payer ?

Elle parlait très sérieusement et Gérald lui répondit de même.

— Je pense qu'il est parfaitement convenable de lui laisser payer ce qui vous est indispensable.

Le visage de Jane s'éclaira immédiatement.

— Voilà ce que je voulais savoir, dit-elle. Seulement l'indispensable. Par exemple un peigne et une brosse au cas où je serais appelée à retourner à Greystones.

— Irons-nous les acheter maintenant, demanda Gérald, ou préférez-vous aller d'abord prendre le thé chez Tally ?

— Le thé d'abord, dit Jane en souriant. Avant d'acheter quoi que ce soit, je veux réfléchir pour être certaine que cela m'est indispensable.

Gérald héla un taxi. Ils y montèrent. Quand ils commencèrent à rouler, Jane posa la question qui lui brûlait les lèvres depuis quelques instants :

— Qui est Stephen ? demanda-t-elle. (Et devant l'air étonné de Gérald elle expliqua :) Il y a une photo de lui, dédicacée, dans la chambre où je me suis changée.

— Oh ! C'est le colonel... le beau-père de Tally, mais il ne faut jamais, jamais en parler devant Mrs Melton.

6

— Pourquoi ne faut-il jamais prononcer le nom du colonel Melton devant sa femme ? demanda Jane avec étonnement.

Gérald regarda droit devant lui pendant un instant, comme s'il choisissait ses mots avec soin, puis il expliqua :

— C'est une histoire assez compliquée et je n'en connais pas tous les tenants et aboutissants. Apparemment, la mère de Tally était amoureuse de Stephen Melton depuis son plus jeune âge. Mais il n'avait pas de fortune et quand lord Brora est survenu elle s'est laissé convaincre par ses parents de l'épouser. Je crois d'ailleurs qu'elle a eu beaucoup d'affection pour son mari et qu'ils étaient très heureux en fin de compte, mais le véritable amour de sa vie restait Stephen Melton, bien qu'elle ne l'ait revu que deux ans après son veuvage. Il était parti pour l'Orient, le cœur brisé d'avoir perdu la femme qu'il aimait. Là-bas, il fit fortune comme planteur de thé à Ceylan, puis quand il ne lui fut plus possible de supporter le climat, il rentra en Angleterre et c'est à ce moment-là qu'il retrouva Margaret Brora devenue libre. Des amis à eux m'ont assuré qu'ils étaient si pleinement heureux ensemble qu'ils semblaient venir d'une autre planète. En tout cas, Stephen était un type très bien et il a été un très bon beau-père pour Tally. Et puis il y a eu la guerre. Stephen Melton s'est tout de suite porté volontaire et, vu ses antécédents, a été aussitôt envoyé en Orient. Il était dans l'Intelligence Service et j'ai entendu dire qu'il y avait fait un travail remarquable jusqu'à ce que les Japonais le capturent à la chute de Singapour. Il était blessé, et je crois qu'ils l'ont torturé à mort.

— C'est affreux, murmura Jane.

— Oui, c'est affreux, poursuivit Gérald, et l'effet qu'a provoqué sa mort chez Margaret Melton a été encore pire. Elle a presque perdu la tête et ne souhaitait plus qu'une chose, mourir elle aussi. Elle avait tellement attendu l'homme qu'elle aimait, vous comprenez. Pour comble de malchance, toutes les lettres qu'il lui avait écrites de Singapour ou du moins qu'il était censé avoir écrites ont disparu dans le naufrage du bateau qui revenait en Angleterre. Ce fut un véritable drame, et je sais que Tally fut très désemparé à cette époque. Il ne savait que faire pour sa mère.

— Je la trouve très belle, dit Jane. C'est la femme la plus belle que j'aie jamais vue.

— Oui, très belle, acquiesça Gérald, mais j'ai toujours l'impression qu'elle n'écoute pas ce que je dis.

— Moi aussi, j'ai eu cette impression... Va-t-elle mieux maintenant ?

— Oh ! sa santé est bonne, mais je ne crois pas qu'elle se remette jamais de la mort de son mari. Elle n'en parle jamais et Tally ne veut pas que nous lui en parlions non plus. Je crois qu'après la mort de Stephen, elle est tombée gravement malade et l'infirmière a eu beaucoup de mal à l'empêcher de se suicider.

— Pauvre Mrs Melton !

— Je ne vois pas, hélas, ce que nous pourrions faire pour elle, soupira Gérald. Seul le temps pourra la guérir.

— Je me le demande, fit Jane. J'ai le sentiment que si l'on aime quelqu'un à ce point, le temps ne compte pas.

— Que voulez-vous dire par là ?

— Ce n'est qu'une idée, répondit timidement Jane, mais je ne peux pas m'empêcher de penser que

Mrs Melton ne doit pas avoir beaucoup de convictions religieuses.

— Pourquoi ? Quel rapport avec tout cela ?

— Eh bien, si elle en avait, elle croirait qu'elle va revoir Stephen, qu'un jour ils seront réunis pour l'éternité.

— Vous croyez en ce genre de choses, vous ?

— Bien sûr, répondit Jane. Pas vous ?

Gérald rit avec un certain embarras.

— Oh ! Je ne sais pas. Quand nous étions dans de vilains draps, pendant la guerre, je priais mais j'avais plutôt honte de moi après. Voyez-vous, j'ai tendance à oublier mes prières quand tout va bien, alors il me semble très indécent de compter sur Dieu, s'il existe, uniquement quand je suis dans le pétrin !

Jane réfléchit un instant.

— Vous ne croyez pas que Dieu ait assez de largeur d'esprit pour comprendre ?

— Peut-être... je n'y avais pas pensé. J'avais oublié que vous étiez fille de pasteur. Il est normal que vous ayez des convictions.

— Ce n'est pas parce que je suis fille de pasteur ! En réalité, je détestais le Dieu dont parlait toujours mon père, un Dieu terrifiant et sans pitié qui recherchait toujours mes fautes pour me punir. Mais quand mon père est mort et que je me suis retrouvée seule, j'ai découvert Dieu par moi-même, et c'est pourquoi je suis sûre qu'il existe.

Le taxi s'arrêta mais Gérald ne bougea pas. Il se tourna vers Jane et lui dit à voix basse :

— Vous êtes quelqu'un de très étonnant et quand je vous entends parler comme cela, je suis sûr moi aussi de croire en Dieu.

— Je suis contente, dit Jane impulsivement.

Gérald leva les sourcils.

— Pourquoi ?

— Parce que ainsi vous aurez toujours un soutien, même si vous êtes très malheureux, même si la vie vous paraît un jour difficile.

Ils restèrent à se regarder l'un l'autre, puis le chauffeur ouvrit la porte.

— C'est bien là que vous allez, monsieur ?

— Oui c'est bien là, merci, répondit Gérald et il aida Jane à sortir.

L'appartement de Tally occupait l'étage supérieur d'un vieil hôtel particulier transformé et modernisé. En sortant de l'ascenseur, ils se trouvèrent dans un hall de forme curieuse, garni de grands coffres de chêne et de belles gravures anciennes ; un cadre raffiné et de bon goût qui convenait bien à Tally.

Le salon était vraiment superbe. Les murs étaient recouverts de livres. Il y avait de grands fauteuils confortables, un canapé et beaucoup d'espace. Gérald alla jusqu'à la fenêtre. Elle donnait sur les toits et, dans le lointain, on pouvait apercevoir la Tamise, tel un ruban d'argent terni dans la faible lueur de la tombée du jour.

— Comme c'est bien d'être si haut ! s'exclama Jane.

— C'est l'impression que cela vous fait aujourd'hui, fit Gérald, mais pour moi, c'est l'endroit de la terre où j'ai eu le plus peur de ma vie. C'est ici que Tally mettait au point ses raids de commandos pendant la guerre. Nous étions assis autour de la table, les bombes explosaient au-dessus de nos têtes et nous nous demandions si la prochaine n'allait pas emporter le toit. Pour rien au monde, Tally ne serait descendu dans un abri ni n'aurait déménagé. « J'ai de la chance », avait-il coutume de dire, « elles ne me toucheront pas ». Mais certains d'entre nous, moi le premier, n'étaient pas si sûrs d'être nés sous le signe de la chance.

— C'est vrai qu'il a de la chance, n'est-ce pas ?
— Trop. C'est pourquoi il est si enfant gâté.
— Oh ! vous pensez vraiment qu'il l'est ? demanda Jane, d'un ton de léger reproche.

Gérald hocha la tête.

— Il a toujours eu ce qu'il voulait. Il est riche, beau, célèbre et tout cela avant même d'avoir vingt-cinq ans. Que peut-on vouloir de plus ?

— Il veut miss Melchester, dit Jane doucement.

— Il croit qu'il la veut, corrigea Gérald, et peut-être que cela lui servira de leçon, tout comme à Mélia. Je les aime beaucoup tous les deux, mais ça ne m'empêche pas de les trouver tout aussi capricieux l'un que l'autre.

Jane se mit à rire.

— On croirait entendre un maître d'école !

Le rire gagna Gérald qui dit alors :

— Vous savez que c'est la première fois que je vous vois rire ? Vous avez toujours paru si terrorisée auparavant... vous ne m'en voudrez pas de dire que c'est un progrès.

— Non, je ne vous en veux pas et je vous remercie du compliment.

Elle comprenait très bien ce que voulait dire Gérald. C'était vrai que, pour la première fois, elle se sentait à l'aise avec lui, sans crainte et parlant avec naturel. Elle aurait bien voulu être aussi détendue avec Tally. Gérald était un compagnon agréable, elle comprenait que Tally trouvât son amitié précieuse. Il était calme, tranquille, de bonne humeur, et inspirait confiance dès le premier abord. Impulsivement Jane lui dit :

— Je voudrais vous remercier de votre gentillesse à mon égard, capitaine Fairfax.

Ses sourcils se levèrent d'une façon presque comique.

— J'ai été si bon ? demanda-t-il. Eh bien, c'était facile, et tout le plaisir était pour moi.

— Comme vous savez dire des gentillesses, lui dit Jane en souriant ; et pour la première fois, Gérald remarqua la petite fossette de sa joue gauche.

— Au fait, dit-il, ne trouvez-vous pas que nous pourrions être un peu moins conventionnels ? La future femme de Tally devrait au moins appeler son meilleur ami par son prénom.

— Je serais ravie de vous appeler Gérald.

— Et j'ai bien l'intention de vous appeler Jane.

Ils se mirent à rire de nouveau tandis que la porte s'ouvrait brusquement. Tally entra. Tous deux se tournèrent aussitôt vers lui et Jane fut frappée de la tension qui gagna l'atmosphère lorsque Tally fut là. Elle n'aurait pas su dire si c'était agréable ou non, mais tout allait soudain plus vite et plus fort.

— Ah ! vous êtes là, dit Tally, sans rien laisser deviner de son entrevue avec Mélia.

— Oui, nous sommes là. Jane admirait l'appartement.

Tally traversa la pièce et mit une bûche dans le feu. Jane remarqua qu'il prenait son temps comme s'il réfléchissait à ce qu'il dirait ou ne dirait pas. Puis, ayant attisé le feu, il alluma une cigarette et se planta le dos à la cheminée.

— Vous ne me demandez pas ce qui s'est passé ?

— Nous ne voulions pas être indiscrets, répondit Gérald, mais tu serais gentil de satisfaire notre curiosité.

— Volontiers, répliqua Tally. Mélia et moi, nous nous sommes disputés comme des chiffonniers. Elle est folle de rage.

— Ça ne m'étonne pas, commenta Gérald brièvement.

— Vous savez, fit Tally d'un air pensif, je ne me doutais pas que Mélia puisse se mettre en colère à ce point. (Il se tut un instant, puis il eut un sourire inattendu :) Sacré caractère.

— Si je comprends bien, vous n'êtes pas tombés dans les bras l'un de l'autre, dit simplement Gérald.

— En effet, répondit Tally. Pour tout dire, Mélia a exigé que je rompe mes fiançailles sur-le-champ. Comme j'ai refusé, elle m'a plus ou moins jeté à la rue.

— Alors, quelle est la prochaine étape ? demanda Gérald.

— Eh bien, c'est amusant que tu poses cette question car il est littéralement question d'une étape. Nous allons partir en voyage tous les trois, et la prochaine étape, c'est la Suisse.

— La Suisse ? s'exclama Gérald, tandis que Jane restait sans voix.

— Oui, la Suisse, répéta Tally. Montagne, neige et ski, j'adore cette idée.

— Mais pourquoi la Suisse ?

— Fais marcher tes méninges, mon vieux ! Lady Melchester y emmène Mélia pour qu'elle oublie ce malheureux petit incident. Par parenthèse, s'il y a quelqu'un qui n'est pas près de l'oublier, c'est bien Mélia ! Je vois le tableau : elles veulent échapper à la sympathie et aux condoléances hypocrites de leurs amis. Mais ce n'est pas si simple. Nous y allons aussi. Évidemment, je ne l'ai pas dit à Mélia.

Gérald se gratta la tête.

— Dieu seul sait où va nous mener ce projet délirant !...

— Je n'en sais rien moi-même, dit Tally. Mais quelle importance ? Allons, en route et au travail, mon vieux Gérald ! Il faut que tu fasses établir un passeport pour Jane. Heureusement que Briggs, du bureau des passeports, était mon supérieur direct au début de la guerre, il va arranger ça tout de suite.

— Quand Monsieur souhaite-t-il partir ? demanda Gérald avec une feinte servilité.

— Eh bien, je te donne jusqu'à après-demain, mais pas une minute de plus. Nous partirons en avion, bien sûr. Mélia, elle, part en train demain matin. Elle a horreur de l'avion, la pauvre, ça la rend malade !

— Écoute, Tally, éclata Gérald. Nous ne pouvons pas partir comme ça, toi, moi et Jane. Pense aux cancans ! Il faut un chaperon à Jane.

— Au diable les chaperons ! Est-ce bien nécessaire ?

— Mais, bien sûr. Vraiment, Tally, tu planes complètement.

— Bon, bon, tu as raison, concéda Tally. Eh bien, qui allons-nous prendre ? Je sais... Maman viendra si je lui demande.

— Oh ! mais nous ne pouvons pas déranger Mrs Melton, s'interposa Jane.

— Et pourquoi pas ? Cela lui fera le plus grand bien. Tu ne trouves pas, Gérald ?

— C'est possible.

— Il lui est indifférent d'être là ou ailleurs. Je vais lui téléphoner tout de suite.

Tally décrocha le téléphone mais avant qu'il n'ait pu composer le numéro, Jane l'arrêta.

— Écoutez, Tally, dit-elle de sa voix douce, et, se rapprochant de lui, elle posa la main sur son bras. Est-ce que tout ne s'arrangerait pas une fois pour toutes avec miss Melchester si vous faisiez ce qu'elle demande ?

— Que voulez-vous dire ? demanda Tally, le combiné du téléphone toujours à la main.

— Je veux dire, expliqua Jane avec effort, qu'elle vous a demandé de rompre avec moi. Si vous le faites, vous pourriez vous marier très vite.

Tally eut un sourire un peu amer.

— Si vous aviez entendu cette chère Mélia, vous sauriez que je suis la dernière personne au monde qu'elle souhaite épouser. D'ailleurs, j'ai cru comprendre que M. Ernest Danks était plus en faveur que jamais depuis ma disgrâce.

— Elle n'allait pas dire le contraire, expliqua Jane. Toute personne jalouse agirait de même.

— Mélia jalouse de vous ! Si vous croyez cela, vous vous trompez lourdement.

— Oh ! fit Jane, blessée par sa dureté.

— Je ne veux pas dire cela, s'excusa-t-il rapidement. C'est seulement qu'elle me méprise totalement. Elle ne veut plus s'abaisser à me parler et ne désire pas manifester le moindre sentiment à mon égard.

— Elle ne serait pas si fâchée si vous lui étiez indifférent.

Tally la regarda fixement.

— Bon sang ! Je n'avais pas pensé à ça.

— Elle est fâchée parce qu'elle vous a perdu.

— Elle l'est par orgueil avant tout.

Jane secoua la tête.

— Elle n'est pas si fâchée que cela, et si vous vous montriez plus compréhensif, je crois que M. Danks ne pèserait pas lourd.

— Je me demande si vous voyez juste, dit Tally d'un air pensif, les sourcils froncés. Eh bien, nous aurons le temps de découvrir ça en Suisse.

— Si vous y allez, allez-y tout seul. Ne m'emmenez pas avec vous. Je devine comment une femme risque de réagir dans une telle situation. Si elle vous voit seul et si vous êtes très gentil avec elle, tout peut s'arranger ; mais si je suis là, cela ne fera que la contrarier et la mettre en colère.

— Vous ne connaissez pas Mélia, dit Tally en soupirant. N'est-ce pas, Gérald ? Mélia ne veut que ce qu'elle a du mal à obtenir.

— Comme toi !

— Moi ? Je ne suis pas comme ça !

— Bien sûr que si ! répliqua Gérald. Cela dit, je vais chercher les billets pour la Suisse. J'ai besoin de vacances et je crois pouvoir me faire payer le voyage par un de mes journaux.

— Pas question, dit Tally. Tu viens avec moi en tant qu'invité. Au fait, cela me rappelle que j'allais téléphoner à ma mère.

Il se tourna et commença de composer le numéro. Jane restait là, indécise. Elle voyait bien qu'elle n'avait pas réussi à le persuader et pourtant, au fond de son cœur, elle savait qu'elle avait raison. Elle s'apercevait que convaincre Tally quand il ne voulait rien entendre s'apparentait à déplacer les montagnes. A présent, il avait obtenu la communication avec Greystones et demandait à parler à Mrs Melton. Pendant que l'on était allé la chercher, il dit à Gérald :

— Nous prendrons l'avion jusqu'à Zurich mais, pour l'amour du Ciel, trouve-nous une compagnie correcte. De toute façon, il fait un temps pourri pour voyager en avion.

— Ne me dis pas que cela te fait peur ! dit Gérald d'un ton incrédule.

— Non, mais cela pourrait faire peur à Jane, répondit Tally.

Gérald, surpris par cette prévenance, lui lança un coup d'œil interrogateur pour s'apercevoir qu'en définitive Tally parlait sincèrement.

— C'est vous, maman ? reprit Tally au téléphone. Écoutez, ma petite maman, pouvez-vous me rendre un service ? Je voudrais absolument aller en Suisse vendredi prochain. Si nous n'obtenons pas un vol pour vendredi, nous partirons samedi matin. Pourriez-vous venir avec nous ? Ce vieux jeu de Gérald ne veut pas que nous y allions sans chaperon pour Jane... Vous voulez bien, c'est merveilleux ! Vous avez toujours été la meilleure mère du monde... Non, ce n'est pas de la flatterie, je dis la vérité... Dieu vous bénisse, maman chérie... Vous arriverez demain, n'est-ce pas ?... Oui, vous habiterez chez moi, naturellement ; je ferai préparer un feu dans la chambre d'ami et demanderai qu'on tue le veau gras... Quel train ?... Celui de quatre heures... J'irai vous chercher... A demain, ma petite maman.

Il posa le récepteur. Gérald soupira.

— Oh ! Tally. Est-ce qu'il existe une femme au monde qui te refuse quelque chose ?

— Pas souvent, répondit Tally d'un air suffisant.

Gérald s'empara d'un coussin sur un fauteuil de l'autre côté de la cheminée et le lui jeta.

— Bon, tout est en place, dit Tally d'un ton satisfait, en attrapant le coussin au vol et en le renvoyant. Maintenant qu'y a-t-il d'autre à faire ?

— Michael Sorrel, dit Gérald.

— Bien. Nous n'aurons pas beaucoup de temps pour de nombreux essayages. Il n'aura qu'à prêter à Jane quelques vêtements de plus jusqu'à ce que les siens soient prêts.

— Est-ce que je ne pourrais pas me débrouiller avec ce que j'ai ? demanda Jane. Pensez un peu à ce que va dire Mme Marie.

— Cela lui fera du bien, dit Tally en souriant. J'irai lui faire du charme. Qu'est-ce qu'a dit Gérald ? Qu'aucune femme ne pouvait rien me refuser...

— Tu deviens insupportable, grogna Gérald. Nous devons encore aller acheter les affaires dont Jane a besoin. Je ne l'avais amenée ici que pour prendre une tasse de thé.

— Très bien. Il n'y a rien qui me fasse plus de plaisir que d'aller faire des courses avec une jolie femme. De quoi avez-vous besoin ?

— Une brosse et un peigne, dit timidement Jane.

Sans savoir pourquoi, l'idée de Tally l'accompagnant dans les boutiques, l'intimidait. Ses appréhensions n'étaient certes pas sans fondement car, malgré ses protestations, il insista pour lui acheter chez Asprey une trousse de toilette garnie, qu'il compléta avec des produits de beauté de chez Elizabeth Arden.

— Êtes-vous toujours aussi généreux ? demanda-t-elle en remontant dans la voiture, après que Tally lui eut offert un grand flacon de parfum Chanel et une douzaine de mouchoirs bordés de dentelle.

Il la regarda un instant avant de lui répondre très sérieusement :

— Non, pas toujours. Si vous voulez la vérité, j'aime vous faire des cadeaux, à vous. Vous avez l'air si contente. Le dernier cadeau que j'ai fait à Mélia m'a coûté très cher, et elle m'a à peine remercié.

— Ne faites pas de comparaisons entre nous, dit vivement Jane.

— Pourquoi ?

— Ce n'est pas correct envers miss Melchester. Elle est habituée à avoir des choses à elle. Moi, je n'ai rien eu de semblable auparavant.

Sa voix s'étrangla et Tally la prit par les épaules :

— Vous méritez tout ce que je vous ai donné et bien davantage. Vous me rendez bigrement service et je vous en suis reconnaissant.

— Je ne voudrais pas interrompre cette charmante scène, dit Gérald, et Jane se demanda s'il n'y avait pas une pointe de moquerie dans sa voix, mais je voudrais te faire remarquer, Tally, que tu n'as pas encore déterminé l'endroit où Jane allait coucher cette nuit.

— Seigneur, suis-je bête ! s'exclama Tally. Je n'y ai pas songé. A l'heure qu'il est, où peut-elle aller ? Si tu crois que je vais retourner à Greystones, tu te trompes, j'ai suffisamment roulé en voiture pour aujourd'hui.

Après un instant de silence, Gérald demanda :
— Tu as une autre idée ?
— Ne pourrait-elle pas aller à l'hôtel ? Dans un endroit très convenable, au *Brown's* par exemple. Je me souviens que ma grand-mère avait l'habitude d'y descendre.
— Pas sans chaperon, dit Gérald d'un ton implacable.
— Oh ! Seigneur ! Pourquoi n'êtes-vous pas veuve, Jane ? ou divorcée ? Cela nous faciliterait la vie.

Jane se mit à rire.
— Je suis désolée. Mais je trouve tout de même Gérald un peu pointilleux. Déposez-moi dans quelque endroit modeste et tranquille. Personne ne saura qui je suis. Je ne suis pas si importante après tout.
— Vous êtes la fiancée du célèbre lord Brora, dit Gérald d'un ton théâtral.
— Tais-toi, idiot, s'exclama Tally. Je ne vais pas tarder à me fâcher. Il doit bien y avoir une possibilité.
— Eh bien, si tu n'as vraiment pas d'idées, je suggère la maison de ma sœur, dit Gérald.
— Mais, bien sûr ! fit Tally avec enthousiasme. Pourquoi diable ne l'as-tu pas dit plus tôt ?
— Pour te faire un peu réfléchir, tu en as besoin, répliqua Gérald. En fait, j'en ai déjà parlé à Betty ce matin.
— Et pendant ce temps-là tu me laisses mariner uniquement pour t'amuser ! Et on appelle ça un ami !

Gérald se contenta de sourire et dit à Jane ;
— Betty n'est pas milliardaire mais c'est un amour, et je crois que vous serez bien avec elle.
— Je ne veux pas déranger tout le monde, dit Jane avec insistance.

— Mais pas du tout, Betty sera très heureuse de vous recevoir. Son mari est dans la Marine et elle se sent souvent seule. Je vous affirme qu'elle sera très contente de vous voir.

— Betty est quelqu'un de très bien, renchérit Tally. J'ai souvent pensé que j'aurais pu l'épouser si j'avais eu mes chances.

— Plus personne n'a compté à partir du moment où elle a rencontré John, dit Gérald en riant. Ils sont divinement heureux. Sachez, Jane, qu'elle a deux enfants qui font la loi dans la maison, aussi ne comptez pas sur le calme et la tranquillité.

Jane sourit de plaisir. Elle avait l'impression qu'elle allait aimer la sœur de Gérald qui semblait être comme son frère une personne simple et pas intimidante.

— Allons-nous chez Betty tout de suite ou prenons-nous d'abord le thé ? demanda Tally.

— Je lui ai dit que nous risquions d'arriver chez elle à l'heure du thé.

— Il a tout combiné, dit Tally à Jane d'un air résigné. Il fait tout ce numéro uniquement pour se rendre intéressant.

Ils montèrent dans la voiture, entassant les valises qu'ils avaient prises à l'hôtel *Berkeley* et les achats faits dans Bond Street. Puis Tally prit Piccadilly et, tournant à gauche à Hyde Park Corner, naviqua dans les petites rues derrière Belgrave Square. Il s'arrêta dans une rue assez quelconque près d'Ebury Street. Les maisons étaient petites et sans prétention mais quand la sœur de Gérald ouvrit la porte, Jane pensa que c'était de loin l'endroit le plus sympathique et le plus charmant qu'elle ait vu. Betty, petite, blonde et rondelette, portait un simple tablier à fleurs, et ses cheveux étaient ébouriffés comme s'ils avaient été décoiffés par de petites menottes.

— Entrez, dit-elle. Je commençais à désespérer de vous voir arriver. Les enfants ont déjà mangé presque tous les petits fours. On ne pouvait plus attendre.

— C'est la faute de Gérald, grommela Tally. Je vous raconterai cela pendant que nous mangerons ce qui reste. Betty, je vous présente Jane.

— Comment allez-vous ? demanda Betty en tendant la main à Jane et en la faisant entrer dans le hall. Mais vous avez froid. Ferme la porte, Gérald, et approchons-nous du feu. Je suis si heureuse que vous veniez chez moi, dit-elle à Jane et, l'introduisant dans la salle à manger, elle ajouta : C'est un thé d'enfants, je m'en excuse, j'espère que ça ne vous ennuie pas ; mais je n'aime pas les voir mettre leurs doigts poisseux sur les meubles du salon.

La table de la salle à manger était couverte d'une nappe blanche et bien que Betty leur ait dit qu'il ne restait rien, il y avait une grande quantité de sandwiches et de gâteaux disposés sur des plats. Deux enfants étaient assis à table : un solide garçon d'environ cinq ans et une jolie petite fille de deux ans. Tous les deux portaient une bavette et avaient la bouche et les doigts maculés de confiture.

— Surtout, n'y touchez pas, avertit Betty, ce sont de vrais pots de colle et de la meilleure sorte, il n'y a pas moyen de s'en défaire.

— Oncle Gérald, s'exclamèrent les enfants ravis en apercevant Gérald, oncle Tally, ajoutèrent-ils presque en même temps.

— Bonjour, les affreux ! dit Tally. Il paraît que vous avez mangé tout mon goûter. Si c'est vrai, c'est vous que je vais manger.

Il y eut des cris de terreur feinte et Betty eut du mal à empêcher les marmots de sauter de leurs chaises et de courir dans la pièce.

— Finissez votre thé, mes chéris. Et vous, Tally,

ne les énervez pas. Vous savez bien qu'ils deviennent intenables dès que vous arrivez.

— Pas du tout, dit Tally. J'ai un effet merveilleux sur les enfants. Comme sur les animaux. Le cheval le plus sauvage se calme à mon simple contact.

Betty éclata de rire.

— Que vous êtes bête ! Finissez donc de manger, et prenez une crêpe avant que Gérald n'ait tout liquidé. C'est son péché mignon. C'est bien simple, je n'arrive pas à boucler mon budget de la semaine quand il vient prendre le thé.

Jane, assise au bout de la table, écoutait Betty et décida que c'était la personne la plus sympathique qu'elle ait rencontrée de sa vie. Sa bouche et ses yeux souriaient en permanence. Sa fille lui ressemblait d'une façon frappante, une copie presque conforme, alors que le garçon ressemblait au jeune homme en uniforme de la Marine dont la photographie trônait sur la cheminée. Jane supposa que c'était le père.

— Bois ton lait, Jim. Et toi, Lizzie, essuie tes mains sur ta serviette.

— Je vais m'asseoir sur les genoux d'oncle Tally, dit Lizzie d'un ton ferme en descendant de sa chaise.

— Je suis sûre qu'il n'en a pas très envie, protesta Betty.

Tally se mit à rire.

— Allez, viens, Lizzie, tu as toujours été ma favorite.

Elle trottina vers lui. Jim resta silencieux pendant quelques minute sans cesser de regarder Jane. Puis il demanda à sa mère : « Qui est-ce ? » en pointant un doigt potelé vers elle.

— Ne montre pas du doigt, Jim, ce n'est pas poli. C'est miss MacLeod.

— Mac... Mac... essaya de répéter Jim sans succès.

— Oh ! peut-être ferait-il mieux de vous appeler tatie Jane, dit Betty. Si cela ne vous dérange pas ?
— Cela me fera grand plaisir, assura Jane.
— Je vous préviens qu'il est un incorrigible séducteur, dit Gérald. Je ne sais pas ce que Betty en fera quand il sera grand. Il court après toutes les jolies filles.
— N'écoute pas oncle Gérald, dit Betty en enlevant la bavette de Jim. Et maintenant, dis ta prière.
— Merci-mon-Dieu-pour-ce-bon-thé-est-ce-que-je-peux-sortir-de-table ? dit Jim d'une seule traite.
Il tourna autour de la table pour venir près de Jane.
— Est-ce que tu vas rester ici avec nous ?
Jane acquiesça de la tête.
— Oui.
— Je suis content, dit-il d'un ton satisfait.
Et pendant que les autres éclataient de rire, Jane répondit très doucement :
— Moi aussi.

7

« Et ils vécurent heureux jusqu'à la fin de leurs jours », dit Jane pour terminer l'histoire qu'elle racontait.

Jim, assis sur son lit, battit des mains, et Lizzie fit une galipette dans son berceau en lançant derrière sa tête ses petites jambes potelées.

— Encore... raconte-nous encore, supplia Jim. S'il te plaît, s'il te plaît, tatie Jane, raconte-nous une autre histoire.

— Encore une histoire, répéta Lizzie en roulant comme une petite brioche ronde pour se redresser.

— Non, c'est fini maintenant, mes chéris, dit

Betty sur le seuil de la chambre. Je ne voudrais pas vous presser, Jane, mais vous avez promis à Tally d'être prête à sept heures et vous n'avez même pas encore commencé à défaire vos bagages.

Jane regarda l'horloge d'émail bleu sur la cheminée.

— Mon Dieu, dit-elle. Je dois aller me changer. A vrai dire, j'aimerais bien mieux rester ici.

— Alors que vous avez la chance de sortir danser ? s'étonna Betty. Quelle drôle de fille vous êtes !

— J'ai rarement l'occasion de me trouver dans un véritable foyer, répondit Jane très sérieusement.

Cela sembla faire plaisir à Betty.

— Vous le ressentez ainsi ? Quelquefois j'ai l'impression de crouler sous les tâches ménagères. J'essaie de maintenir la maison jolie et agréable mais c'est difficile de tout faire en ayant l'œil sur les enfants, surtout maintenant qu'ils savent marcher et qu'ils laissent tout en désordre.

— Je ne pourrais jamais me fâcher contre eux, dit Jane tout attendrie en regardant Jim si propret dans son pyjama à rayures, avec ses cheveux noirs brossés soigneusement en arrière et ses joues bien roses.

— Il sont mignons, n'est-ce pas ? dit Betty, mais nous ne devrions pas dire cela devant eux. Ils sont assez grands maintenant pour savoir qu'ils peuvent me mener par le bout du nez. Il serait temps que John revienne et ramène un peu d'ordre dans cette maison. Même s'il n'est, en réalité, qu'un jouet entre leurs mains !

— Est-il parti depuis longtemps ? demanda Jane.

— Depuis presque un an, mais qui m'a paru long comme vingt. Il est en Extrême-Orient. Ma hantise est que les enfants l'aient totalement oublié quand il reviendra à la maison. Tu n'oublies pas papa, n'est-ce pas, ma chérie ?

Elle baissa les barreaux du petit lit et se pencha pour border les draps autour de Lizzie.

— Papa ! répéta Lizzie en s'appliquant.

— Je me souviens de papa, murmura Jim, il m'a donné mon train à vapeur.

— Comme c'est intéressant, dit Jane. Tu voudras bien me le montrer demain ?

— Il est cassé, répondit Jim.

— Oh ! mon Dieu, quel dommage !

— Jim, très méchant. L'a cassé. Maman fâchée.

— Très fâchée, dit Betty. Que croyez-vous qu'il a fait avec ce jouet ? Il l'a jeté par la fenêtre sur le trottoir. Il a cassé le train et manqué de peu la tête d'une vieille dame.

Jim regardait sa mère du coin de l'œil pour voir si elle était réellement en colère, puis voyant qu'elle ne l'était pas vraiment, il continua :

— J'aurais bien voulu qu'il tombe sur cette vieille mémé.

Jane et Betty ne purent s'empêcher d'éclater de rire.

— Tu es un méchant garçon, dit Betty d'un ton fâché. A présent, enfonce-toi bien sous les draps. C'est l'heure de dormir.

Elle leur souhaita une bonne nuit en les embrassant et Jane, en se penchant au-dessus de Jim, fut agrippée par les bras du petit garçon qui se refermèrent avec vigueur autour de son cou et elle sentit la petite bouche pressée contre sa joue. Quand elle quitta la nursery, elle avait les larmes aux yeux.

— Je pense que personne au monde n'a plus de chance que vous, dit-elle à Betty qui la conduisait dans la chambre d'ami.

— A cause des enfants ? demanda Betty. Attendez de voir mon John et, à ce moment-là, vous verrez que vous avez raison et que je suis la femme la plus heureuse du monde.

— Depuis combien de temps êtes-vous mariée ?
— Six ans. Six longues années pendant lesquelles je l'ai très peu vu, mais c'est son dernier voyage en Orient. Quand il reviendra, je pense qu'il quittera la Marine et travaillera dans les affaires. Oh ! ce sera merveilleux de l'avoir avec moi à longueur de temps.

Son visage était si rayonnant que Jane pensa : « Je vois, maintenant, comment on est quand on aime. Je n'ai jamais aimé moi-même comme cela, jamais. »

Lentement, elle se mit à déboutonner sa robe de lainage bleu, d'une coupe parfaite, qui portait indiscutablement la griffe géniale de Michael Sorrel.

— Quelle jolie robe, dit Betty. Je l'ai remarquée dès que vous êtes entrée.

Jane ne dit rien pendant un instant puis, se regardant dans le miroir, elle demanda :

— Votre frère vous a-t-il parlé de moi ?
— Pas vraiment. Il m'a appelée ce matin et m'a demandé si j'avais lu les journaux. Evidemment je n'avais même pas eu le temps d'y jeter un coup d'œil. Alors, il m'a dit que vous étiez fiancée à Tally et m'a priée de bien vouloir vous héberger ce soir. A vrai dire, je n'étais pas rassurée. J'avais peur que vous fussiez comme... eh bien comme Mélia Melchester... effroyablement snob et impressionnante. Mais Gérald m'a dit que vous étiez un amour et, soit dit en passant, il avait tout à fait raison.

Jane rougit.

— Oh ! merci, je crois que c'est le plus gentil compliment qu'on m'ait jamais fait.

Elle hésita un instant et puis ajouta :

— Je ne veux pas tout révéler à mon sujet parce qu'il existe un secret qui ne m'appartient pas. Mais croyez-moi quand je vous dis que cette robe et les autres vêtements que je porte sont très, très nouveaux pour moi. Souvenez-vous que l'habit ne fait pas le moine et ne me jugez pas sur ce que je porte. En réalité, je ne suis pas une jeune fille élégante, mais seulement Jane MacLeod, une petite provinciale du Nord sans aucune importance.

Une émotion certaine perçait soudain dans la voix de Jane. Sans savoir pourquoi, elle recherchait l'affection de cette charmante jeune femme.

Betty se leva d'un bond.

— Voulez-vous vous taire ! Je ne juge jamais les gens sur leur apparence. Probablement parce que j'ai trop peur qu'ils agissent de même avec moi. Quand je vous ai vue pour la première fois, je n'ai pas regardé votre robe mais votre visage. Vous avez un charmant visage, Jane. Je savais que nous deviendrions amies.

— Je voudrais avoir une amie, je le voudrais vraiment, murmura Jane.

— Eh bien, vous en avez trouvé une, répondit Betty.

Puis elle ajouta :

— Je ne voudrais pas que vous trouviez ma remarque déplacée, mais vous ne devez pas avoir peur de Tally. Les gens disent un tas de bêtises à son sujet. Au fond c'est un très gentil garçon mais il a été trop gâté. Il a toujours eu tout ce qu'il voulait, du moins tout ce qui a de la valeur aux yeux du monde, mais je pense qu'il lui manque tout ce qui peut rendre un homme heureux.

— Vous avez peut-être raison, dit Jane d'un air pensif. C'est difficile à dire. De toute façon, je ne peux pas le regarder comme quelqu'un de banal.

— Les enfants l'adorent, dit Bey doucement, et c'est un bon point, vous savez.

— Vos enfants sont si gentils qu'ils pourraient aimer la terre entière.

— Ne croyez pas cela. Ils ont de très fortes sympathies et d'aussi fortes aversions.

Betty s'interrompit et ses yeux pétillèrent :

— Il y a une personne qu'ils n'aiment pas, c'est Mélia Melchester. La seule fois où elle est venue ici prendre le thé, Jim l'a regardée fixement pendant un bon moment et puis il a demandé, d'un ton plutôt hostile : « Qui est cette dame ?

— Chut ! Jim, c'est une amie d'oncle Tally.

— Pourquoi ? » a demandé Jim, et nous n'avons su que répondre...

Cela fit rire Jane qui demanda timidement :

— Et vous, est-ce que vous l'aimez ?

— Pas beaucoup, confessa Betty. J'ai essayé, j'ai essayé très fort à cause de Tally. Gérald et lui sont de si grands amis et il a toujours été si gentil avec moi que je voulais aimer sa future femme. Je souhaitais que nous fussions amies, mais nous avons vraiment peu de points communs. Mélia me trouve insignifiante, et elle a sans doute raison. Et moi, je la trouve... comment dirais-je... presque inhumaine. Elle est si brillante et si belle et si extraordinaire que j'ai l'impression de la voir jouer dans un film.

— Oh ! Betty, que vous êtes amusante ! dit Jane en riant.

— C'est la vérité, et, si c'est un peu prématuré de le dire, je suis infiniment heureuse que vous épousiez Tally.

Spontanément, Jane allait lui répondre mais elle retint les mots sur ses lèvres et détourna la tête. Elle ne supportait pas de mentir à Betty, ni de lui laisser croire qu'un jour elle serait la femme de Tally. Elle se demanda si Betty lui accorderait encore son amitié lorsque la vérité éclaterait. Elle savait pourtant qu'il était ridicule de se poser cette question. Betty était une personne franche et sincère qui ne laisserait pas tomber ses amis pour un oui ou pour un non.

— Mon Dieu ! Regardez l'heure, s'exclama soudain Betty. Dépêchez-vous, Jane. Tally déteste attendre et il va dire que c'est ma faute.

Jane obéit, extirpa rapidement ses affaires de sa valise et enfila une robe de dîner, en mousseline de soie vert pâle qui, retombant en longs plis souples, l'amincissait encore et la faisait paraître un peu plus grande qu'elle n'était en réalité. Cette couleur faisait ressortir la délicatesse de son teint et le rose naturel de ses joues. Quand elle fut prête, avec ses cheveux joliment coiffés, ses cils allongés par le mascara, comme le lui avait enseigné Mme Marie, elle était, sinon belle, du moins très jolie et séduisante. Mais tandis qu'elle se regardait dans le miroir, il lui sembla entendre la voix perçante de sa tante qui lui disait : « Tire tes cheveux en arrière, je ne veux pas te voir coiffée comme un sauvage. Tu as du sang vicié dans les veines, ma fille, ne l'oublie pas ».

Jane se souvint des innombrables nuits pendant lesquelles elles était restée éveillée, se demandant ce que sa tante voulait dire par là. Aujourd'hui, elle connaissait la raison de cette sévère condamnation et elle avait peur.

Pendant un instant d'égarement, elle envisagea de tirer ses cheveux en un chignon serré sur la nuque et d'enlever de son visage le rouge à lèvres et la poudre. Puis une lueur de bon sens lui rappela que ce n'était pas l'aspect extérieur qui était important mais quelque chose de plus profond : l'âme et le caractère.

Tout doucement, elle effleura du doigt sa joue, là où Jim l'avait embrassée. Elle sentit autour de son cou les petits bras et se mit à prier avec ferveur : « Oh ! mon Dieu, gardez-moi pure et simple. Faites que je ne change pas, faites que je reste honnête au fond de mon cœur. »

Elle n'eut pas le temps de s'attarder à ses pensées

car dès qu'elle eut terminé sa prière, elle entendit appeler d'en bas :

— Jane, êtes-vous prête ? Tally est arrivé.

Elle saisit vivement le mantelet garni de zibeline, que Michael Sorrel avait dessiné pour aller avec sa robe, et descendit en courant. Tally, en tenue de soirée, l'attendait dans le hall, et elle le trouva encore plus distingué que d'habitude.

— Oh ! que vous êtes jolie, s'exclama Betty avec admiration avant que Tally n'ait pu dire un mot. Amusez-vous bien. Si vous avez besoin de quoi que ce soit, quand vous rentrerez, réveillez-moi. Voici la clé de la maison.

— J'aurais aimé que vous veniez avec nous, Betty, dit Tally.

— Ne dites pas de bêtises, vous savez bien que je ne peux pas laisser les enfants, répliqua Betty. Et, de plus, vous êtes jeunes et vous n'avez pas besoin d'avoir à vos basques une vieille matrone comme moi.

— Quand vous parlez de votre vieillesse, je me sens comme un grand-père. En réalité, je vois peu de différence entre vous et Lizzie.

— Idiot ! s'exclama Betty affectueusement. A présent, partez et amusez-vous bien.

— C'est bien mon intention, dit Tally. Au revoir, Betty.

— Bonne nuit, Betty, dit à son tour Jane, avant de courir sur le trottoir mouillé jusqu'à la voiture de Tally.

— Gérald ne vient pas avec nous ? demanda-t-elle.

— Si, mais je lui ai promis de le prendre chez lui. Il a téléphoné pour me prévenir qu'il serait retardé... Maintenant, regardez sur le siège arrière, vous y trouverez des orchidées.

— Des orchidées ! s'exclama Jane.

En effet, elle trouva derrière elle une boîte de carton blanc, l'ouvrit et découvrit deux superbes fleurs pourpres.

— Oh! Comme elles sont belles, merci mille fois! C'est la première fois qu'on m'offre des orchidées.

— Je m'en doutais, dit Tally en souriant. Et je suis heureux d'être le premier à vous faire ce cadeau. Ne faudrait-il pas faire un vœu?

— Je fais des vœux à longueur de temps, en souhaitant que mon rêve ne s'arrête pas trop tôt! dit doucement Jane.

— Votre ingénuité me plaît. J'ai hâte de vous sortir pour la première fois à Londres. Je suppose que vous n'êtes jamais allée dans une boîte de nuit?

— Bien sûr que non. Faut-il vraiment y aller?

— Oh! il y en a une ou deux tout à fait convenables.

— J'aurais aimé que Betty puisse venir avec nous, dit tout à coup Jane. Elle est si gentille et elle doit parfois se sentir seule en l'absence de son mari, même en étant occupée avec ses deux amours d'enfants.

Tally se tourna vers elle et l'observa pendant quelques instants.

— Le souhaitez-vous réellement?

— Je dis ce que je pense, bien sûr, répondit Jane d'un air étonné. J'aurais aimé que Betty vienne. Elle a été si accueillante. Il serait vraiment merveilleux qu'elle soit avec nous ce soir, vous ne trouvez pas?

Tally resta silencieux pendant un moment, puis il dit doucement, d'une voix inhabituelle:

— Nous aurions peut-être pu passer la soirée chez Betty puisqu'elle ne pouvait pas quitter les enfants.

— Oh! voilà ce qui aurait été magnifique! fit Jane avec enthousiasme, et elle en aurait été si contente, elle aussi!

— Il n'est pas trop tard pour changer de programme.

De nouveau, Tally parlait d'un ton étrange comme s'il choisissait ses mots avec soin et calculait leur effet.

— Vraiment ? Oh ! ce serait merveilleux ! Mais je ne crois pas qu'elle ait prévu à dîner pour nous tous. J'ai remarqué, quand je l'ai aidée à débarrasser le thé, qu'il n'y avait pas grand-chose dans la cuisine.

— Vous l'avez aidée à débarrasser le thé, vraiment ?

— Bien sûr. C'était très amusant, elle me prenait pour une grande dame. Je crois que mes vêtements l'avaient impressionnée. Après votre départ, elle m'a proposé : « Voulez-vous aller vous asseoir dans l'autre pièce avec les enfants pendant que je débarrasse ? » J'ai insisté pour l'aider et elle a semblé surprise. C'est incroyable ce que les vêtements peuvent transformer quelqu'un. Elle n'aurait pas été étonnée de ma proposition si elle m'avait vue hier.

— Ainsi vous l'avez aidée, répéta Tally.

— Naturellement. Elle a essayé de m'empêcher de faire la vaisselle et je n'ai pas osé lui dire combien je l'avais faite dans ma vie. Mais je pense qu'elle a constaté que je ne m'y prenais pas trop mal !

Tally arrêta la voiture devant un immeuble :

— C'est ici qu'habite Gérald. A présent, je vous laisse choisir. Nous pouvons soit poursuivre la soirée que j'avais organisée, aller chercher Gérald, dîner au *Ritz*, nous rendre au cabaret du *Ciro's* puis à l'*Orchid Room*. Ou bien aller chercher quelque chose à manger, l'apporter chez Betty et lui faire une surprise. A vous de décider...

Il se tourna vers elle pour la regarder. Un réverbère à proximité de la voiture leur permettait de se voir très distinctement. Elle n'hésita pas un instant.

— Retournons chez Betty, dit-elle calmement, j'aimerais lui faire la surprise. N'allez pas croire que je sois ingrate et que je ne veuille pas aller dans tous ces endroits, je le voudrais bien mais je préférerais offrir à Betty l'occasion d'une bonne soirée.

Pendant quelques instants, Tally ne réagit pas, puis il sourit.

— Vous ferez exactement ce que vous voudrez, dit-il. Attendez ici pendant que je dis au portier d'aller appeler Gérald.

Tally sortit de la voiture et se dirigea rapidement vers la grande entrée de l'immeuble. Jane se demanda alors si elle l'avait contrarié. Sans pouvoir se l'expliquer, elle avait l'impression qu'en lui offrant le choix de la soirée, il la mettait à l'épreuve. Peut-être avait-elle mal réagi. Après tout, il lui avait acheté ces magnifiques orchidées et lui avait donné cette ravissante robe... Peut-être attendait-il en retour qu'elle se montrât en public avec lui. C'était en fonction de Mélia que tout cela était fait.

Tally revint et monta dans la voiture.

— J'ai prévenu Gérald, je pense qu'il va bientôt descendre.

— Pendant que vous étiez là-bas, dit Jane, j'ai réfléchi à cette soirée et...

— Vous avez changé d'avis ? l'interrompit froidement Tally, d'une voix quelque peu métallique.

— Ce n'est pas cela, répondit Jane. Je pense simplement que vous préféreriez aller au *Ritz*.

— D'accord, Jane, dit Tally sèchement, je comprends très bien que vous préfériez le *Ritz*.

— Non, non, ce n'est pas cela. S'il vous plaît, écoutez-moi un instant.

Il se tourna vers elle et son regard parut très dur, presque hostile.

— S'il vous plaît, laissez-moi vous expliquer, dit-elle. Voyez vous, j'ai pensé, quand vous m'avez offert ces vêtements et ces orchidées, que vous vouliez me sortir pour qu'on nous voie ensemble et que miss Melchester en entende parler. Elle ne sera au courant de rien si personne ne me voit, aussi ai-je pensé que, si nous allions au restaurant, je pourrais vous... — Jane hésita, cherchant le mot qui convenait — dédommager un peu pour tous ces merveilleux cadeaux.

Elle lui expliquait cela, en balbutiant légèrement, car d'une certaine façon Tally l'intimidait. Il avait l'air si sévère. Et pourtant, quand elle eut fini de parler, elle se demanda si elle n'avait pas imaginé cette dureté. Il n'y avait plus trace d'hostilité dans ses yeux.

— Est-ce vraiment ce que vous avez pensé ? demanda-t-il.

— Mais oui, répondit Jane. Seulement je me suis très mal exprimée.

— Nous irons passer la soirée avec Betty, dit Tally. Il est bon que vous soyez libérée de votre corvée pendant un petit moment.

— Oh! merci, dit-elle d'un air ravi.

De façon inattendue, Tally tendit la main et la posa sur celles de Jane.

— C'est la première fois que je rencontre quelqu'un comme vous, dit-il. (Puis, rapidement avant qu'elle n'ait eu le temps de répondre, il s'exclama :) Ah ! voici Gérald. Monte vite dans la voiture, mon vieux.

— Désolé d'être en retard, Tally. Bonsoir, Jane.

Comme Tally, Gérald était en tenue de soirée, il portait une cravate blanche et arborait un œillet rouge à sa boutonnière.

— Nous avons changé de programme, dit Tally. Jane et moi nous avons parlé de Betty, à cœur ouvert, et nous avons pensé que la soirée serait un peu solitaire et triste pour elle. Alors, voici ce que nous allons faire : nous allons rendre visite à ce vieux Gustave qui, comme tu sais, ferait n'importe quoi pour moi, nous allons prendre chez lui quelques provisions et une bouteille de vin, puis retourner dîner chez Betty. Qu'en penses-tu ?

— Et qu'en pense Jane ? demanda Gérald.

— A vrai dire, c'est son idée à elle, répondit Tally.

— D'accord... Si vous êtes sûrs d'abandonner l'idée de faire une entrée remarquée au *Ritz*...

— Jane a évoqué cela, répondit Tally. Je lui ai dit qu'il était temps que nous prenions tous quelques heures de relâche. A vrai dire, j'ai eu mon comptant d'émotions pour aujourd'hui.

— Et nous de même, acquiesça Gérald d'un air convaincu. Conduis-nous chez Gustave, mais n'oublie pas : Betty et moi, nous aimons manger le caviar « à la louche » !

Ils ne mirent pas longtemps à se procurer ce qu'ils voulaient. Jane et Gérald attendirent dans la voiture pendant que Tally entrait dans un petit restaurant de Soho à la recherche de Gustave. Peu de temps après, des serveurs vinrent apporter quelques plats recouverts d'un couvercle, et les trois complices partirent promptement vers la petite maison de Betty.

— J'ai la clé de la maison, dit Jane. Pensez-vous que nous puissions y entrer sans faire de bruit, organiser tout en bas et l'appeler quand tout sera prêt ? J'espère qu'elle sera dans son salon et si nous sommes discrets, elle ne nous entendra pas.

— Vous oubliez que Gérald et moi avons fait la guerre dans les commandos, répondit Tally. Nous avons appris à nous déplacer aussi silencieusement que des Peaux-Rouges. Allez devant pour ouvrir la porte. Nous laisserons la voiture au coin de la rue pour que Betty ne l'entende pas.

Leur plan se déroula à merveille. Comme Jane l'avait prévu, le rez-de-chaussée de la maison était dans le noir et on devinait une lumière derrière les fenêtres du salon au premier étage. Ils entrèrent à pas feutrés. Ils eurent seulement un instant d'inquiétude quand Gérald, une bouteille de champagne sous le bras, manqua de glisser dans le couloir sombre. Mais il se rattrapa de justesse, et ils apportèrent toutes leurs emplettes dans la salle à manger.

Jane mit le couvert rapidement et alluma le radiateur électrique. Elle avait remarqué, sur le buffet, deux grands bougeoirs avec des abat-jour rouges qui, une fois allumés, diffusaient une chaude lumière sur la table bien cirée.

Alors, obéissant aux ordres chuchotés par Tally, ils sortirent furtivement, fermèrent doucement la porte derrière eux, prirent une rue adjacente et montèrent dans la voiture pour venir la garer à grand bruit devant la porte d'entrée.

— Ne vous servez pas de la clé, recommanda Tally. Utilisez la sonnette.

Ce que fit Gérald. Quelques instants plus tard, Betty ouvrit la porte.

— Oh! c'est vous, s'exclama-t-elle. Avez-vous oublié quelque chose ?

— Non, répondit Tally, mais nous avons eu des mésaventures. Le froid a fait éclater les canalisations du *Ritz* et nous ne pouvons pas y dîner. Ils étaient navrés de ne pas pouvoir nous servir et nous avons pensé que la seule solution était de revenir ici et d'implorer votre pitié.

— Bien sûr, dit Betty en souriant. (Puis soudain sa voix s'étrangla :) Oh! mes chéris, je n'ai absolument rien à vous offrir dans la maison. Le boucher était particulièrement mal approvisionné cette semaine et je n'ai pu trouver de poisson nulle part. Oh! Tally, comme je suis déçue ! Vous allez être obligés de dîner ailleurs, alors que j'aurais été si contente de vous inviter.

Tally la prit par le bras.

— Vous ne savez pas que je suis un magicien ? Je n'ai qu'à faire un signe de ma baguette magique. Venez par ici, petite madame. Fermez les yeux pendant que je dis « Abracadabra ».

Il ouvrit toute grande la porte de la salle à manger. Betty écarquilla les yeux puis battit des mains.

— Oh ! Tally, où avez-vous trouvé tout cela ? Et comment êtes-vous entrés ?

— Ha ! ha ! je vous ai dit que j'étais magicien ! A présent, accepterez-vous oui ou non de nous donner à dîner, jeune dame ?

— Quelle question ! Et je vais dîner moi aussi ! Attendez seulement une minute que je prépare du café. Je peux au moins vous offrir ça ; et si ce que j'aperçois est bien une bouteille de champagne, il nous faudra quelques verres.

— Je n'ai pas su où les trouver, dit Jane, puis elle porta vite sa main à la bouche comme pour arrêter ses paroles.

— Voilà que vous avez tout dévoilé, s'exclama Tally d'un air indigné. Il ne faut jamais faire confiance à une femme pour garder un secret !

— Je suis désolée, dit Jane.

Betty lui sourit.

— Il n'y a qu'une femme pour préparer une aussi jolie table. Dînons aux chandelles : c'est plus romantique et plus joli.

— Et plus seyant aussi, ajouta Gérald.

Il avait remarqué que Jane, avec ses yeux brillants d'enthousiasme et ses joues roses, ressemblait à une petite fille assistant à une fête.

Betty regarda de plus près une grosse boîte qui se trouvait au centre de la table.

— Du caviar, mon péché mignon. Oh ! Tally vous êtes un ange. Et un poulet froid, de la salade russe et du jambon. Je n'ai jamais vu de repas aussi somptueux. Et qu'y a-t-il sur cette assiette, là-bas ?

— Des meringues. Gustave a insisté pour que je les prenne. Il a marmonné quelque chose à propos des douceurs pour les douces dames !

— Ainsi c'est à Gustave que nous devons tout cela. Gérald m'en a souvent parlé comme d'un brave homme qui vous mitonnait de bons petits plats pendant la guerre alors qu'il était votre prisonnier en Italie.

— Faites confiance à Tally pour capturer le meilleur cuisinier de Londres, dit Gérald en riant.

— Il l'est vraiment ? demanda Jane qui avait écouté toute la conversation avec les yeux écarquillés.

— L'histoire est plus compliquée que cela, rectifia Tally. C'était un des Italiens que nous avions envoyés travailler pour nous parmi ses compatriotes. Mais notre avance fut trop rapide et parmi les prisonniers que firent mes hommes nous trouvâmes Gustave. Nous n'avons pas osé révéler qu'il travaillait pour les Anglais, nous l'avons donc gardé prisonnier comme les autres et en avons fait notre cuisinier pendant toute la guerre. Quand nous sommes revenus en Angleterre ; il est venu avec nous. Il ne pouvait plus servir dans les Renseignements ; c'est une partie qu'on ne joue qu'une fois, après on risque la mort.

— Oh ! je suis heureuse que ce bon Gustave ait évité la mort, dit Betty. Et maintenant, si nous nous mettions à table ?

— Je meurs de faim, acquiesça Tally. Que pensez-vous du caviar pour commencer ?

Il le servit « à la louche » et remarqua que Jane regardait fixement son assiette. Profitant du gai babillage de Betty, il demanda à voix basse :

— Êtes-vous en train de faire un autre vœu ?

Jane lui sourit timidement et hocha la tête. Gérald se leva et ouvrit la bouteille de champagne.

— Prenez un peu de vin en même temps, suggéra-t-il en versant le breuvage doré dans leurs verres.

Jane regardait le sien en hésitant un peu.

— Je ne sais pas si je dois... voyez-vous... je n'ai jamais bu d'alcool de ma vie, si ce n'est le cognac que m'a donné Tally hier.

— Tally vous a donné du cognac hier ? répéta Betty. Mais, en quel honneur ?

— C'est une longue histoire, dit Tally, et nous n'avons pas le temps de vous la raconter maintenant. Je veux porter un toast. Prenez tous vos verres.

Ils obéirent et levèrent leurs verres, le regardant attentivement dans l'attente de ce qu'il allait dire.

— A Jane, dit-il d'une façon inattendue. Puisse-t-elle être très heureuse !

8

Jane ne devait jamais oublier sa première vision de la Suisse. Le mauvais temps pendant la traversée de la Manche ne leur avait pas permis de voir les paysages qu'ils survolaient. Après leur atterrissage à Zurich, le taxi qui les conduisait à la gare fut pris dans une tempête de neige aveuglante. Durant le voyage en train jusqu'à Saint-Moritz, la neige n'avait cessé de fouetter les vitres givrées. Le train avait du retard et n'était entré en gare de Saint-Moritz qu'à la nuit tombée.

Ce n'est que lorsqu'elle s'était retrouvée seule dans sa chambre d'hôtel que Jane put aller à la fenêtre, tirer les rideaux de toile blanche empesée et regarder l'extérieur. La neige avait cessé de tomber et la lune s'était levée, très haute au-dessus du sommet des montagnes, répandant une lumière magique et irréelle. C'était d'une beauté à couper le souffle. Jane avait l'impression d'entrer dans un pays enchanté plus merveilleux encore que tout ce qu'elle avait pu imaginer dans ses rêves les plus secrets.

Les sommets des montagnes se découpaient sur le ciel et reflétaient si bien l'éclat de la lune qu'ils illuminaient la nuit de leur clarté. Les grands sapins argentés scintillaient de givre. En bas, dans la vallée, elle pouvait apercevoir un petit village, avec son clocher qui pointait vers le ciel comme pour tenter bravement de rivaliser avec les hautes cimes alentour.

— Quelle merveille !, murmura Jane, en extase devant la beauté immatérielle et sublime qu'elle avait sous les yeux.

Elle ne faisait qu'un avec l'Univers, elle n'était plus un pauvre humain isolé, se battant seul sans aide ni soutien, mais faisait partie du grand dessein de la Création.

Combien de temps était-elle restée ainsi à la fenêtre ? elle n'en avait pas la moindre idée. Elle fut tirée de sa rêverie par un coup frappé à la porte, et lorsqu'elle dit : « Entrez », alors que son esprit quittait les hauteurs immatérielles pour réintégrer son enveloppe de chair, sa voix lui parut étrange et mal assurée.

Tally entra. Il avait retiré son épais manteau de voyage et elle le trouva étonnamment frais et dispos en dépit de ce voyage fatigant.

— Comment vous sentez-vous ? demanda-t-il. Je suis venu voir si on avait monté vos bagages.

— Je ne pense pas, dit Jane, en regardant vaguement autour d'elle.

Tally la dévisagea.

— Qu'avez-vous fait pendant tout ce temps ? Un rêve éveillé ?

— J'ai regardé le paysage par la fenêtre. J'ai l'impression qu'il n'est pas réel.
— Et pourquoi cela ? demanda Tally.
Puis, jetant les yeux derrière elle, comme les rideaux étaient encore ouverts, il comprit.
— C'est beau, n'est-ce pas ? Je n'étais qu'un petit garçon quand je suis venu ici pour la première fois, mais je me revois ébloui par ce paysage et me demandant pourquoi les hommes étaient capables de construire tant d'horreurs et de faire la guerre alors que le monde pouvait être si beau...

Le ton de sa voix était grave. C'était la première fois que Jane l'entendait parler si sérieusement et elle lui demanda avec curiosité :
— Aviez-vous souvent ce genre de pensées quand vous étiez un petit garçon ?
— Je suppose que je jouais au petit saint, répondit Tally, mais à l'école, j'étais un réformateur convaincu. En grandissant, j'avais même envisagé de me lancer dans la politique.
— Pourquoi ne l'avez-vous pas fait ? Oh ! c'est une question stupide, j'oubliais la guerre, ajouta-t-elle vivement. Mais il est encore temps, non ?
— C'est vrai. Je pourrais même rivaliser avec Ernest Danks sur son propre terrain !

Le ton de sa voix n'était plus grave du tout. Il arborait un large sourire et Jane eut l'impression qu'il ne voulait pas continuer à parler sérieusement. Sensible à ce changement d'humeur, elle lui sourit.
— Pourquoi pas ? Ce qui est possible pour lui peut l'être pour vous.
— Joli discours flatteur ! apprécia Tally qui se retourna alors qu'on frappait à la porte et que deux porteurs entraient avec les bagages.

Tally fit un tri dans les valises, faisant porter celles de sa mère dans la chambre voisine et les siennes, ainsi que celles de Gérald, plus loin dans le couloir. Quand il fut sorti, Jane, après avoir hésité un instant, traversa la pièce et frappa timidement à la porte qui donnait sur l'appartement de Mrs Melton. Il se passa une minute ou deux avant qu'elle n'obtînt une réponse, puis elle entendit Mrs Melton dire doucement : « Entrez ».

Elle ouvrit la porte.

— Puis-je vous aider ? demanda Jane.

Mrs Melton était assise devant sa coiffeuse. Elle avait retiré le petit chapeau marron, orné de deux ailes d'oiseau, qu'elle portait pendant le voyage et se recoiffait.

— Je vous remercie, mon petit, mais la femme de chambre va défaire mes bagages. Elle travaille ici depuis de nombreuses années et je la connais bien. De plus, il n'y a pas grand-chose à faire jusqu'à ce que le reste de nos bagages arrive.

Tally avait prévu que la femme de chambre de sa mère et le reste des bagages viendraient par le train. Ils n'avaient donc emporté dans l'avion que le strict minimum.

Mrs Melton se regarda dans le miroir, poussa un léger soupir et se leva.

— Tally souhaite que nous descendions prendre un café. Ensuite j'irai me coucher.

— Pensez-vous que je doive me changer ? demanda Jane.

— Ne mettez pas une robe du soir, répondit Mrs Melton. Mais, à votre place, je mettrais une robe. Vous vous sentirez plus en forme, car je suppose qu'on ne vous laissera pas aller au lit de bonne heure, même si vous le souhaitiez.

— Je vous remercie de me dire ce qu'il faut faire, dit Jane, qui ajouta spontanément : Vous ne m'en voudrez pas si je fais appel à vous parfois ? Voyez-vous, tout cela est si nouveau pour moi que je n'ai pas la moindre idée de ce que je suis censée faire.

Mrs Melton parut étonnée mais elle ne fit aucun commentaire sur ce que Jane venait de dire et répondit calmement :

— Bien sûr, mon petit, demandez-moi tout ce que vous souhaiteriez savoir.

Elle le dit en souriant, avec la douceur qui faisait son charme. Cependant Jane eut l'impression, une fois de plus, que Mrs Melton n'était pas vraiment présente, son esprit était ailleurs.

Jane retourna vite dans sa chambre. Comme si tout avait été prévu, Mme Marie lui avait suggéré de mettre dans son bagage-avion une robe de velours bleu foncé garnie au col et aux poignets de pierreries colorées. C'était une tenue assez habillée et Jane s'était demandé à quelle occasion elle pourrait la porter. A présent, elle lui semblait, sans aucun doute, la plus appropriée pour la soirée.

Malgré son désir de se prélasser dans l'eau tiède et parfumée, elle prit rapidement son bain car elle craignait de faire attendre les autres. Puis elle se glissa dans la robe de velours et se coiffa. Le peigne fit fuser de légers crépitements électriques et ses cheveux auréolèrent son visage d'un halo de blondeur. Elle sentait le rythme de la vie s'accélérer en elle. Elle était envahie d'appréhension et d'excitation tout à la fois. Quand elle était passée par le hall et le salon de l'hôtel pour monter dans sa chambre, l'idée que ce monde d'argent et de luxe pouvait devenir tout d'un coup hostile et menaçant lui avait traversé l'esprit.

Mais l'insouciance de la jeunesse l'emportant, elle sentit monter en elle une vague de bonheur qui fourmillait dans ses veines et palpitait dans sa gorge. Quelques instants auparavant elle avait ressenti une exaltation spirituelle et tout son être s'était assimilé à la beauté de la nuit, maintenant c'était différent mais également d'une importance vitale, c'était un élan, une ardeur, un désir qui la dévoraient totalement.

Elle était prête ! Elle prit un mouchoir qu'elle plaça dans la pochette de velours bleu assortie à sa robe. « Je me trouve jolie », se dit-elle et, une fois de plus, parce que la comparaison était inévitable, elle se revit quelques mois auparavant chez sa tante. Elle se rappelait les nuits sans sommeil qu'elle avait passées, malheureuse et transie de froid. Elle revoyait les jours qui s'étaient succédé d'abord tristes et mornes dans leur constante monotonie, puis soudain comme un changement de décor, ses fiançailles secrètes avec Angus, sa venue à Londres et tous les derniers événements.

Elle était changée, métamorphosée ; sa vie entière était transformée d'un coup de baguette magique. « Je suis heureuse » murmura-t-elle mais, en même temps, en son for intérieur une petite voix demandait : « Mais est-ce vraiment cela, le bonheur ? »

Elle n'en était pas sûre. Elle entendait toujours en arrière-plan cet avertissement : « Fais attention. Souviens-toi, oui, souviens-toi. »

Pendant un instant, toute exaltation, toute gaieté la quittèrent. Le souvenir était facile mais l'oubli impossible. Le secret qu'elle portait au fond du cœur pesait lourd. Il lui semblait que se tenait toujours, à son côté, un spectre auquel il était impossible d'échapper.

« Souviens-toi »... Oui, elle se souviendrait et devrait en tenir compte pour régler sa vie. Son excitation avait disparu. Elle était seule, effroyablement seule, perdue dans ses pensées. Pendant un instant, elle hésita puis retourna rapidement à la fenêtre. Les montagnes étaient toujours là, d'une beauté fulgurante. Elle resta immobile à les contempler, et peu à peu le tumulte de son cœur s'apaisa et fit place au calme et à la sérénité.

« Aidez-moi, mon Dieu, aidez-moi... à faire... attention... »

Elle quitta la fenêtre, traversa calmement la pièce et frappa à la porte de Mrs Melton. Son visage exprimait alors la paix et la confiance retrouvées.

Mrs Melton était assise dans son fauteuil, les yeux clos, mais Jane eut l'impression que, même dans cette attitude, son visage restait tendu et qu'elle semblait préoccupée. Sourire à Jane représentait pour elle un effort évident qu'elle fit néanmoins.

— Vous êtes prête ? Comme vous avez été vite ! Je n'en ai pas fait autant, je vais seulement me laver les mains et nous descendrons ensemble. Je suppose que Tally nous attend avec impatience.

Elle se rendit dans la salle de bains attenante. Jane regarda autour d'elle et vit que Mrs Melton avait personnalisé sa chambre. Une robe de chambre de velours pourpre était étalée sur le lit et des babouches assorties, garnies de marabout, attendaient sur la descente de lit. Sur la coiffeuse étaient disposés des peignes et des brosses en émail de couleur mauve, un peignoir en dentelle était jeté sur le dos d'une chaise, tout cela baignant dans les effluves d'un parfum luxueux. Près du lit se trouvaient une pile de livres et une photographie.

Jane y jeta un coup d'œil et vit, comme elle s'y attendait, une photo de Stephen Melton. Elle était différente de celle qu'elle avait vue à Berkeley Square. Cette fois il s'agissait d'un portrait sans originalité qui ne lui procura aucune sensation bizarre. Elle remarqua que Stephen Melton était un bel homme très séduisant. Elle pensa, en regardant cette photo, que ce qu'elle avait éprouvé alors qu'elle se changeait dans la chambre de Berkeley Square n'était que le fruit de son imagination. Et pourtant, tout en se disant qu'elle avait été absurde, elle doutait de ce que lui dictait son propre bon sens. Elle avait vraiment ressenti quelque chose d'étrange cet après-midi-là.

Elle aurait voulu demander à Tally si sa mère et son beau-père avaient vécu longtemps ensemble à Berkeley Square, mais elle craignait d'être indiscrète.

Elle avait entendu dire ou avait lu quelque part que les murs pouvaient s'imprégner d'une ambiance. Ce qui aurait pu expliquer l'effet produit sur elle par la photographie de Stephen Melton. Elle s'était trouvée dans un état d'esprit tendu, ultrasensible, exceptionnellement réceptif à l'atmosphère ambiante. Il devait être facile de trouver une explication logique à ce phénomène.

Mais, néanmoins, cela ne la satisfaisait pas ; ce qu'elle avait ressenti dans cette chambre rose et or ne pouvait se dissiper totalement et n'était manifestement pas lié à l'excitation ou aux circonstances exceptionnelles de sa présence en ces lieux.

Qu'était-ce donc ? Et comment se pouvait-il qu'une photographie de Stephen Melton l'affectât si considérablement, tandis qu'une autre la laissait parfaitement indifférente ? Elle se rappela que dans son enfance il lui était arrivé parfois de faire preuve d'un don de double vue. Mais, au fil des ans, cela ne s'était pas reproduit et elle l'avait presque oublié.

Pendant qu'elle songeait à tout cela, les yeux fixés sur la photographie de Stephen Melton, elle ne s'était pas aperçue que Mrs Melton était revenue dans la chambre.

— Je suis prête, dit-elle. Désolée de vous avoir fait attendre, mon petit.

Sa voix surprit Jane qui sursauta et se sentit confuse comme si on l'avait surprise fouillant dans ce qui ne la regardait pas. Mrs Melton ne dit rien. Elle jeta un coup d'œil sur Jane puis, très calmement, traversa la chambre et retourna la photographie. Un court instant, Jane fut comme interdite puis, sans réfléchir, elle dit la première chose qui lui vint à l'esprit.

— Excusez-moi, je remarquais seulement que cette photographie était très différente de celle que j'ai vue à Berkeley Square.

Au moment même où elle disait ces mots, elle se rappela que Gérald lui avait conseillé de ne jamais évoquer Stephen Melton devant sa femme. Elle aurait donné n'importe quoi pour pouvoir rattraper ses paroles, mais il était trop tard. Il lui semblait que les mots qu'elle venait de prononcer planaient dans la chambre, sombres et menaçants comme un orage prêt à éclater dans toute sa violence. Mrs Melton ne fit pas un geste et demanda seulement d'une voix brisée par l'émotion :

— De quelle photographie parlez-vous ?

Jane se vit entraînée de plus en plus profondément dans un tourbillon qu'elle avait elle-même provoqué, mais elle ne pouvait plus se dérober et dut répondre.

— Il y a une photographie près de votre lit, là-bas, balbutia-t-elle. J'espère que vous... ne m'en voudrez pas mais je me suis... changée... dans votre chambre. C'est Tally qui m'avait dit de le faire... et j'ai remarqué la photographie.

— Comment est cette photo ? demanda Mrs Melton d'un ton impérieux, n'attachant que peu d'importance aux explications de Jane pour en arriver au vif du sujet.

— Elle est près de votre lit, répéta Jane. C'est un portrait, de face, du colonel Melton.

Mrs Melton poussa un soupir, presque un gémissement.

— Ainsi c'est là qu'elle se trouve ! s'exclama-t-elle. Elle m'a beaucoup manqué. Je l'ai cherchée partout, mais personne ne m'aidait dans mes recherches. Je voulais tellement la retrouver, je vous remercie de m'avoir renseignée.

Elle parlait très calmement et raisonnablement mais d'une voix qui reflétait cependant la plus amère désolation, comme celle de quelqu'un qui se sent seul, abandonné et sans espoir.

— Descendons, dit soudain Mrs Melton, et avant que Jane n'ait pu ajouter quoi que ce soit, elle sortit de la chambre.

Jane, au bord des larmes et comprenant sa douleur, la suivit et elles cheminèrent en silence dans le long couloir au tapis moelleux. Les hommes attendaient dans le salon, assis confortablement dans un grand canapé devant une table, où se trouvaient des liqueurs et du café. En les apercevant, Tally se leva.

— Vous voilà enfin ! Je pensais que vous étiez toutes les deux allées vous coucher, tellement vous vous êtes fait attendre.

— Nous pensions avoir été plutôt rapides, répondit Jane, s'efforçant de parler avec calme et désinvolture car elle se sentait l'obligation de protéger la mère de Tally en lui laissant le temps de se remettre. Mrs Melton s'assit sur le sofa proche de Tally et tendit la main pour prendre la tasse de café que lui tendait Gérald.

— Prendrez-vous une liqueur ? demanda-t-il.

— Oui, s'il vous plaît, j'aimerais un cognac.

Tally regarda sa mère d'un air étonné mais ne fit aucun commentaire. Il approcha seulement un fauteuil pour Jane qui accepta une tasse de café mais ne prit pas de liqueur. Il s'assit à côté d'elle.

— J'aime beaucoup cette robe, dit Tally.

Tout en lui répondant par un sourire, Jane remarqua qu'il avait les yeux fixés sur l'extrémité du salon qui communiquait avec le restaurant. Elle devina alors la raison et de son impatience et de son compliment pour la robe. Il s'attendait à voir apparaître Mélia, et la scène était organisée pour qu'elle soit à la fois étonnée et décontenancée.

Soudain, Jane éprouva de la colère contre Tally. Elle avait le sentiment qu'il perdait son temps à vouloir reconquérir cette jeune fille qui apparemment ne voulait plus de lui. Il était si intelligent, si sympathique ! Pourquoi se soucier exclusivement d'une femme, si belle soit-elle, quand le reste du monde était là, prêt à être conquis ? Mais, à l'instant même où elle se posait cette question et sentait l'irritation que lui inspirait Tally, elle reçut la réponse.

La porte du restaurant s'ouvrit et Mélia Melchester entra dans le salon. On ne pouvait pas se tromper. Tally manifesta une tension soudaine, Gérald eut un léger sourire et Mrs Melton fit tranquillement observer :

— Ne serait-ce pas Mélia, Tally ? Je ne savais pas qu'elle serait ici.

La question de Mrs Melton était superflue car on ne pouvait confondre Mélia avec quiconque. Elle était extraordinairement jolie pour ne pas dire belle. Elle portait une robe en dentelle d'argent dont la jupe tombait en plis chatoyants et, sur ses épaules, une cape de velours de couleur émeraude bordée de renard argenté. Elle avait épinglé dans sa chevelure sombre une orchidée verte et ne portait aucun bijou ; elle n'en avait d'ailleurs nul besoin.

Son visage était plutôt pâle et ses lèvres très rouges. Elle parcourait le salon de ses grands yeux noirs quand elle aperçut Tally.

Jane avait l'impression d'assister à une pièce de théâtre et d'y tenir un des rôles principaux. Les autres n'étaient plus que des spectateurs. Mélia continua de suivre sa mère d'un pas assuré. Le seul signe qui aurait pu trahir son trouble fut le geste qu'elle fit pour resserrer sa cape autour de son cou comme si tout à coup elle avait froid. Elles se rapprochèrent, lady Melchester ne soupçonnant rien jusqu'à ce qu'elle aperçût soudain Mrs Melton. Elle la dévisagea puis son regard se déplaça vers Tally. Elle hésita, puis fit face courageusement.

— Margaret ! s'exclama-t-elle. Quelle surprise de vous voir. Et Tally aussi ! Nous arrivons à l'instant.

— Comment allez-vous, Sibyl ? dit Mrs Melton en souriant. Nous venons également d'arriver. Tally a pensé que des vacances au soleil nous feraient du bien.

Lady Melchester lança à Tally un regard meurtrier pendant que celui-ci tendait la main à Mélia.

— Comment allez-vous, Mélia ? demanda-t-il.

Elle feignit de ne pas voir sa main.

— Je suis vraiment fatiguée. Nous avons fait un voyage exténuant.

— J'en suis vraiment désolé. Puisque nous en avons l'occasion, je voudrais que vous fassiez connaissance avec ma fiancée. Jane, je vous présente Mélia Melchester dont vous avez beaucoup entendu parler. Mélia, je vous présente Jane.

— Enchantée de faire votre connaissance, dit Mélia en inclinant la tête avec condescendance.

— Enchantée, répondit Jane qui se sentait toute petite, insignifiante et ordinaire.

Elle comprenait enfin pourquoi Tally organisait tout cela : il ne pouvait pas supporter de perdre Mélia. Celle-ci était si belle, si séduisante que Jane se rendait compte qu'il était inutile d'essayer de rivaliser avec une personne aussi sûre d'elle et aussi raffinée. Même dans cette situation délicate, Mélia avait réussi à rester maîtresse d'elle-même. Contrairement à Tally, elle ne s'attendait pas à cette rencontre et pourtant, des deux, c'est elle qui paraissait le plus calme et le plus tranquille.

L'atmosphère entre les deux jeunes gens était tendue, même si leur colère ne s'exprimait pas par des mots. Jane, mal à l'aise, fut soulagée quand lady Melchester déclara :

— Nous allons prendre notre café. Allons, viens, Mélia.

— Vous ne le prenez pas avec nous ? proposa Tally tout en souriant de sa propre effronterie.

Lady Melchester lui jeta un regard glacé.

— Non, je vous remercie, Tally, dit-elle en s'éloignant avec Mélia.

Tally et Gérald s'assirent et un silence lourd de sous-entendus s'installa. Mrs Melton paraissait abasourdie.

— Que se passe-t-il, Tally ? demanda-t-elle enfin. Savais-tu que Mélia viendrait ici ?

— Oui, maman.

— Alors, pourquoi... ? Je crois que j'ai été stupide, dit-elle en fronçant les sourcils.

Tally saisit sa main par-dessus la table.

— Non, mère chérie, vous ne l'êtes jamais. C'est moi seul qui suis coupable. J'aurais dû vous expliquer la situation. Mais ne vous inquiétez pas, tout va bien et se déroule comme prévu.

— Tu en es sûr ? demanda Mrs Melton en lançant un regard un peu dubitatif vers Jane.

Elle était évidemment au courant des fiançailles tacites entre son fils et Mélia Melchester, d'où son désarroi.

— Tout va bien, vraiment, répéta Tally en versant à sa mère une autre tasse de café.

En l'écoutant, Jane se disait qu'il commettait une erreur. « Ce n'est pas bien d'agir ainsi avec Mrs Melton, pensa-t-elle. Pourquoi l'abandonner à son chagrin, au lieu de la distraire et de lui changer les idées ? Pourquoi, par exemple, ne pas l'avoir mise au courant de ce qui s'était passé exactement entre son fils et Mélia ? Cela ne la blesserait pas et pourrait l'aider à oublier le passé, même un court instant. »

Cédant à une impulsion soudaine, Jane décida d'agir. Elle se pencha en avant et dit tranquillement :

— Je ne pense pas que cela soit un secret, Mrs Melton. Tally nous a fait venir ici dans l'unique but de faire enrager miss Melchester.

Au moment où elle prononçait ces mots, son visage devint brûlant. Elle sentit que Tally, assis à côté d'elle, s'agitait dans son fauteuil, mais elle ne lâcha pas des yeux Mrs Melton, guettant sa réaction et peut-être même l'éveil de sa curiosité. Mais elle fut déçue. Mrs Melton remua la cuiller dans son café et dit d'un air absent :

— Ce n'est pas très gentil et ça ne te ressemble pas, Tally.

Il n'y avait pas vraiment d'émotion dans sa voix et Jane se rendit compte que sa tentative pour toucher Mrs Melton était vaine. Elle se renfonça dans son fauteuil, son cœur palpitant encore de l'effort qu'elle avait fourni et, se laissant aller en arrière, elle sentit le regard de Tally se poser sur elle. Elle se força à le regarder en face et à sa grande surprise vit qu'il n'était pas en colère. Il avait compris la raison de son intervention et son visage n'affichait aucune contrariété mais plutôt une expression de compréhension et de compassion. A cet instant, Jane apprécia Tally plus qu'elle ne l'avait jamais fait auparavant. Il n'était pas seulement violent et turbulent, il était aussi capable de tendresse et de tolérance.

Elle lui sourit timidement pour s'excuser et il lui rendit son sourire, puis il se pencha en avant et lui tapota la main. C'était un geste de réconfort, une manière de lui dire qu'il n'était pas fâché et qu'il comprenait les raisons qui l'avaient poussée à agir ainsi. Jane sentit monter en son cœur un chaleureux élan de reconnaissance. Tally avait compris ! Même la beauté et le rayonnement de Mélia Melchester ne pouvaient obscurcir le bonheur qu'elle ressentait à ce moment.

— Allons danser, suggéra Tally. Gérald, que penserais-tu d'inviter Mélia à danser ?

— Oh ! Seigneur ! gémit Gérald. Tu ne le souhaites pas vraiment, j'espère ? S'il y a une chose que je déteste, c'est d'aller taquiner le lion dans sa tanière.

— Oui, allez danser, dit Mrs Melton en finissant son café. Moi, je vais me coucher.

Elle se leva, embrassa Tally et tendit la main à Jane. Elle sourit à Gérald et s'en alla. Grande et distinguée, elle avançait comme si elle ne voyait personne autour d'elle — ni les serveurs apportant des plateaux de café et de liqueurs, ni les garçons d'étage portant en hâte colis et journaux, ni les jolies filles accompagnées de grands jeunes gens bronzés, ni les personnes âgées absorbées par leur livre ou leur ouvrage. Elle marchait comme si elle était seule au monde. Et Jane qui la suivait du regard remarqua que Tally l'observait également.

— Eh bien ! Que pensez-vous de mon idée d'aller danser ?

— Je ne suis pas une très bonne danseuse.

— En êtes-vous sûre ?

— Non, pas vraiment... mais j'ai surtout peur de vous décevoir.

— Vous savez, ce n'est pas la bonne réponse !

— Pourquoi ?

— Parce que vous devriez m'inspirer, à moi, la crainte de vous décevoir et en aucun cas redouter vous-même de le faire.

— Mais ce ne serait pas vrai !

Tally se mit à rire, à la fois attendri et un peu triste.

— J'ai peur pour vous, Jane.

— Peur ?

— J'ai peur que vous grandissiez, qu'on vous abîme et surtout qu'on vous blesse. Je me demande s'il n'aurait pas mieux valu que je vous laisse tranquille sans vous embarquer dans cette comédie insensée.

— Bien sûr que non ! fit Jane vivement. C'est ce qui m'est arrivé de plus merveilleux de toute ma vie. Vous le savez bien !

— Je me le demande, dit Tally d'un air pensif en la considérant pendant un instant. Allons, venez danser !

C'était un ordre. Il montra le chemin vers le bar. Cette pièce était basse de plafond ; une voûte soutenue par des piliers en bois dissimulait un éclairage qui nimbait les danseurs d'une lumière dorée. Il y avait aussi une cheminée de style médiéval et un long bar derrière lequel des serveurs en veste blanche proposaient toutes sortes de cocktails. A l'une des extrémités de la salle se tenait un orchestre, et quelques couples s'étaient mis à danser. Les tenues étaient d'une grande diversité. Des femmes en robes du soir avec des brillants et des fleurs dans les cheveux, des hommes en smoking, des jeunes filles en tenue de ski qui avaient seulement changé de chaussures, des garçons avec des manteaux doublés de peau de mouton jetés négligemment sur leurs épaules, des hommes d'affaires en costume rayé strict qui semblaient sortir du bureau. La plupart des gens portaient cependant des vêtements élégants qui étaient à mi-chemin entre le négligé des uns et l'apparat des autres. Jane s'aperçut avec soulagement que danser avec Tally était très agréable. Il était bon cavalier et choisissait des pas simples et courants. Ils glissaient autour de la pièce et pour la seconde fois Jane remarqua comme il était grand, elle lui arrivait à peine à l'épaule.

— Pourquoi vous tracassiez-vous à propos de votre façon de danser ? demanda-t-il. Je trouve que vous vous débrouillez très bien.

— J'ai très peu dansé, confessa Jane.

Elle n'avait pas envie de lui raconter qu'elle ne l'avait fait qu'à de rares occasions avant la mort de son père et plus récemment lorsque Angus l'avait amenée à un bal du village.

— Vous êtes légère comme une plume, dit Tally en la serrant un peu plus contre lui. Demain, vous prendrez votre première leçon de ski. Vous avez le sens de l'équilibre, donc vous devriez progresser rapidement.

— J'espère. Je ne veux pas vous faire honte.

Elle ne parlait pas vraiment sérieusement mais Tally la prit au pied de la lettre.

— Vous n'avez pas à vous inquiéter. Je ne connais personne au monde qui pourrait jouer aussi bien le rôle que vous jouez en ce moment.

Elle leva la tête pour le regarder.

— J'ai beaucoup de chance, n'est-ce pas ?

— Pourquoi ?

— D'être avec vous, répondit-elle franchement.

Pendant un instant, il lui sembla voir une expression de douceur dans les yeux de Tally ; mais, au moment où il allait lui répondre, il observa la salle, et ses doigts se resserrèrent sur la main de Jane. Elle suivit son regard et vit que Mélia entrait sur la piste de danse, suivie par Gérald.

L'orchestre abandonna le fox-trot pour une valse. Gérald prit Mélia par la taille et ils commencèrent à danser. Avec la jupe ample de sa robe se balançant en rythme, le bras reposant sur l'épaule de son cavalier, elle était comme un bel oiseau voletant autour de la pièce. Jane trébucha, fit un faux pas et s'excusa.

— Venez vous asseoir.

Tally parlait d'un ton brusque. Jane le suivit avec soumission jusqu'à une petite table flanquée de deux chaises. Elle se demandait comment l'aider. Il lui semblait qu'elle devait faire quelque chose de décisif pour que Mélia lui revienne. Elle commençait à comprendre son désespoir. Cette superbe jeune femme avait été presque à lui et il l'avait perdue. Jane essaya de mesurer son malheur mais elle réalisa que ses critères de jugement étaient bien minces. Elle était maintenant tout à fait certaine de n'avoir jamais aimé Angus. Elle n'avait éprouvé pour lui qu'une attirance envers la jeunesse ; elle avait désiré être aimée et échapper au plus vite à la misère et à la monotonie de la maison de sa tante. Tally était différent. Il était beau, séduisant et aurait pu conquérir toutes les femmes, mais c'est Mélia qu'il voulait et, d'une façon ou d'une autre, il fallait que Mélia aussi veuille de lui.

Jane jeta un coup d'œil sur Tally et vit qu'il regardait intensément Gérald et Mélia danser ensemble. Remarquant la sévérité de son regard en même temps que quelque chose d'indéfinissable, elle sentit un désir irrésistible de l'aider. « Je dois arranger les choses pour lui, se dit-elle. Je le dois. Oui, je le dois. »

9

Au sommet de la montagne, Tally fut ébloui lorsqu'il souleva ses lunettes de soleil. Bien que seul, il n'éprouvait aucun sentiment de solitude. Il goûtait la plénitude des grands sommets qui le dominaient, il sentait la neige crissante sous ses pas et la morsure du vent glacial en dépit du soleil déjà chaud.

« Le monde est merveilleux », pensa-t-il en s'appuyant sur ses bâtons. Il était libre et insouciant et songea que depuis bien longtemps il n'avait éprouvé une telle légèreté physique et mentale. Il y avait sept ans qu'il n'était pas revenu là, sept années pendant lesquelles il avait mûri, assumant de lourdes responsabilités et prenant des décisions graves qui mettaient en péril la vie de centaines de personnes. Des années étranges, bien remplies et qui ne reviendraient pas. Elles lui avaient beaucoup apporté — l'amitié, la vie en collectivité et aussi une grande maîtrise de soi. Il avait beaucoup perdu aussi — des êtres chers, des années où, au lieu des joies de la vie, il avait connu la mort, la destruction, la douleur et l'horreur. Cependant, il ne regrettait rien.

Oui, il avait pris de l'âge et de l'expérience, pourtant il se demanda s'il était vraiment devenu adulte. Qu'attendait-il de l'avenir ?

Il regarda vers le bas de la montagne où un minuscule village était blotti. Les cheminées des maisons fumaient et il apercevait des enfants glissant sur des luges vers le village. Était-ce cela qui lui manquait ? Un foyer et des enfants ?...

Il revoyait sa propre enfance. Qu'il avait été heureux à Greystones ! Quoique enfant unique, il avait de nombreux amis de son âge avec qui jouer, mais ils ne lui étaient pas indispensables. Il y avait beaucoup de choses à découvrir : les chevaux, les chiens, une ferme où il pouvait courir en liberté, la chasse et la pêche quand il fut plus grand. Il avait vécu entouré surtout des conseils et de la compréhension de son père.

Il avait adoré sa mère mais de façon très différente. Elle avait toujours été un personnage à part, une femme très belle qui venait l'embrasser le soir dans son lit, le serrait dans ses bras et lui disait qu'elle l'aimait. Il allait vers elle quand il était malheureux, il s'était accroché à elle au moment de partir pour l'école. Mais elle n'avait pas rempli sa vie comme l'avait fait son père. Par moments, il avait eu l'impression qu'elle attendait de lui quelque chose qu'il ne pouvait pas lui donner. Ce ne fut que plus tard, quand il la vit radieuse d'avoir épousé Stephen Melton, qu'il comprit ce qu'elle avait recherché, ce qui lui avait manqué à elle quand lui n'avait d'yeux que pour son père. Alors, tout en étant heureux que sa mère eût enfin trouvé le bonheur parfait, il regretta qu'elle n'ait pu en jouir du temps de son enfance. Il n'avait jamais été jaloux de sa passion pour Stephen Melton, mais il souffrait que ce père si merveilleux n'ait jamais connu un tel bonheur, cette sorte d'aura qui émanait de sa mère et de Stephen.

« Si c'est cela l'amour, pensait souvent Tally, j'espère qu'un jour, j'en éprouverai un semblable »; cependant ce n'était pas à une femme qu'il rêvait mais plutôt au fils qu'il aurait un jour pour partager son amour de Greystones. Il irait à cheval avec lui, lui montrerait où se cachaient les truites dans les ruisseaux qui alimentaient le lac, arpenterait les prés à la saison des agneaux, le présenterait aux métayers et l'entendrait faire son premier discours au dîner des fermages.

Il y a tant de moments inoubliables pour un garçon : tirer son premier coup de fusil, participer à l'hallali d'une chasse au renard, débusquer son premier cerf, barrer un petit voilier. Tally avait un souvenir très vif du plaisir qu'il avait éprouvé la première fois qu'il avait osé plonger du vieux pont de pierre dans les profondeurs de l'eau froide et verte du lac de Greystones. Oui, c'était tout cela qu'il voulait partager avec son fils.

Les années passant, les femmes avaient commencé à jouer un rôle dans la vie de Tally, mais il ne s'était attaché sérieusement à aucune d'elles. Sans y songer vraiment, il avait vaguement l'idée qu'un jour il épouserait Mélia. Il se souvint de son père disant négligemment : « Le domaine de Melchester appartenait à l'origine à Greystones. Je crois que l'un de nos ancêtres l'a vendu pour payer une dette de jeu et nous n'avons jamais eu assez de bon sens ou de fortune pour le racheter. C'est dommage, car chaque fois que j'atteins la borne limite, je suis irrité de ne pas pouvoir aller plus loin. »

Tally n'oublia jamais cette remarque ni le fait que dans ses plus lointains souvenirs, ses nurses et ses gouvernantes s'exclamaient déjà : « Ne font-ils pas un joli couple ? D'ailleurs peut-être qu'un jour... »

Maintenant, Tally s'interrogeait sur les raisons de son amour pour Mélia. Pour la première fois depuis qu'il avait entrepris sa conquête, il essaya de l'imaginer à Greystones. D'une certaine façon, Mélia détonnait avec la tranquillité feutrée de la vieille maison. Il était plus facile de l'imaginer traversant Berkeley Square, donnant des réceptions dans le salon chinois contigu à la chambre rose et or de sa mère, et présidant la grande table sculptée de la salle à manger. Oui, c'était là le cadre qui convenait à Mélia et à sa délicate beauté.

Eh bien, elle finirait par y venir, pensa Tally. Il ne croyait pas que Mélia épouserait un jour Ernest Danks, un homme qui n'avait rien de commun avec elle. A vrai dire, c'est tout juste s'ils parlaient la même langue. Que savait Ernest Danks de Mélia, de ses amis ? Que savait-il de ses sentiments, de ses ambitions, de ses désirs secrets ? Tally s'arrêta. Une question stupéfiante l'avait soudain frappé : et lui-même, connaisait-il mieux Mélia ? A quoi s'intéressait-elle, en dehors de sa propre notoriété ? Qui étaient ses vrais amis parmi la foule bavarde et superficielle de ses relations ?

Tout en se posant la question, Tally se prit à rire. Il devenait vraiment trop sérieux. Mélia était la plus belle créature qu'il eût jamais vue ; n'était-ce pas assez de pouvoir passer sa vie à l'aimer, la posséder, et qu'elle porte son nom ? Et pourtant, serait-ce suffisant ? demandait la voix glacée de la logique. Tally abaissa ses lunettes de soleil sur ses yeux et entreprit la descente.

Une heure plus tard, toujours à skis, il arriva à l'hôtel au moment où Mélia descendait d'un traîneau à cheval qui l'avait amenée de Saint-Moritz. Elle sourit à Tally. Elle était vraiment très jolie ; son visage était encadré de fourrure et elle portait, sous son manteau, également en fourrure, une combinaison de ski rouge vif.

— Qu'étiez-vous allée faire, Mélia ? des achats ?
Mélia acquiesça :
— Maman et moi avions oublié quelques affaires...

Elle fit volte-face pour pénétrer dans l'hôtel mais Tally l'arrêta :
— Venez voir les patineurs avec moi, dit-il, je voudrais vous parler.

Elle n'hésita qu'un instant puis donna ses paquets à l'un des portiers.
— Je ne resterai pas longtemps, dit-elle, le temps va se rafraîchir dès que le soleil sera couché.

Tally déchaussa ses skis, les donna à un groom et, prenant le bras de Mélia, l'emmena dans le petit sentier bordé d'arbres qui menait à la patinoire. En descendant, Mélia faillit glisser et se rétablit grâce au bras de Tally qui la soutenait.

— Doucement, avertit Tally.

Puis, comme elle se tournait vers lui, il demanda :

— Vous ne m'avez pas encore dit si vous étiez heureuse de me voir.

— Pour ça non ! répondit Mélia. Pourquoi poser des questions idiotes ?

— Vous êtes encore en colère contre moi ?

— Furieuse ! Je ne voulais pas vous faire une scène devant votre mère mais je trouve votre attitude ignoble, Tally. Je sais que vous n'êtes venu ici que pour me provoquer. Je ne peux pas vous en empêcher, bien sûr. Si je suis désagréable avec vous ou avec votre fiancée, les gens diront que c'est par jalousie ; mais j'aurai ma revanche tôt ou tard.

Sa voix était véhémente. Tally la regarda avec surprise.

— Je vais vous dire une chose, Mélia. Je suis heureux de déceler enfin en vous un peu d'émotion. Je finissais par croire que vous n'éprouviez aucun sentiment.

— Si c'est ce que vous pensiez vraiment de moi, dit Mélia d'un ton acide, je m'étonne que vous ayez souhaité m'épouser.

— Que je souhaite, corrigea Tally. Pourquoi parler au passé ?

— Mais vous êtes fiancé à Jane MacLeod, répliqua Mélia d'un ton ironique.

Tally se rendit compte qu'il était piégé, mais il n'était pas homme à perdre contenance. Il se mit à rire.

— Bien joué, Mélia. Finalement, vous avez plus de cervelle qu'il n'y paraît. Mais je ne marche pas. Jane est une fille très séduisante et très gentille. Cela ne surprendra personne que je veuille l'épouser. Qu'y pouvez-vous ?

— Je ne veux même pas en parler dans ces conditions, répondit Mélia. Si vous rompiez ces fiançailles ridicules et rentriez à Londres, alors, quand je rentrerai, nous pourrions...

Elle hésita.
— Nous pourrions faire quoi ? relança Tally.
— En parler.
Ils avaient atteint le bas de l'escalier, et Tally prit soudain Mélia par les épaules et la fit tourner brusquement vers lui.
— Écoutez, Mélia. Vous dites cela sérieusement ?
— Bien sûr.
— Très bien, continua Tally, regardez-moi dans les yeux et jurez-moi sur la Bible ou sur ce que vous avez de plus sacré que vous n'allez pas épouser Ernest Danks. Si vous me promettez cela en toute sincérité, je pourrai envisager de faire ce que vous me demandez.

Mélia hésita. Ses yeux rencontrèrent ceux de Tally puis se dérobèrent.
— Vraiment, commença-t-elle après un silence, je ne crois pas que ce soit à vous de poser de telles conditions.

La main de Tally se retira des épaules de Mélia, et il explosa d'un rire dur et amer.
— Ainsi vous vous moquiez encore de moi. En réalité vous essayez de me faire promettre ce que vous voulez, tout en vous réservant d'annoncer, au moment propice, vos fiançailles avec Ernest Danks. Merci beaucoup, Mélia. Pour ma part, je ne vois pas de raison de rompre mes fiançailles avec Jane MacLeod.

Mélia comprit qu'elle avait laissé passer sa chance.
— Faites attention que cela ne vous coûte pas trop cher, lança-t-elle avec aigreur, c'est le genre de fille à exercer du chantage.

Sur cette pique finale, elle tourna les talons et planta Tally qui la regarda s'éloigner. Elle ne se rendit pas à la patinoire mais regagna l'hôtel et monta dans sa chambre. Sa mère faisait son courrier dans la chambre voisine mais elle n'alla pas la rejoindre. Elle s'assit sur son fauteuil, pianotant avec nervosité sur l'accoudoir tout en se regardant dans le grand miroir qui lui faisait face... « Quelle conduite tenir avec Tally ? » Ils étaient confinés dans le même hôtel, sous le regard ironique et peu bienveillant de leurs amis anglais friands de sensationnel. La situation était insupportable. Battre en retraite manquerait de dignité. A l'inverse, voir Tally afficher ses fiançailles alors qu'elle ne pouvait annoncer les siennes était pour le moins exaspérant.

Mélia retira ses gants et regarda son annulaire gauche sans bague. Elle aurait donné cher à cet instant pour le voir orné d'un gros solitaire et le brandir sous le nez de Tally. Elle repensa à leur conversation et regretta de ne pas avoir eu le courage de lui mentir, mais, dans le fond, il n'était pas facile de mentir à Tally et d'ailleurs lui-même n'avait pas fait semblant d'être amoureux de Jane MacLeod.

« Il m'aime encore », pensa Mélia avec un petit sourire de satisfaction. Soudain elle eut une idée. Elle se leva d'un bond, alla vers le bureau, ôta son bonnet de fourrure et passa ses doigts dans ses boucles brunes.

Oui, Tally l'aimait encore. Elle avait un nouveau plan, et ses lèvres s'entrouvrirent en une ébauche de sourire. Elle s'assit, prit une feuille de papier à lettres gravé à son chiffre et écrivit à la hâte :

Pardonnez-moi, Tally. Je suis malheureuse quand nous nous disputons. Venez boire un verre vers six heures et faisons la paix.
Mélia.

Elle relut son billet, le glissa dans une enveloppe et demanda un messager par téléphone.

Le billet fut apporté à Tally dans le salon quelques minutes plus tard. Assis sur un canapé, il parlait avec Jane et Gérald. Jane portait les vêtements de ski que Mrs Melton l'avait aidée à choisir le matin à Saint-Moritz. Ils étaient moins sophistiqués que ceux de Mélia, mais son anorak bleu lui allait à ravir et était assorti aux moufles et au bonnet de laine qu'elle portait sur ses cheveux blonds.

— Comment cela s'est-il passé ? demanda Tally.

— Pas très bien, confessa Jane. Je ne pensais pas que ce soit si difficile ! Le moniteur n'arrêtait pas de dire : « Pliez les genoux, mesdames, s'il vous plaît », mais dès que j'essayais de faire ce qu'il disait, je tombais. Je crois que je suis couverte de bleus. Jamais je n'arriverai à skier !

Tally se mit à rire.

— C'est toujours comme cela au début. Dans quelques jours, vous dévalerez les pistes.

— J'espère que vous dites vrai, répondit-elle, mais je crois plutôt que demain je serai si courbatue qu'il faudra une grue pour me déplacer !

— Où est maman ? demanda Tally à Gérald.

— Elle a un peu regardé les patineurs cet après-midi, puis elle est montée se reposer, je crois qu'elle n'a pas très bien dormi cette nuit.

— Il se peut que quelque chose l'ait perturbée, dit Tally. Est-elle déjà venue ici avec Stephen ?

— Pas à ma connaissance.

— Alors ce ne peut pas être cela. Je pensais que quelque chose avait dû lui rappeler un souvenir. Je me trompe sans doute.

Jane se sentit coupable. Ce devait être sa faute si Mrs Melton avait mal dormi. Elle eut envie d'avouer ce qui s'était passé la veille mais finalement se ravisa et ne dit rien.

Ce fut à ce moment qu'un groom apporta sur un

plateau le billet de Mélia. Tally regarda l'enveloppe avec surprise, puis l'ouvrit et lut les quelques lignes. Pendant un instant il parut content puis, comme si son instinct l'avertissait que les choses n'étaient pas aussi simples qu'elles paraissaient, il relut le billet.

— Très bien, il n'y a pas de réponse, dit-il vivement au groom puis, se tournant vers les autres : Mélia nous invite tous à prendre un verre avec elle à six heures.

Ni Jane, ni Gérald ne firent de commentaires et Tally se cala dans son fauteuil d'un air renfrogné. Son expression avait quelque chose de sombre mais aussi de vaguement pathétique. Il savait bien que Mélia n'avait pas invité les autres et il pensa à la tête qu'elle ferait quand ils arriveraient tous ensemble. Il n'était pas dupe du ton amical du billet : Mélia devait manigancer quelque chose. Elle n'avait aucun scrupule et n'hésiterait pas à user des bons sentiments et de l'amitié si cela pouvait lui servir.

— Je vais prendre un bain, dit Tally en se levant.
— Il faut que je me change, moi aussi, dit Jane... Préférez-vous que je ne vienne pas avec vous à six heures ? ajouta-t-elle timidement.
— Mais bien sûr que non. Quelle question ! Cela se fait pour des fiancés de se montrer ensemble, vous savez !

Il sourit à Jane et cela atténua un peu le sarcasme de ses mots. Elle voyait bien qu'il était fâché, que quelque chose de désagréable était arrivé, mais n'avait aucune idée de ce que cela pouvait être. Il partit avant qu'elle n'ait pu répondre et elle se leva aussi.

— Je vais me changer, dit-elle à Gérald.
— Revenez ici quand vous serez prête et nous prendrons une tasse de thé. Moi, j'en ai besoin. Le premier jour de ski est toujours fatigant.

— Je vous remercie, dit Jane avec gratitude.

Elle traversa le salon et prit l'ascenseur pour rejoindre sa chambre. Elle était soucieuse. Toute la joie et le bonheur de la journée dans ce paysage ensoleillé s'étaient maintenant évanouis parce qu'un nuage avait assombri le regard de Tally alors qu'il lisait le billet de Mélia. « Nous serions si heureux si elle n'était pas là », pensa Jane puis elle se mit à rire. S'il n'y avait pas eu Mélia, elle travaillerait toujours au bureau de Tally dans Dover Street et ne serait pas en train d'enfiler une robe de chez Michael Sorrel ! Comme tout cela était compliqué ! « Je devrais détester Mélia Melchester... et je crois que je la déteste en effet, pourtant je lui dois tant », dit-elle à son image dans le miroir.

Jane acheva de s'habiller, rangea sa chambre et se prépara à descendre. C'est alors que lui vint l'idée qu'elle devait parler à Mélia Melchester. Bien qu'une telle démarche lui parût saugrenue, elle s'imposait cependant à elle avec insistance. Elle revit l'expression du visage de Tally et entendit à nouveau son ton de voix agacé. « Peut-être que si je lui parle, elle sera gentille avec lui », pensa Jane et, craignant que le courage ne lui manque, elle se précipita dans l'escalier et le dévala quatre à quatre au lieu de prendre l'ascenseur. Elle connaissait le numéro de chambre de Mélia car le matin même elle avait entendu lady Melchester donner des ordres au garçon. Lady Melchester l'avait saluée d'un léger signe de tête, et Jane lui avait été malgré tout reconnaissante de ne pas l'ignorer.

Tout en parcourant le large couloir, son courage fondait peu à peu et elle se demanda si c'était vraiment raisonnable. Mais ses propres sentiments étaient moins importants que le bonheur de Tally qu'elle voulait par-dessus tout.

Elle frappa à la porte du numéro 206. Après un

silence, Jane se rassura en pensant que Mélia n'était pas là. Elle pouvait partir. Elle avait essayé, et le destin ne l'avait pas secondée. A ce moment-là, elle entendit Mélia crier : « Entrez ! »

Jane pénétra dans un salon dont les fenêtres s'ouvraient sur un balcon. Il y avait, sur toutes les tables, des vases remplis de fleurs rares et Mélia, toujours dans sa combinaison de ski rouge vif, lisait une lettre, assise sur le canapé. Elle leva les yeux et ne put cacher sa surprise.

— Miss MacLeod ! s'exclama-t-elle.
— Puis-je vous parler un instant ? demanda Jane.
— Bien sûr, entrez !

Elle ne se donna pas la peine de se lever. Elle posa la lettre qu'elle tenait à la main, une lettre de plusieurs pages écrite sur du papier à en-tête de la Chambre des communes.

— Voulez-vous vous asseoir ? suggéra Mélia en proposant une simple chaise à dossier droit qui se trouvait près d'elle.

Jane traversa la pièce. Maintenant qu'elle était là, elle était soudain prise de panique. Elle s'assit, les mains jointes, ne sachant pas comment commencer.

— Vous vouliez me voir ? dit enfin Mélia pour amorcer la conversation.

Jane acquiesça.

— C'est au sujet de Tally, dit-elle puis, très vite, de peur que le courage ne lui manquât : Il est malheureux, je pensais que vous pourriez l'aider.

— Je pourrais l'aider ? s'enquit Mélia, et de quelle façon ?

Elle était manifestement tout à fait à l'aise et même un peu amusée par cette conversation, tandis que Jane, toute balbutiante, enviait son calme et sa parfaite maîtrise de la situation.

— Je pensais que si nous parlions, nous pourrions peut-être... vous pourriez peut-être... comprendre.

— J'ai peur de trop bien comprendre, dit Mélia. J'ai dit à Tally que je ne voulais pas l'épouser et pour m'éprouver il s'est fiancé à vous. Je suis navrée d'être si franche, miss MacLeod, mais c'est bien la vérité, n'est-ce pas ?

Jane acquiesça.

— J'ai dit tout à l'heure à Tally qu'il avait une conduite inqualifiable, continua Mélia, et je n'ai pas l'intention de revenir sur ce que j'ai dit jusqu'à ce qu'il rompe ces fiançailles grotesques et revienne à Londres.

— Oh ! vous lui avez dit cela ? murmura Jane, se rendant compte que la rencontre ne se déroulait pas du tout comme elle l'avait imaginé.

— Oui, c'est la seconde fois que je le lui dis.

— Et s'il vous obéit ? demanda Jane, si... nos fiançailles sont rompues, vous fiancerez-vous avec lui ?

Mélia se leva.

— Je ne crois pas, miss MacLeod, que vous soyez en droit de me poser cette question. Jusqu'à ce que Tally se conduise correctement avec moi, je n'ai pas à envisager quoi que ce soit. Actuellement, il fait tout pour m'être désagréable. Il a voulu me faire du tort, me rendre ridicule.

— Miss Melchester, il vous aime, vous le savez ?

— Vraiment ? S'il m'aime, il a une curieuse façon de le montrer.

— J'aimerais qu'il soit heureux, dit Jane. Si je pouvais l'aider en quoi que ce soit, je le ferais.

— Votre meilleure façon de l'aider, dit Mélia vivement, c'est de ne pas rester ici. En ce moment, pour parler franchement, votre présence complique beaucoup les choses. Ne vous en rendez-vous pas compte ?

Mélia alla à la fenêtre et regarda dehors. Le soleil se couchait. Son reflet éclairait les sommets d'une magnifique lumière rose. La vallée était dans l'ombre, et dans très peu de temps la nuit allait tomber. Le délicat profil de Mélia se détachait sur le ciel et révélait une certaine dureté qui se lisait dans le dessin aigu de sa bouche.

— Je suis désolée, dit Jane en se levant à son tour, se rendant compte qu'il ne servait à rien de rester là.

— Qui êtes-vous ? demanda brusquement Mélia. Comment Tally vous a-t-il rencontrée ?

Elle attendit un peu, puis comme Jane ne répondait pas mais semblait désemparée et mal à l'aise, elle reprit :

— Je suppose que vous ne me le direz pas, mais croyez-moi, vous feriez mieux de repartir. Je lui demanderai de bien rétribuer vos « services ».

Jane était peut-être timide, mais il y avait en elle une fierté d'Écossaise qui ne se laissait pas insulter impunément.

— Cette remarque est superflue, miss Melchester, dit-elle doucement. Je suis venue vous voir parce que je voulais aider lord Brora. Il a été très bon pour moi, mais il n'a jamais été question d'argent entre nous.

— Non ? demanda Mélia, et sa jolie bouche se tordit en un rictus. Je suppose que vous avez fait tout cela par amour !

Jane redressa la tête et la regarda dans les yeux.

— Oui, je crois que c'est bien le mot. J'ai fait cela par amour.

Elle fit demi-tour et sortit de la pièce en fermant la porte doucement derrière elle. C'est alors qu'elle réalisa ce qu'elle avait fait. Elle monta les escaliers et courut jusqu'à sa chambre. Là, elle s'arrêta un instant, tremblante, le feu aux joues. Mélia l'avait insultée, Mélia avait été dure, acide et blessante. Rien de cela n'était grave, ce qui l'était, c'est que ses paroles avaient révélé la vérité.

Jane savait maintenant qu'elle aimait Tally, irrésistiblement, de toutes les fibres de son être. C'est parce qu'elle l'aimait qu'elle avait voulu l'aider, voulu qu'il soit heureux. C'était un amour comme elle n'en avait jamais éprouvé ni même imaginé : un bonheur et une tendresse sans bornes, un sentiment qu'elle avait peine à définir. Il y avait très peu de temps qu'elle connaissait Tally, mais ces quelques jours avaient été si riches d'expériences et d'émotions que le temps ne comptait plus. Cette plénitude, cette chaleur en elle, c'était la vie. Il n'y avait rien de possessif, rien d'intéressé dans ses sentiments pour Tally. C'était un élan spontané, elle était fière de l'avoir rencontré et heureuse de ne penser qu'à son bonheur, dont elle n'osait même pas, dans son humilité, revendiquer la moindre part.

Elle se dirigea vers la fenêtre. Le premier soir, quand elle avait contemplé la beauté de la vallée et connu une sorte d'extase spirituelle, c'était peut-être l'amour qui lui avait fait trouver le monde si merveilleux. Elle comprenait à présent que c'était l'éclosion de l'amour en elle.

Maintenant, elle pouvait dire en toute sincérité qu'elle se contentait de savoir Tally à ses côtés, partageant le même univers qu'elle, respirant le même air. Elle se rendit compte qu'elle l'avait aimé dès le premier instant, lui faisant d'emblée confiance ; elle l'avait aimé quand elle acceptait de faire ce qu'il souhaitait même si cela semblait étrange et un peu fou.

Jane se pencha et reposa sa tête contre la vitre. Les doubles fenêtres étaient fermées et pourtant elle sentait l'air du dehors qui s'infiltrait, glacial, et la faisait frissonner.

« Oh ! Tally ! » murmura-t-elle. Et la pensée absurde traversa son esprit que, s'il le fallait, elle

161

serait capable, par amour pour lui, de sortir dans la nuit glacée de la montagne au risque d'y mourir.

Maintenant qu'elle avait découvert la cause de son exaltation et de son tumulte intérieur, elle s'étonna d'avoir été aveugle au point de ne pas s'en apercevoir plus tôt.

La lueur, au-delà des montagnes, s'était estompée. Il allait bientôt faire nuit. Il ne restait sur le pic le plus élevé, le Piz Nair, qu'un léger trait doré qui, peu à peu, se décolorait jusqu'à disparaître.

« Ma vie sera bien sombre quand Tally me quittera », murmura Jane et elle fut soudain prise de panique. Qu'allait-elle devenir ? Elle imagina sa vie sans lui et éprouva un sentiment de solitude insoutenable comme jamais, même dans ses heures de pire détresse en Écosse. « A ce moment-là, je n'avais rien, pensa-t-elle. Maintenant, je suis comblée mais pour combien de temps ? »

Elle examina la chambre comme si elle la voyait pour la première fois. Le lit confortable, les grands miroirs, les beaux tapis étaient autant de témoins d'un luxe nouveau pour elle. Elle regarda ses affaires personnelles, les cadeaux de Tally dispersés çà et là. Un déshabillé sur la chaise, des brosses sur la coiffeuse, un sac posé sur la commode, tout venait de Tally et le rendait présent. Alors que pour lui elle n'était qu'un instrument, une arme dont il se servait pour conquérir une autre femme.

Jane mit ses mains sur ses yeux. Elle fut tentée... tentée d'oublier tout, sauf le besoin qu'elle avait de Tally. « Et si j'essayais de le conquérir ? Et si je lui montrais que je l'aime vraiment ? »

Puis elle repoussa cette idée. D'abord c'était ridicule. Quel homme poserait son regard sur elle après avoir aimé Mélia ? Et puis elle ne s'abaisserait jamais à de telles manœuvres. Tally avait demandé son aide, et elle ne lui ferait pas faux bond. « Il faut que je reste droite, il faut que je reste digne », dit-elle tout haut. Et redressant la tête, elle descendit au salon.

A son grand soulagement, Gérald était assis seul sur le canapé, là où elle l'avait quitté.

— Enfin ! s'exclama-t-il, vous avez mis des heures et j'ai grand besoin de prendre un thé.

— J'espérais que vous ne m'attendriez pas, dit Jane. Excusez-moi. Pourquoi n'avez-vous pas commencé ?

— Toujours parfait homme du monde, plaisanta Gérald.

Elle s'assit et il fit signe au garçon.

— Que prendrez-vous ? demanda-t-il. Des tartines et un de ces somptueux gâteaux ?

— Je vais vous ruiner et dire oui, répondit Jane. J'ai terriblement faim.

— Moi aussi, convint Gérald, et il passa la commande.

Le salon était rempli de monde.

C'était l'endroit chic où les visiteurs venaient du village à l'heure du thé pour déguster de merveilleux gâteaux en écoutant l'orchestre.

— Vous êtes très élégante, dit Gérald admiratif, tandis que Jane regardait de tous côtés.

— Je vous remercie.

Elle se contraignait à parler avec calme et naturel, bien qu'elle fût très tendue au fond de son être dans l'attente de Tally. Elle voulait le revoir mais cela l'effrayait un peu. Ce nouveau secret, cet amour dont elle avait pris conscience provoquait en elle appréhension et exaltation tout à la fois.

On apporta le thé, mais elle ne put rien avaler.

— N'êtes-vous pas épuisée ? demanda Gérald d'un air inquiet. Vous en avez peut-être trop fait. Cela arrive ici, l'air est si vivifiant !

— Je me sens très bien, fit Jane vivement. Mais, en définitive, je n'ai pas faim.

C'est alors qu'elle vit Tally traverser lentement le salon. Il s'approcha de la table, et le cœur de Jane chavira quand elle aperçut ses sourcils froncés et ses yeux noirs de colère. Il vint vers eux, tira une chaise de l'autre côté de la table et s'assit. Puis il regarda Jane et dit avec une fureur contenue :

— Qu'est-ce qui vous a pris d'aller voir Mélia ?

10

Margaret Melton était couchée, les bras derrière la tête, sa pensée vagabondant dans l'obscurité. Elle était fatiguée mais n'avait nul espoir de dormir, ayant depuis longtemps renoncé à courtiser le sommeil par des artifices. Après la mort de Stephen, quand le chagrin l'avait menée au bord de la folie, le médecin avait prescrit des somnifères qu'elle avait pris sans retenue dans l'espoir de quelques heures de répit ; mais elle s'aperçut qu'un bref intervalle de bienheureux oubli se payait d'un retour à la réalité bien plus douloureux et jugea que c'était inutile. Ainsi, le temps passant, avait-elle renoncé aux médecins et à leurs ordonnances, sachant qu'aucun praticien ne pourrait soigner un mal qui venait du cœur et non du corps.

Couchée maintenant dans le lit moelleux et confortable qui aurait dû lui apporter repos et détente, elle se tournait et se retournait sans cesse, allumant la lampe de chevet pour prendre un livre, puis le rejetant au bout de quelques pages sans pouvoir fixer son attention, regardant le cadran lumineux de son réveil de voyage, se levant pour aller à sa coiffeuse chercher un mouchoir puis restant plantée là, ayant oublié ce qu'elle voulait.

Tout cela était habituel ; c'étaient les nuits ordinaires de Margaret Melton. A la longue, son agitation finit par se calmer et elle se laissa envahir par ses souvenirs — si vifs qu'ils l'entraînèrent dans des rêves qui lui faisaient revivre le passé dans les moindres détails.

Elle revoyait Stephen lors de leur première rencontre, quand il était venu, sur une invitation de son frère, habiter chez eux à la campagne. Ils étaient dans la gêne car son père, militaire en retraite, n'avait que sa pension pour subvenir aux besoins de ses enfants qui devenaient grands. Mais cela importait peu car ils vivaient très heureux.

En y repensant, il semblait à Margaret que son enfance n'avait été que soleil et rires. Elle devait faire la cuisine et le ménage car leur seul domestique était empoté et un peu simplet mais le travail ne lui avait jamais répugné tant qu'elle pouvait, après avoir terminé, s'échapper dans la campagne pour gravir Bredon Hill jusqu'aux ruines de la « folie »* qui se tenait comme une sentinelle à son sommet ; elle aimait aussi descendre jusqu'à la rivière voir les pêcheurs à la ligne disputer un concours qui, quel qu'en soit le gagnant, serait arrosé par tout le monde à la tombée du jour dans le petit pub du village ; et courir, les joues toutes rouges après les chiens de meute, ou encore parcourir des kilomètres avec les « beagles »**. C'étaient là des joies qui ne nécessitaient aucune dépense et qui procuraient des heures de parfait bonheur en compagnie des gens de la campagne, qu'elle connaissait et aimait, et de son frère bien-aimé.

* Au XVIIe et XVIIIe siècles : pavillon de campagne. Les « folies » étaient souvent construites avec une grande fantaisie : ruines de tours, de chapelles, pyramides, etc. *(N.d.T.)*
** Chiens courants anglais. Sorte de bassets à pattes droites. *(N.d.T.)*

Donald avait compris d'emblée que Stephen et elle se plairaient.

« C'est pour cela que je l'ai invité », disait-il avec une fierté puérile en voyant que son ami et sa sœur s'entendaient si bien, lors des premières vacances que Stephen avait passées avec eux et qui se renouvelèrent maintes fois par la suite.

Margaret était plus jeune de six ans et semblait pourtant du même âge; de même Donald, bien qu'il fût son aîné, la considérait comme une camarade idéale.

Il était difficile aujourd'hui de savoir à quel moment précis elle avait vu en Stephen un véritable « jeune homme ». Au début, il était simplement un second Donald, quelqu'un qu'elle aimait bien, avec qui elle adorait vagabonder dans la campagne, bavarder devant le feu de cheminée ou rester assise en silence sans qu'il fût besoin de parler.

Peut-être fut-ce le printemps qui lui apprit qu'elle devenait une jeune fille désirable aux yeux de Stephen. Elle se souvint d'avoir eu, pour la première fois, conscience de la médiocrité de ses vêtements. Elle n'avait jamais eu beaucoup d'argent, il fallait vivre avec parcimonie, économiser et réduire le train de vie pour que Donald puisse aller à Oxford. Margaret se rendait compte que la situation devenait désespérée lorsqu'elle voyait son père faire les cent pas en grommelant et sa mère au bord des larmes. On vendait alors un meuble du salon — l'argenterie était partie bien des années avant, ainsi que les bijoux de sa mère. Bien qu'ils fussent tous conscients qu'un jour il n'y aurait plus rien à vendre, ils n'en parlaient jamais, croyant au miracle qui leur conserverait ce qui restait et leur permettrait de garder intacte leur maison et de tenir leur rang de petite noblesse désargentée.

La révélation s'était passée par une chaude journée d'été alors qu'ils se trouvaient au sommet de Bredon Hill. La vallée s'étendait à leurs pieds, verdoyante et belle ; la rivière argentée qui paressait entre ses rives bordées de joncs miroitait sous la brume de chaleur, et les routes poussiéreuses qui serpentaient entre les chaumières noir et blanc étaient silencieuses et désertes.

Tout alentour semblait retenir son souffle dans une attente fébrile, et Margaret sentit monter en elle une fièvre, souhaitant ardemment qu'il se passe quelque chose. Elle s'étendit sur l'herbe sèche et fixa son regard sur la « folie » de pierre grise qui s'élevait au-dessus d'eux.

— Quelle bêtise de construire une chose pareille ! dit-elle, s'adressant plus à elle-même qu'à Stephen.

Il suivit la direction de son regard et répondit :

— Je ne sais pas. Ne faisons-nous pas tous des bêtises, parfois ?

— Ah oui ? demanda Margaret, plutôt pour dire quelque chose que pour relancer la discussion.

— Oui, nous en faisons tous, répondit Stephen ; et si ce n'est pas avec des pierres, c'est avec nos sentiments.

Margaret se retourna sur l'herbe et s'assit. Il y avait dans la voix de Stephen un sérieux inhabituel.

— Quelle est votre folie à vous ?

Stephen ne répondit pas tout de suite puis, les yeux mi-clos, il dit doucement :

— Eh bien, tomber amoureux de vous, par exemple !

Margaret ne devait jamais oublier cet instant. Elle pouvait encore retrouver la sensation qui la transperça, moitié douleur, moitié bonheur. Elle était amoureuse de lui depuis le printemps, un amour qui remplissait toute sa vie, mais elle n'avait jamais osé espérer qu'il éprouverait pour elle autre chose que l'affection qu'ils avaient l'un pour l'autre depuis l'enfance.

Pendant un instant, elle crut avoir mal compris, tant il avait parlé tranquillement, d'un ton si banal. Puis la lumière qui baignait la vallée et les enveloppait devint éclatante et presque insoutenable. Elle s'infiltra dans sa conscience, la consumant de sa fulgurance, l'éblouissant de ses prodiges. Margaret se sentit projetée dans un monde généreux et magnifique; mais elle n'avait ni mots ni expressions d'aucune sorte pour extérioriser l'intensité de ses sentiments. Stephen se redressa.

— Il faut que je parte et que je trouve du travail.
— Pourquoi ? murmura Margaret.
— Pour que nous puissions nous marier.

Ce fut tout. Telles furent leurs fiançailles. Il ne l'avait pas touchée ni même regardée. Mais elle était totalement comblée; elle ne désirait rien de plus. S'il avait exprimé davantage ses sentiments, elle aurait peut-être trouvé cela superflu. Ils s'appartenaient, ils s'étaient trouvés. Ce ne fut que plus tard, quand Stephen fut parti et qu'elle eut passé bien des nuits blanches à pleurer, qu'elle regretta de ne jamais avoir connu au moins le contact de ses lèvres, la pression de ses bras autour d'elle.

« Il faut être raisonnable, ma chérie » avait dit sa mère qui essayait d'être gentille et compatissante.

Margaret avait essayé d'être raisonnable et de comprendre les arguments qu'on lui avait sans cesse répétés : Ils étaient trop jeunes. Ils n'avaient pas d'argent hormis ce que gagnait Stephen, qui n'avait ni relations, ni famille pour l'aider. Il leur était donc impossible d'envisager le mariage avant de nombreuses années et, dans ces conditions, des fiançailles étaient hors de question. Ils ne devaient même pas se lier par un accord tacite.

Margaret aurait résisté, elle aurait combattu pour son bonheur, elle aurait écarté tous ces arguments logiques si ses parents n'avaient réussi à persuader Stephen qu'il devait se comporter « honnêtement ».

« Ils ont raison, avait-il finalement dit à Margaret. Je dois penser à vous. Vous êtes si jeune. Comment pouvez-vous savoir ce que vous voulez à dix-sept ans ? »

Il répétait comme un perroquet ce qu'on lui avait dit mais, comme il l'aimait, il était prêt à faire ce qu'on attendait de lui. Il s'en alla. Il ne laissa même pas d'adresse. Elle lui écrivit, simplement pour que les lettres soient retournées avec la mention « Parti sans laisser d'adresse ». Il lui semblait que ces mots étaient écrits sur son cœur. Stephen était parti, elle l'avait perdu !

C'est trois ans plus tard que, n'ayant pas la moindre nouvelle de Stephen et ne sachant même pas s'il était toujours vivant, elle fut fiancée à lord Brora. Elle l'aimait bien. Elle en arriva même, au fil des années, à le chérir très tendrement. C'était un homme charmant et sympathique, mais elle ne fut jamais réellement « amoureuse » de lui. Il restait au plus profond de son cœur un autel secret à la mémoire de Stephen.

Lorsqu'elle y pensait, elle ne pouvait pas vraiment regretter ces années passées à Greystones en tant que lady Brora. Elle avait été heureuse et avait pu rendre heureux ceux qui l'entouraient. Son mari l'adorait, et ils étaient liés l'un à l'autre par leur joie d'avoir un fils. C'était merveilleux aussi de savoir ses parents à l'abri du besoin. Leur maison dans le village avait été réparée, le salon était de nouveau garni de beaux objets, et l'argenterie avait réapparu sur la desserte de la salle à manger. Son père faisait de petits travaux dans la propriété et se plaisait aux parties de chasse pendant l'hiver ; sa mère avait retrouvé une certaine vitalité, et l'expression soucieuse s'était effacée de son visage. C'était une consolation pour Margaret de pouvoir lui assurer une vieillesse confortable, et même de l'envoyer à l'étranger s'épargner la sévérité des hivers anglais. Elle avait pu également rétribuer largement les infirmières qui avaient pris soin d'elle pendant les dernières années de sa vie.

« Oui, pensait souvent Margaret, j'étais heureuse en ce temps-là à Greystones. »

C'est seulement lorsque Bredon Hill s'empourprait sur un fond de ciel sombre ou lorsque au printemps les jonquilles tachetaient de jaune le sommet de la colline qu'elle se sentait vide et solitaire. Une folle agitation la saisissait alors et il fallait qu'elle marche seule à travers bois jusqu'à ce qu'elle soit suffisamment exténuée pour ne plus penser à rien.

Elle ne montait jamais à la « folie ». Souvent, quand Tally était enfant, il lui demandait :

— C'est quoi, ce drôle de petit château sur la colline, maman ?

— C'est une « folie », mon chéri. Une tour qui a été construite il y a très longtemps par un vieux monsieur fou.

— Est-ce que quelqu'un y habite, maman ?

— Non, mon chéri.

Mais tout en lui répondant cela, elle savait que ce n'était pas vrai. Une part d'elle-même vivait là. Une part jeune et heureuse jusqu'au ravissement de découvrir pour la première fois le miracle et la splendeur du monde de l'amour.

Les années passaient lentement et, lui semblait-il,

sans événements marquants... C'est alors qu'était survenue la tragédie soudaine de la mort de son mari au cours d'une partie de chasse. Elle le pleura avec un chagrin véritable.

Elle se sentait bien seule sans lui dans cette grande maison dont elle devait s'occuper car c'était l'héritage de son fils.

Puis, un jour, une personne rencontrée par hasard lui dit :

— J'ai entendu dire que Stephen Melton était de retour au pays. Vous le connaissiez, n'est-ce pas ?

Ce fut pour Margaret comme si l'on venait d'allumer toutes les lumières de la pièce. Elle ressentit une douleur si violente qu'un instant elle crut qu'il s'agissait d'une douleur physique. Cependant elle fit en sorte de répondre d'une façon normale, habituée qu'elle était à ne pas trahir ses sentiments en public.

Mais quand elle se retrouva seule, elle tremblait d'émotion, son cœur battait à tout rompre. Stephen était vivant ! Il était revenu ! Qu'est-ce que cela signifiait ? Elle alla se coucher cette nuit-là s'attendant à rêver de lui mais au lieu de cela dormit d'un sommeil d'enfant.

Elle se réveilla au petit matin. L'aube pâle envahissait un ciel transparent. La grande maison était encore endormie. Même les femmes de chambre chargées d'ouvrir les volets et les rideaux n'étaient pas levées. Margaret savait ce qu'elle avait à faire. Elle s'habilla rapidement et, glissant furtivement le long des corridors sombres et glacés, sortit par une porte de côté vers la roseraie.

Elle marchait rapidement, évitant la route qui allait au village. Elle emprunta un sentier tortueux qui la conduisit aux hautes terres puis au pied de la colline. Elle était un peu à bout de souffle quand elle atteignit le sommet. Bien que déjà chaud, le soleil ne parvenait pas encore à faire disparaître la forte rosée nocturne qui scintillait sur l'herbe, chaque goutte chatoyant comme un arc-en-ciel. La « folie » n'avait pas changé, vieille et grise comme dix-huit ans auparavant, peut-être seulement un petit peu plus délabrée. Mais elle était toujours là, symbole énigmatique d'une morale que personne peut-être n'avait su comprendre. Et à côté, nu-tête dans un rayon de soleil, Stephen l'attendait !

Elle s'avança vers lui rapidement sans la moindre hésitation. Il tendit les bras et la tint serrée contre lui. Pendant un moment ils se regardèrent dans les yeux, un long moment pendant lequel tout fut dit sans qu'aucun mot fût prononcé. Et les années écoulées s'effaçaient à tout jamais. Elle eut une seconde pour murmurer son nom dans un soupir. Ses yeux éblouis par le soleil et l'herbe scintillante étaient baignés de larmes. Puis les lèvres de Stephen se posèrent sur les siennes, et ils furent liés par une flamme qui les consumait tous les deux, unis par une passion si ardente, si irrésistible que, pour la première fois de sa vie, Margaret eut peur de la violence de son émotion.

— Mon chéri, dit-elle enfin. Oh ! mon chéri, c'est vous ? C'est vraiment vous ?

Il la serrait si fort contre lui qu'elle pouvait à peine respirer.

— J'ai attendu si longtemps, dit-il d'une voix rauque. Il n'y a que deux mois que j'ai entendu dire que vous étiez libre. Je suis revenu aussitôt. A présent, j'ai un peu d'argent, Margaret. Suffisamment en tout cas pour que vous soyez ma femme, la femme qui m'a toujours été destinée.

Ses lèvres cherchèrent de nouveau celles de Margaret, et elle s'abandonna totalement, certaine qu'ils ne faisaient qu'un seul être indivisible à jamais.

Ils s'étaient mariés quarante-huit heures plus

tard, grâce à une dérogation. Il y avait maintes décisions à prendre et beaucoup de choses à organiser, mais cela avait bien peu d'importance à côté du besoin qu'ils avaient l'un de l'autre ; tout pouvait attendre... Ils avaient eux-mêmes tant attendu...

Existe-t-il des mots pour décrire le vrai bonheur ?

Margaret ne retenait des années qui avaient suivi qu'une succession d'émotions. Elle était entre les mains de Stephen comme un instrument de musique entre celles d'un talentueux musicien. Il l'adorait, elle l'adorait. Le soir, étendus côte à côte, ils pouvaient évoquer tranquillement les années qu'ils avaient vécues séparés, essayant de rattraper leur jeunesse perdue.

Quand Stephen disait qu'il avait « un peu d'argent », il était en dessous de la vérité. Il avait bien réussi en Orient car, comme il le disait lui-même, « il n'avait pas d'autre raison de vivre » et avait travaillé dur. Il avait liquidé son affaire au meilleur prix et était revenu avec une confortable fortune.

Au début, il souhaitait que Margaret quitte Greystones pour une maison qu'il aurait lui-même choisie. Puis il avait compris qu'elle avait un engagement envers son fils et que ce serait une erreur de séparer Tally de la propriété dont il hériterait à sa majorité. Stephen insista donc pour donner chaque année une somme importante pour l'entretien du domaine.

Margaret se demandait parfois si quelque autre femme aurait pu avoir autant de satisfaction avec un amant. Stephen était viril et passionné mais également tendre et compréhensif. Être aimée par lui l'amenait à une connaissance profonde de tout ce qui était vrai et beau dans la vie. C'était un homme merveilleux tant pour les petites choses du quotidien que face aux grands événements, « un parfait chevalier ».

Elle avait toujours été une belle femme, mais son amour pour Stephen l'avait rendue si éclatante qu'elle aurait pu, si elle l'avait voulu, être une des femmes les plus remarquées de l'époque. Mais les mondanités ne l'intéressaient pas. Elle était heureuse d'être à Greystones, d'aider Stephen à exploiter le domaine, de le voir enseigner à Tally l'agriculture, l'organisation des fêtes, des sports et des rencontres de jeunes — tâche que les gens du village et du comté attendaient de lui voir assumer —, et elle trouvait qu'il faisait tout cela à la perfection : l'amour dévorant pour l'homme dont elle portait le nom avec tant de fierté était total.

Elle n'oubliait pas son premier mari. L'idée lui venait souvent à l'esprit que s'il avait pu la voir, il aurait compris et se serait réjoui de la savoir si heureuse. Il l'avait aimée et l'amour, du moins quand c'est l'amour véritable, rejette l'égoïsme, la mesquinerie et la possessivité.

Durant toutes ces années, Margaret eut l'impression qu'elle ne vieillirait jamais. Ils avaient tous deux manqué leur jeunesse mais l'avaient retrouvée ensemble. Ils étaient jeunes non seulement grâce à leur passion mais aussi grâce à leur allégresse pour de petits riens, leurs éclats de rire qui semblaient couler en eux comme un clair ruisseau. Quelquefois, il la soulevait dans ses bras comme la jeune fille fluette qu'il avait connue tant d'années plus tôt.

— Dites-moi que vous m'aimez, exigeait-il.

Quelquefois, juste pour le plaisir de se faire prier, elle refusait de lui répondre. Alors il la menaçait jusqu'à ce qu'elle capitule finalement en riant, en lui mettant ses bras autour du cou.

— Je vous aime, Stephen. Je vous adore, mon chéri.

Aujourd'hui, Margaret tentait quelquefois de se

rappeler à quel moment elle avait commencé à éprouver un sentiment d'urgence, à quel moment elle s'était rendu compte que le sable s'écoulait dans le sablier. Il était difficile de réaliser maintenant qu'à l'époque cela n'avait paru rien de plus que l'expression du désir d'être le plus possible avec Stephen. Quelquefois, la nuit, elle le réveillait pour bavarder, ne pouvant attendre jusqu'au lendemain pour lui parler de ce qui la préoccupait. S'il s'éloignait pour quelques heures seulement, elle se surprenait à guetter le son de sa voix ou le bruit de son pas dans le hall. Au moindre retard, elle était inquiète et anxieuse. Elle imaginait les pires choses, et la crainte de toutes sortes de périls l'envahissait. Quand enfin il arrivait, elle se reprochait sa stupidité. Pourquoi et de quoi avait-elle si peur ?

Malgré l'alerte de Munich, la déclaration de guerre arriva en 1939 comme un choc et une surprise. Margaret avait été tellement comblée par son bonheur qu'elle avait cru jusqu'au dernier moment que quelque miracle sauverait le monde. Et même alors, elle ne réalisait pas totalement ce qui pouvait arriver jusqu'à ce que Stephen, d'une voix lugubre et pour une fois mal assurée, lui dise qu'il se portait volontaire sur le front d'Orient. Alors elle pleura, elle le supplia, le conjurant de ne pas l'abandonner.

— Vous êtes trop vieux, dit-elle. Vous pouvez vous rendre utile en restant ici. Le domaine est très grand, vous êtes un agriculteur à présent et on a besoin des agriculteurs. En temps de guerre, la nourriture est aussi utile que les munitions.

Mais tandis qu'elle le suppliait, elle se rendait compte que ses paroles ne suffiraient pas pour ébranler Stephen et le détourner de ce qu'il considérait comme une ligne de conduite juste et honorable. Il avait vécu en Orient pendant très longtemps, et sa connaissance des gens et de leurs dialectes serait d'une aide inestimable en temps de guerre.

Heureusement, il y avait eu des mois d'attente, de longs mois pendant lesquels il était envoyé d'un coin à l'autre du pays pour subir son entraînement. Ce fut pour Margaret une période tout à la fois d'anxiété et de parfait bonheur — quand ils se retrouvaient. Et puis, finalement, il s'en alla.

Il partit d'une façon tout à fait inattendue. On venait de leur dire qu'il ne partirait sans doute pas avant trois mois. Mais une place s'était trouvée disponible dans un avion, un officier de haut rang demanda que Stephen fasse partie de son équipe, et le départ eut lieu sans que Margaret ait vraiment eu le temps de réaliser. Quand les Japonais entrèrent en guerre quinze jours plus tard, elle avait reçu deux lettres de Stephen, deux messages griffonnés alors qu'il se rendait à Malacca et à Singapour. Et depuis, plus rien.

Il écrivait dans sa dernière lettre qu'il lui enverrait par le courrier suivant une longue lettre qu'il avait écrite jour après jour, un journal de bord dans lequel il évoquait également beaucoup de choses qu'il n'avait pas eu le temps de lui dire quand ils étaient ensemble. Elle ne reçut jamais cette lettre. D'abord il y avait eu la terrible nouvelle de la chute de Singapour, puis elle avait appris que Stephen était blessé. Ce n'est que des mois plus tard qu'on révéla qu'il était mort, torturé par les Japonais qui, sachant qu'il connaissait parfaitement l'Orient, voulaient à tout prix le faire parler.

Elle ne pouvait penser à ses derniers moments sans que la douleur et l'horreur ne la saisissent au point de crier dans le noir. Avait-il pensé à elle ? Elle se le demandait et connaissait la réponse. Peut-être ces pensées l'avaient-elle soutenu, peut-être avaient-elles apporté réconfort et courage à son pauvre corps torturé.

Les nuits qui suivirent l'annonce de la mort de Stephen furent des nuits d'enfer. Ce n'est pas seulement une détresse désespérée qui l'envahissait. Il y avait quelque chose de plus profond, une question qui se répétait inlassablement : « Le reverrai-je un jour ? »

Enfant, elle avait été élevée dans le protestantisme facile et plutôt paresseux de son père et de sa mère. Ils allaient à l'église le dimanche, ils étaient liés avec le pasteur et avaient cotisé, en dépit de la difficulté que cela représentait pour eux, pour l'école et pour la tournée de la chorale de garçons.

La religion n'avait pas représenté grand-chose pour Margaret. Sa confirmation avait été une cérémonie vide de sens. Plus tard, quand elle avait été séparée de Stephen à dix-sept ans, elle avait essayé de prier ; elle avait voulu entrer en contact avec Dieu qui savait tout et comprenait tout. Mais sans succès.

Puis, devenue lady Brora, elle avait fait ce qu'on attendait d'elle : elle avait occupé le banc de famille chaque dimanche, elle avait été mariée par l'évêque du diocèse qui plus tard avait baptisé Tally ; il venait en visite à Greystones au moins une fois par an. Elle faisait des dons à l'église, aux bonnes œuvres et aux institutions religieuses. En fait, ses obligations envers la religion augmentaient, mais le bénéfice qu'elle en retirait personnellement demeurait inchangé.

Lors des obsèques de son premier mari, elle écouta le service funèbre et se demanda pourquoi cela signifiait si peu pour elle. Elle n'était pas vraiment convaincue qu'il y eût une vie après la mort.

Lorsqu'elle était enfant, elle n'avait pas eu l'habitude d'aborder ces questions. La mauvaise santé de sa mère avait fait de la mort un sujet tabou. Plus tard, Stephen et elle avaient été si absorbés par la vie que le sujet ne s'était jamais présenté. Excepté une fois où Stephen avait dit :

— C'est la vie qui compte. Les gens se soucient trop de ce qui se passe après.

— Que croyez-vous qu'il se passe ? avait timidement demandé Margaret en se forçant à surmonter sa répugnance à discuter de cette question.

Stephen avait haussé les épaules et tendu ses deux mains vers elle.

— Pourquoi vous en soucier, Margaret ? Nous avons tant à faire avant de mourir.

Ils n'en avaient pas reparlé ; mais pour Margaret, désespérée à l'annonce de la mort de Stephen, cette conversation avait une importance capitale. Stephen ne croyait pas en une vie future — et elle n'avait pas de raison d'y croire non plus : elle ne le reverrait donc jamais.

Pendant de longues nuits, elle avait été hantée par cette idée de fin définitive et irrévocable : même morte, elle ne serait pas avec lui. Elle pensait à son corps en décomposition, ce corps qu'elle avait aimé et tenu dans ses bras, ce corps qui avait possédé le sien. Ne restait-il que cela ? Et où était l'âme de Stephen ? Où était son esprit ? Son courage ? Son sens de l'humour et sa tendresse immense ? Disparus aussi, décomposés comme sa chair ?

Quelquefois, Margaret s'était levée pour marteler le mur de ses poings en criant : « Répondez-moi ! »

Mais aucune réponse ne lui parvenait. Elle se mit à lire sérieusement la Bible pour la première fois de sa vie, mais il lui semblait que ses enseignements ne voulaient rien dire. D'aucuns pouvaient y trouver réconfort mais, pour elle, les Evangiles n'étaient que des mots qui ne lui apprenaient rien.

Elle chercha des livres dans les bibliothèques. Des livres sur le spiritisme, des guides écrits par d'éminents ecclésiastiques, des livres racontant d'étranges expériences ; mais ils échouaient toujours devant cette simple question : « S'il y a une vie après la vie, pourquoi Stephen ne vient-il pas vers moi ? »

Elle ne pouvait pas croire qu'il ne chercherait pas à la consoler ou au moins à lui faire savoir qu'il était là. Elle ne pouvait pas croire qu'il fût indifférent à sa détresse et, alors que les autres entraient en contact avec ceux qu'ils avaient connus sur terre, qu'il n'essayât apparemment pas d'en faire autant. Elle attendait dans le noir, demandant simplement un signe, le contact de sa main, le son de sa voix ou même seulement le sentiment sans équivoque qu'il était « là ». Elle restait étendue, sans un geste. Puis, comme rien ne venait, elle se consumait de pleurs amers jusqu'à ce que, rompue de chagrin, elle sombrât épuisée dans le sommeil.

Ils n'étaient jamais allés ensemble en Suisse ; ils en avaient parlé mais d'année en année ils avaient aimé de plus en plus passer Noël chez eux. Un arbre de Noël dans le grand salon de Greystones, un goûter d'enfants pour Tally et d'autres réceptions pour les métayers et les employés du domaine : une pour les moins anciens qui recevaient chacun une livre de thé et cinq quintaux de charbon ; une autre pour les écoliers à qui l'on offrait des oranges et des sachets de bonbons. Enfin le Père Noël en personne qui apportait des cadeaux pour chaque enfant.

Il régnait un esprit de véritable solidarité lors de ces réunions, et la religion cessait d'y être une habitude conventionnelle. On sentait un véritable amour de l'humanité et une chaleureuse camaraderie ; un christianisme vraiment vivant, fort et pénétrant et non une simple observance des rites dominicaux, des aumônes et des pieuses platitudes. C'était quelque chose d'authentique et d'émouvant.

A Noël, alors qu'ils étaient assis le soir autour du grand feu de bûches, Stephen disait invariablement :

— Nous devenons de vrais « petits vieux », Margaret ! Venez que je vous embrasse sous le gui avant que je ne sache plus.

Comme ils s'amusaient ! Et les vacances de Tally passaient si vite que le temps manquait pour aller en Suisse.

— Nous sommes heureux ici, s'excusait Margaret quand il était question de partir, et Stephen était d'accord. « Pourtant, il aurait adoré Saint-Moritz », pensait-elle aujourd'hui.

Elle avait pris l'habitude, lors des déplacements de Stephen à l'étranger, de noter le moindre incident, le moindre mot amusant entendu dans la journée. Après qu'elle eut appris sa mort, ce fut difficile d'arrêter. Elle avait tellement envie de lui parler que pour s'en délivrer, elle lui avait souvent écrit des lettres — de longues divagations incohérentes adressées à un mort qui jamais ne les lirait.

Oui, Stephen eût aimé la Suisse. Elle y était venue jadis lorsque les médecins le lui avaient recommandé pour la santé de Tally.

Tally était content aujourd'hui d'être revenu. Pour Margaret, la beauté du paysage avait fait surgir le regret insoutenable que Stephen ne l'ait pas vu.

« Nous aurions dû venir ici ensemble, se dit-elle. Peut-être qu'en montant là-haut je pourrais entrer en contact avec lui. Peut-être peuvent-ils plus facilement nous approcher dans un air raréfié. »

« Oh ! Stephen, Stephen ! » murmura-t-elle dans l'obscurité, tendant l'oreille comme elle le faisait depuis des années, sans espoir de réponse.

Elle entendit un bruit ! Elle retint son souffle et l'entendit à nouveau. Elle reconnut aussitôt que ce bruit était familier et faisait bien partie du monde : c'était quelqu'un qui sanglotait derrière la porte de séparation.

Margaret Melton s'assit dans son lit et alluma. Il était deux heures. Elle écouta. Oui, on entendait pleurer. Ce devait être Jane, la fiancée de Tally. Margaret se demanda que faire. Pour sa part, elle aimait à être seule avec son chagrin ; toute intrusion lui pesait, et elle ne supportait pas la compassion. Peut-être en était-il de même pour Jane ? Puis elle se dit que Jane était très jeune, presque encore une enfant, et qu'il fallait intervenir.

Lentement elle se leva, mit sa robe de chambre de velours et enfila ses pantoufles. Le bruit s'étant arrêté, elle hésita un instant.

Elle tenta de se souvenir des événements de la soirée et se rappela que Tally était sorti dîner en ville de manière imprévue. Il lui avait envoyé un message disant que des amis l'invitaient dans un autre hôtel. Pendant le dîner, Jane avait paru silencieuse et un peu déprimée. « Sans doute à cause de l'absence de Tally », avait pensé Margaret. Gérald s'était montré comme toujours charmant et attentionné et elle n'avait rien remarqué d'inhabituel. Il était certain, se reprocha-t-elle, que trop absorbée par ses propres pensées, elle avait porté peu d'attention à la jeune fille qu'elle chaperonnait. Mais manifestement quelque chose n'allait pas : les pleurs recommençaient de plus belle.

Margaret Melton ouvrit la porte de communication. La chambre de Jane se trouvait dans l'obscurité mais, dans un rai de lumière, elle put voir la jeune fille affalée sur le lit, la tête enfoncée dans les oreillers.

— Quelque chose ne va pas, Jane ? demanda-t-elle doucement.

Jane leva son visage, et Margaret remarqua qu'il était très pâle et noyé de larmes. Puis elle s'aperçut que la jeune fille portait encore sa robe du soir de mousseline verte.

— Que se passe-t-il, mon petit ? Puis-je vous aider ?

— Je suis désolée... bredouilla Jane, désolée que vous m'ayez entendue. Je... je suis... affreusement malheureuse...

— Je le vois bien. Racontez-moi.

— J'ai fait... une chose épouvantable, murmura Jane.

11

Margaret Melton alluma la lampe de chevet. Puis, comme Jane tournait la tête pour cacher ses larmes, elle traversa la pièce et ferma la porte de communication.

— A présent, dit-elle doucement, nous pouvons parler.

Jane fit un effort pour se lever mais Margaret l'arrêta.

— Ne bougez pas, mon petit. A votre place, je mettrais mes jambes sous l'édredon. Un rhume est vite attrapé ici, même dans un hôtel bien chauffé.

Jane suivit ses conseils, essayant d'arranger les plis de sa robe pour éviter de la froisser, avant de s'appuyer sur ses oreillers avec un léger soupir.

— Ce n'est pas normal, dit-elle faiblement. C'est vous qui devriez être allongée, pas moi.

— Je vais m'asseoir ici, répondit calmement Margaret en tirant un gros fauteuil près du lit.

Jane porta ses mains à son visage, essuya ses dernières larmes et écarta de son front ses cheveux ébouriffés, avec un air d'extrême lassitude.

— J'ai honte de vous déranger comme cela, je ne pensais pas que quelqu'un pût m'entendre.

— Vous n'avez pas à vous excuser. Comme je suis

toujours réveillée à cette heure-ci, vous ne me dérangez pas le moins du monde. Et quant à savoir ce qui est normal, je peux vous assurer qu'il n'est pas du tout dans l'ordre des choses qu'une petite fille aussi jeune et aussi jolie que vous soit si malheureuse.

Jane lui adressa un timide sourire.

— Vous êtes beaucoup trop gentille avec moi.

— J'ai le sentiment que j'aurais dû l'être davantage, mais je sais bien que je ne fais pas assez attention à ce qui se passe autour de moi.

— Je vous comprends, dit simplement Jane.

— Vraiment ? Je me demande parfois si quelqu'un peut me comprendre ; cependant les gens sont très gentils avec moi, surtout mon fils.

Jane fit entendre un faible gémissement. Margaret se pencha vers elle et toucha sa main.

— Dites-moi, ma chérie, est-ce Tally qui vous a rendue si malheureuse ?

Jane hocha la tête.

— C'est entièrement ma faute. Je me suis mêlée de ses affaires. J'ai essayé d'arranger les choses à ma façon sans lui demander son avis et c'était une bêtise, je le vois bien maintenant. Mais je ne supporte pas qu'il soit fâché contre moi.

— Si vous me racontiez tout en commençant par le début, suggéra Margaret.

— Je ne sais pas si je dois. C'est le secret de Tally. Mais je crois que cela n'a pas d'importance. J'ai tout gâché.

Pendant un instant, elle sembla prête à pleurer de nouveau, mais elle parvint à continuer :

— J'aimerais vous raconter toute l'histoire, si vous êtes sûre que...

— J'en prends la responsabilité ; si vous ne me dites rien, je demanderai à Tally. Depuis son enfance, il m'a toujours dit tout ce que j'ai voulu savoir. Mais j'aimerais entendre votre version d'abord. Nous avons la nuit devant nous, non ?

Sa façon de parler était à la fois apaisante et réconfortante, et Jane se rappela que, lors de leur première rencontre, elle avait pensé que c'était quelqu'un en qui elle pouvait avoir confiance.

D'une voix hésitante, en balbutiant un peu, elle raconta l'histoire de sa rencontre avec Tally et la façon dont elle s'était trouvée impliquée dans ses plans de revanche.

— Aimez-vous cet Angus ? demanda Margaret.

— Je crois que je l'ai aimé pendant un certain temps, répondit Jane, et c'est surprenant que je puisse dire cela ; mais j'ai beaucoup évolué en une semaine, j'ai appris non seulement à mieux juger les autres mais aussi à me comprendre davantage moi-même. J'ai connu si peu d'hommes, si peu de gens dans l'ensemble que j'étais, je peux le dire maintenant, assez simplette à beaucoup d'égards. Certes, Angus me parlait d'amour, pourtant ce n'était pas lui-même qui me plaisait ni ce qu'il disait mais l'idée d'être aimée ; et plus que cela encore, l'idée d'être importante voire indispensable pour quelqu'un. C'était un tel changement après les longues années pendant lesquelles ma grand-tante m'avait détestée et réprimandée. C'était comme le soleil que l'on découvre après un long séjour dans une cave. Que je puisse plaire à quelqu'un était déjà un miracle. On m'avait si souvent dit que j'étais mauvaise et affreuse.

— Comment se fait-il que votre tante pensât cela ? demanda Margaret avec curiosité. (Puis voyant Jane hésiter, elle ajouta rapidement :) Ne me laissez pas interrompre votre histoire, nous verrons cela plus tard, continuez.

Jane lui raconta comment Tally l'avait emmenée chez Michael Sorrel, comment un changement de coiffure et un peu de maquillage lui avaient donné un charme qu'elle ne soupçonnait pas.

— C'était si merveilleux, dit-elle. Je n'en croyais pas mes yeux, je ne me reconnaissais pas. Pouvez-vous imaginer, madame, ce que fut pour moi d'aller à Greystones, de loger dans une maison comme la vôtre, de me réveiller dans ce grand lit somptueux, d'être servie, de savoir que du jour au lendemain j'étais entrée dans un monde qui jusque-là n'avait existé que dans mes rêves ?

— Je l'imagine avec peine, dit Margaret en souriant, mais vous aviez certainement une vie heureuse avec votre père ?

— Oui... mais mon père n'était pas un homme facile, et nous étions très, très pauvres. Il était très fier de ses ancêtres mais cela ne lui donnait pas un sou de plus ! Le presbytère était délabré, les tapis élimés, et nous avions souvent des repas frugaux car l'argent manquait pour acheter la nourriture nécessaire.

— Vous n'aviez pas de famille ?

— Pas très proche, excepté ma grand-tante. J'ai de nombreux cousins éloignés, bien sûr, mais pourquoi se seraient-ils souciés de moi ? Je suppose aussi que mon père avait quelque raison pour ne pas établir de contact avec eux ; de toute façon je n'ai jamais vu aucun d'eux.

— Pauvre enfant ! s'exclama Margaret.

— Je n'étais pas malheureuse avant la mort de mon père, dit rapidement Jane. Je pense qu'il m'aimait beaucoup. Il n'était pas très démonstratif et était complètement absorbé par sa paroisse, mais cela me suffisait. Je peux même dire que j'ai eu une enfance heureuse jusqu'au moment où j'ai dû aller vivre chez ma grand-tante.

Pendant un instant, ses yeux reflétèrent une expression de douleur et sa bouche se crispa au souvenir de ces premiers mois de désespoir et de nostalgie pendant lesquels, avec toute la véhémence d'une adolescente émotive, elle avait souhaité mourir.

— C'est fini maintenant, dit doucement Margaret. Racontez-moi la suite.

Jane continua, lui disant ce qu'elle savait de la première rencontre entre Tally et Mélia après l'annonce des fiançailles, la décision de partir pour la Suisse et la nuit qu'elle avait passée avec Betty et les enfants.

— Cette nuit-là, dit Jane, quand nous avons dîné avec Betty dans sa petite salle à manger, Tally semblait insouciant, sans inquiétude pour l'avenir ; à d'autres moments, je m'apercevais qu'il était tourmenté, malheureux peut-être, et j'aurais fait n'importe quoi pour l'aider. C'est la raison pour laquelle... — elle s'arrêta et aspira une grande bouffée d'air — pour laquelle je suis allée voir Miss Melchester hier soir.

Margaret leva les sourcils.

— Vous êtes allée la voir ?

— Oui, et voilà pourquoi Tally est si fâché contre moi, dit Jane en hochant la tête. Il dit que j'ai tout gâché et que j'ai dérangé ses projets sur la conduite à tenir avec Mélia Melchester. Il est fâché aussi parce que miss Melchester lui a raconté qu'elle avait été désagréable et insolente avec moi. Je ne sais pourquoi, Tally ressent cela comme une insulte personnelle. De toute façon, il est en colère. Il m'a dit mon fait d'un ton furieux et puis, comme vous le savez, il est allé dîner ailleurs. J'ai attendu qu'il revienne pour pouvoir lui dire un mot, mais il n'a pas voulu me parler. Il a seulement dit : « Je ne vois pas la nécessité d'en discuter » et sur ce m'a plantée là. Je me rends compte que j'ai trahi nos accords et qu'il ne veut... plus jamais... me revoir.

Elle ne retenait plus ses larmes qui coulaient sur ses joues et, soudain, dans un mouvement convulsif, tourna sa tête et la cacha dans l'oreiller. Margaret se pencha vers elle.

— Écoutez, mon petit, demain matin la situation ne vous paraîtra pas aussi noire, je peux vous le promettre.

— Si, dit Jane d'une voix étouffée, parce que je vois bien que je dois rentrer en Angleterre. Ce qui est affreux, c'est que je n'ai plus d'argent pour mon billet et je vais devoir... en demander à Tally.

— Ne vous préoccupez pas de cela. Si vous rentrez en Angleterre, je vous donnerai de l'argent ; mais personnellement je ne pense pas qu'il soit nécessaire que vous partiez et, du reste, Tally ne le voudra pas.

— Mais si, il voudra. Vous ne comprenez pas ? Je ne lui suis plus d'aucune utilité. J'y pensais au moment où j'essayais d'arranger les choses pour lui, je savais que tout cela devrait inéluctablement se terminer un jour... mais je ne veux pas que nous nous séparions... fâchés.

— Vous êtes beaucoup trop jeune et vulnérable pour être impliquée dans toute cette intrigue, dit en souriant Margaret. C'est du Tally tout craché, impulsif et irréfléchi. Mais il devrait faire attention, on risque facilement de blesser quelqu'un. Vous l'aimez, n'est-ce pas ?

Jane la regarda, les yeux écarquillés, pendant un instant, puis elle dit la vérité tout simplement.

— Oui, je l'aime, mais vous ne devez pas l'en blâmer. Je n'ai pu m'empêcher de tomber amoureuse de lui bien qu'il m'ait dit clairement depuis le début qu'il aimait miss Melchester. Et son attitude a toujours été fraternelle et amicale mais il est si beau... si merveilleux !

— Je le pense aussi, bien qu'il soit mon fils. Mais

je suis contrariée qu'il vous ait blessée ou chagrinée.

— Vous ne lui direz pas que... que je l'aime ?

— Non, bien sûr que non. Mais cependant, j'estime qu'il a une certaine responsabilité envers vous et je sais que lorsqu'il aura repris ses esprits, il ne voudra pas que vous vous précipitiez en Angleterre. Vous êtes venue ici pour passer des vacances et vous passerez des vacances.

— Oh ! S'il vous plaît, ne l'obligez pas à me garder ici, supplia Jane. Je ne supporterai pas d'être un fardeau ou une gêne pour lui, car je ne peux m'empêcher de penser que, malgré tout ce qu'a dit miss Melchester, elle pourrait lui revenir et l'épouser.

— Je ne suis pas certaine, dit Margaret très lentement, de souhaiter que mon fils épouse Mélia.

— Oh ! mais vous devriez, elle est si jolie !

— Sera-t-elle pour autant une bonne épouse ? Vous savez, Jane, j'ai été très négligente, si absorbée par mon propre bonheur que j'ai oublié que Tally était jeune encore et pouvait commettre des erreurs. J'aurais dû l'aider, le guider comme son père l'aurait fait s'il avait été en vie.

— Je pense que cela aurait rendu Tally plus heureux.

— Lui ou moi ? demanda Margaret un peu sèchement.

— Les deux, répondit Jane. Vous fâcherez-vous si je suis très franche ? Je pense que Tally devrait vous parler davantage. Il devrait se confier à vous pour vous obliger à voir à nouveau le monde extérieur. Il me semble que vous êtes souvent très seule. Je ne sais pourquoi je dis cela, c'est juste une intuition. J'espère que vous ne m'en voudrez pas et que vous ne me jugerez pas impertinente.

— Certes pas, mon petit. Vous avez des intuitions

très précises sur les gens et les choses, n'est-ce pas ?

— Quelquefois, admit Jane, pensant à la photographie de Stephen Melton dans la chambre de Berkeley Square.

Après un instant de silence, Margaret demanda d'une façon inattendue :

— Que vouliez-vous dire à propos de la photographie de mon mari, selon vous très différente de celle que vous aviez vue à Londres ?

Pendant un instant, Jane ne répondit pas, ne sachant que dire. Après une seconde ou deux, Margaret demanda :

— Vous aviez quelque chose de précis en tête, n'est-ce pas ? Je l'ai senti à votre ton de voix.

Jane hésitait encore. Était-il vraiment utile de raconter à Mrs Melton les sensations étranges qu'elle avait éprouvées ce jour-là dans la chambre de Berkeley Square ? Comment l'exprimer avec des mots ? Finalement, elle bredouilla :

— La photographie que j'ai vue à Londre était si vivante ! elle a attiré mon regard. Il était impossible de ne pas la remarquer et de ne pas s'apercevoir que cet homme était hors du commun.

— Stephen était hors du commun. Personne ne pouvait jamais l'oublier, dit Margaret avec un tendre sourire au coin des lèvres.

— Vous devez en être heureuse. Il doit être terrible, quand on a aimé intensément quelqu'un, de s'apercevoir qu'au fil des ans il ne reste plus pour les autres qu'un vague souvenir, et que même ses amis les plus proches n'en parlent que rarement.

Margaret avait un air pensif.

— Je n'avais pas vu les choses de cette façon. Les gens ne me parlent jamais de lui.

— N'est-ce pas dommage ?

— Oui, et c'est une erreur, je le vois bien maintenant. Je les laisse l'oublier. Pour moi il sera toujours vivant mais pour eux il va commencer à s'effacer et ne sera bientôt plus qu'un fantôme du passé. Oh! Jane! Comme c'est important. Je ne dois pas laisser les choses évoluer ainsi. Je dois parler de Stephen. Je dois le maintenir en vie dans la pensée des autres autant que dans la mienne.

Jane fut tentée de dire: « Mais il est vivant! vous ne saviez pas ? », mais elle se rendit compte que cela n'avait pas de sens, qu'elle ne pourrait rien prouver; et cependant, à ce moment-là, son intime conviction était que Stephen Melton avait survécu.

Elle avait presque l'impression de le connaître, elle sentait sa présence. Et pourtant, elle commençait à douter, tant les fondements de sa conviction étaient fragiles. Elle se sentait très puérile. Elle avait déjà pris un tel risque en parlant à Mrs Melton de son mari bien-aimé qu'elle n'ajouterait plus rien.

Comme si elle sentait que le sujet était clos, Margaret se leva.

— Je ne vais pas vous garder éveillée plus longtemps, surtout pour parler de moi. Vous allez dormir et, demain matin, je m'occuperai de tout ce qui vous chagrine. Ne vous inquiétez pas et ne versez pas une larme de plus.

Jane rejeta l'édredon et descendit du lit.

— J'essaierai, je vous remercie de votre gentillesse.

Et alors qu'elle ne s'y attendait pas, Margaret se pencha vers Jane et l'embrassa tendrement.

— Bonne nuit, mon petit, dit-elle. J'ai souvent regretté de ne pas avoir de fille.

La porte se ferma derrière elle. Jane se sentait ragaillardie et réconfortée. Elle se déshabilla rapidement.

« J'aurais dû tout lui dire, oui, vraiment tout », murmura-t-elle en se glissant dans son lit.

Margaret Melton ne se coucha pas. Elle marcha

de long en large dans sa chambre pendant un petit moment, réfléchissant en fumant une cigarette; puis, finalement, elle prit sa décision et s'engagea dans le couloir qui menait à la chambre de son fils. Elle frappa à la porte mais n'obtint pas de réponse. Elle tourna doucement la poignée. Elle chercha à tâtons l'interrupteur, et la chambre s'éclaira par la petite lampe qui se trouvait sur le bureau...

Tally était endormi, couché sur le dos, une main derrière la tête, seulement à moitié couvert par les couvertures. Le gros édredon de plumes était tombé à terre. Margaret regarda son fils. Dans son sommeil, il paraissait très jeune et vulnérable. La détente avait effacé les rides qui témoignaient de sa nature vive et impulsive et il reposait là, respirant calmement comme s'il n'avait aucun souci au monde.

Margaret se remémora les nuits blanches qu'elle avait passées ainsi au pied de son lit quand il était enfant et qu'il avait de la fièvre. Comme elle était inquiète alors, minée par l'anxiété! Ces maladies infantiles avaient-elles été plus graves qu'une blessure d'amour ? Elle qui avait tant souffert par l'amour avait oublié que les autres, y compris son propre fils, pouvaient souffrir aussi.

Impulsivement, elle s'avança près du lit, tendit la main et lui toucha l'épaule. Il ouvrit les yeux, immédiatement éveillé, chaque muscle tendu, prêt à l'action.

— Tout va bien, mon chéri, ce n'est que moi.
— Hello, maman! Quelque chose ne va pas ?
— J'ai seulement besoin de te parler. Tu m'en veux de te réveiller ?
— Bien sûr que non. Cela me fait plaisir, dit-il en se calant contre les oreillers. Installez-vous bien. J'étais en train de rêver de Greystones. Je suis content que vous m'ayez réveillé.

— Ce n'était pas un rêve agréable ?
— Non, horrible. C'est un cauchemar que je fais quelquefois : j'y retourne et je trouve la maison vide et sinistre, personne n'y habite, le jardin est à l'abandon et les arbres du parc sont coupés.
— Quel cauchemar !
— Je suppose que cela pourrait se produire un jour, étant donné ce que sont devenus les impôts et les droits de succession. Et si cela arrive, je serai désespéré.
— Je le sais bien, dit Margaret. Je ne voudrais pas te faire peur, Tally, mais il va falloir que nous réduisions rapidement nos dépenses d'une façon ou d'une autre.
— Je sais. J'ai dépensé l'argent comme un marin en goguette, n'est-ce pas ?
— Non, tu as un peu fait la fête à la fin de la guerre. Mais je l'avais prévu et, comme tu le sais, le notaire avait pris des arrangements pour faire face. Mais les vacances sont bientôt terminées, Tally, et je pense qu'il faudra se séparer soit d'une partie du domaine, soit de la maison de Berkeley Square.
— Cela me serait complètement égal qu'on la vende ! Et dès demain si tu veux !
Margaret leva les sourcils.
— Mais quand nous en avons discuté, il y a six mois, tu refusais de vendre.
— C'est vrai. C'est parce que Mélia aimait cette maison où elle se voyait déjà régner. C'est un endroit fait pour recevoir.
— Penses-tu que Mélia se contenterait de Greystones ?
Tally haussa les épaules.
— La question ne se pose pas pour le moment.
— Vraiment ? demanda Margaret. (Puis elle ajouta :) Tally, j'ai une confession à te faire, ou plus

exactement des excuses. J'ai été terriblement égoïste.

— Grands dieux, maman ! Pourquoi ? Qu'est-ce que cela signifie ?

— Je crois que la mort de Stephen m'a rendue un peu bizarre et même parfois complètement folle. Je me suis renfermée, écartée de vous tous, je ne vous laissais pas m'approcher — tu sais bien ce que je veux dire —, rien ne m'intéressait en dehors de mon propre malheur. A présent, je comprends enfin qu'en agissant ainsi, non seulement je te faisais du mal, mais je trahissais la mémoire de Stephen.

Tally s'assit sur son lit et, tendant les bras, attira sa mère contre lui.

— Maman chérie, je n'aime pas vous entendre parler ainsi. Vous avez toujours été merveilleuse pour moi, vous le savez bien, et Stephen était l'homme le plus heureux de la terre parce que vous l'aimiez. Mais c'est vrai que vous ne nous avez pas laissés vous approcher. Comment vous en êtes-vous aperçue soudain ?

— C'est Jane qui m'a aidée à en prendre conscience, dit Margaret en guettant l'expression de son visage.

— Jane ? fit-il d'un ton incrédule.

— Oui,... Jane. A propos, Tally, n'es-tu pas un peu dur avec cette enfant ? Ce n'est qu'une enfant, tu sais.

Tally leva les sourcils.

— Aurait-elle mouchardé ?

— Elle a pleuré toutes les larmes de son corps et fait ses bagages pour partir dès demain matin.

— Oh ! mon Dieu !

Tally parut confus puis il ajouta d'un ton triste :

— Je suis désolé, maman. Je ne voulais pas bouleverser cette petite. Elle m'a seulement contrarié parce qu'elle n'a été qu'un jouet entre les mains de

Mélia. Vous savez comme je déteste que mes plans de campagne soient dérangés.

— Oui, je sais, mais ce que tu oublies, mon chéri, c'est que tes plans, tout ingénieux qu'ils soient, impliquent généralement que quelqu'un soit blessé ou mis à mal — et ce n'est pas toujours l'ennemi.

Tally sourit de la comparaison et dit rapidement :

— C'est vrai et je le regrette. J'ai été trop brutal avec Jane, elle a joliment bien joué le jeu. Il n'y a pas beaucoup de jeunes filles qui auraient fait ce qu'elle a fait.

— Et surtout qui auraient été capables de réussir. Y as-tu pensé ?

— Non, pas vraiment, dit Tally d'un air réfléchi. C'est curieux, voyez-vous, maman, je n'avais pas vu comme Jane pouvait être jolie avant que Michael ne l'habille. Je suppose qu'elle vous a tout raconté.

— Une bonne partie, en tout cas.

— C'était une bonne idée, n'est-ce pas ? J'aurais donné n'importe quoi pour voir la tête de Mélia quand elle a ouvert le journal qui annonçait nos fiançailles.

Margaret hésita un instant, puis elle dit calmement :

— Tu sais, Tally, quand on aime vraiment quelqu'un, la dernière chose qu'on souhaite, c'est lui faire du mal. On préfère le voir trouver le bonheur près d'un autre, au risque de le perdre à jamais. Moi, je serais morte pour préserver Stephen du malheur.

— Mais, maman, vous étiez des êtres d'exception. Quand je vous voyais tous les deux, je me disais : « J'espère que j'aimerai quelqu'un de la même façon, que je serai merveilleusement heureux, que cet amour me comblera. Mais cela n'arrive pas... pas à un garçon insignifiant comme moi. Je veux épouser Mélia et si elle accepte, nous pourrions faire un bon ménage. »

— Tally, Tally, ce n'est pas de l'amour ! Mélia est une très jolie fille, mais souhaites-tu vraiment être avec elle pendant toute ta vie ? Trouves-tu le monde vide et sombre si elle n'est pas à tes côtés ? As-tu envie de la soigner si elle est malade ? Te contenterais-tu, si tu n'avais pas d'argent, de vivre dans une petite chaumière avec elle, de peiner dans un travail sans intérêt uniquement pour elle ? Si elle était affreuse, malade ou infirme, l'aimerais-tu autant ?

Margaret parlait avec tant de passion que ses mots semblaient vibrer dans l'air. Elle avait les larmes aux yeux et elle tendit ses deux mains pour étreindre celles de son fils. Tally gardait le silence.

— Si tu ne sens pas tout cela, continua Margaret, et si Mélia ne sent pas cela pour toi, alors, Tally, ne l'épouse pas. Un jour, tu rencontreras la femme idéale, une femme qui représentera tout pour toi.

Tally se pencha pour embrasser sa mère sur la joue.

— Je regrette que nous n'ayons pas parlé comme cela avant.

— Je le regrette aussi. C'est en cela que je me sens coupable, Tally chéri. Stephen m'aurait désapprouvée. Il pensait toujours qu'il était si important d'assumer ses responsabilités. Te rappelles-tu le soin qu'il prenait du domaine ? Jusqu'au moindre détail. Il tenait tellement à ce que Greystones reste aussi beau que du vivant de ton père.

— Est-ce que vous avez été heureux ensemble, mon père et vous ? demanda Tally d'un ton hésitant.

Margaret vit instinctivement où il voulait en venir.

— Ton père m'aimait de la même façon que Stephen, dit-elle simplement. J'étais tout pour lui, la seule personne qu'il ait jamais voulu épouser, la seule personne avec laquelle il pouvait être totalement heureux. Je ne l'ai pas aimé autant que j'ai aimé Stephen, mais ce n'était pas sa faute, et je ne pense pas qu'il ait jamais su qu'il était passé à côté de quelque chose. Il ne se livrait pas à l'introspection et se contentait de ce qu'il possédait, de sorte que pour lui la vie était parfaite. Je me souviens d'un jour où il a dit : « Si quelqu'un me proposait de faire un vœu, je ne demanderais que ce que j'ai déjà. Je ne vois rien de plus à désirer. » Mais toi et moi nous ne sommes pas comme lui, Tally. Nous avons toujours un objectif à atteindre. Déjà, enfant, tu n'étais jamais rassasié. Tu étais heureux, terriblement heureux, aimant beaucoup t'amuser, mais tu voulais toujours davantage, pensant que le lendemain apporterait quelque chose de mieux, de plus passionnant peut-être. Voilà comment nous sommes faits, toi et moi, et rien ne nous fera changer. Sachant cela, je peux te dire que tu ne te satisferas jamais d'un second choix. Tu dois trouver le véritable amour, le reconnaître et te rendre compte que les pâles copies que tu as rencontrées auparavant ne sont que des simulacres indignes d'être pris en considération.

Tally l'écouta sans bouger puis, avec un gentil sourire qui le fit soudain paraître très jeune, dit :

— Je vous remercie, maman. Je ne suis peut-être pas aussi adulte que je le pensais.

— Tu ne l'es pas, mon chéri. Par certains côtés, tu es très jeune. Comme le petit garçon qui paraissait perdu et désemparé le jour où il devait retourner à l'école mais qui ne voulait jamais l'admettre et qui, même au comble du désespoir, n'aurait pas supporté de verser une seule larme.

Tally poussa un grand soupir.

— Retournons à Greystones... Je parle sérieusement.

— Dès que tu voudras, répondit Margaret, mais

il faut d'abord mettre un peu d'ordre dans les pièces du jeu. Tu ne peux abandonner tous les pions dont tu ne te sers plus.

— Vous voulez dire Mélia ?

— A vrai dire, je pensais à Jane.

— Oui, bien sûr. Eh bien, nous l'emmènerons avec nous et je lui trouverai du travail, un travail vraiment bien.

— Très bien, mon petit. Mais sois gentil, n'est-ce pas ? Essaye de ne pas être trop dur avec elle. Elle n'est pas comme les autres femmes que tu as connues. Elle est très sensible.

— Maman ! c'est la première fois que je vous entends dire une rosserie sur mes amies, dit Tally en riant.

— Pourtant je pense être équitable pour la plupart d'entre elles. Mais Jane est différente.

— Oui, je sais. Je regrette d'avoir été brusque avec elle hier soir. Je serai très gentil demain pour me faire pardonner.

Margaret hésita pendant un instant comme si elle voulait dire quelque chose, puis elle se ravisa.

— Tu ferais mieux de dormir, tu feras des projets demain matin. As-tu prévu quelque chose de spécial demain ?

— J'irai avec Gérald faire une longue course. Il prend de l'embonpoint et je lui ai dit qu'un peu d'alpinisme lui ferait du bien. Nous reviendrons pour le thé. Si je ne vous vois pas demain matin, voulez-vous vous occuper de Jane à ma place ?

— D'accord, je prendrai soin d'elle.

— Je lui dirai un mot avant de partir. Et vous, maman, si vous en avez l'occasion, essayez de voir avec elle ce qu'elle aimerait faire plus tard. Elle travaillait dans mon bureau, mais je crois qu'elle mérite mieux, vous ne croyez pas ?

— Je suis sûre que si, répondit tranquillement

Margaret en se penchant pour embrasser son fils. Bonsoir, mon chéri, dors bien.

Il leva les bras comme il le faisait quand il était petit et la tint serrée contre lui.

— Bonne nuit, maman chérie. Je suis si content que vous soyez venue me parler cette nuit. C'est comme autrefois. J'ai l'impression qu'une masse de nuages vient de s'écarter.

— C'est vrai, dit doucement Margaret. La nuit est presque achevée.

En disant cela, elle regardait la pendule sur la table de chevet, et Tally ne discerna pas si elle parlait au sens propre ou au figuré. Elle s'arrêta à la porte et éteignit la lumière.

— Bonne nuit, mon chéri, répéta-t-elle.

— Bonne nuit, maman, et merci d'avoir tout compris.

— C'est Jane qui m'a fait comprendre, répondit-elle, et la porte se ferma derrière elle.

12

Jane revint de Saint-Moritz en traîneau. Les harnais des chevaux étaient ornés de plumeaux rouges, et les clochettes qui tintaient à chaque pas jouaient un petit air si gai, si joyeux qu'elle sentait son cœur battre à l'unisson.

Elle était heureuse ! Tally était venu le matin de très bonne heure frapper à la porte de sa chambre.

— Puis-je entrer ? avait-il demandé, et Jane avait tressailli en entendant le son de sa voix.

Elle était déjà habillée car elle avait décidé de prendre son petit déjeuner de bonne heure pour retrouver Mrs Melton dès son réveil et décider si oui ou non elle partait pour l'Angleterre.

Curieusement, elle avait bien dormi et, quand elle

s'était réveillée, la détresse de la nuit s'était si bien dissipée que, malgré certaines appréhensions concernant la suite des événements, sa tristesse n'était pas aussi intense qu'elle aurait pu l'être. En entendant Tally, elle sentit la rougeur envahir son visage et, d'une voix hésitante, presque inaudible, elle murmura : « Entrez ».

Tally passa la tête par la porte entrouverte.

— Puis-je entrer ? redemanda-t-il. Je suis désolé de vous déranger, mais Gérald et moi partons dans quelques minutes.

— Entrez, répéta Jane.

— Oh ! Vous êtes habillée, s'exclama Tally, alors c'est tout à fait convenable !

Il sourit et Jane sentit son cœur chavirer. Il paraissait si différent de l'homme renfrogné qui l'avait réprimandée la veille. Il entra dans la chambre. Grand et mince dans sa tenue de ski grise, il portait autour du cou une écharpe bleue qui s'harmonisait avec le bleu acier de ses yeux, et tenait à la main ses gants et une casquette à oreillettes.

Jane se tenait immobile au milieu de la pièce. Elle était toute tremblante et priait le Ciel que Tally ne remarquât pas son trouble. Elle attendit et il lui sembla qu'il l'examinait avec attention avant de dire :

— Je suis venu m'excuser, vous savez.

De nouveau, il sourit d'une façon désarmante.

— Pourquoi ? dit Jane, surprise que sa voix soit aussi assurée.

— Vous savez bien pourquoi, répliqua Tally. Je regrette, Jane, j'ai été très dur. Ma mère m'a tancé vertement à ce sujet et je me sens honteux comme je l'étais quand je tirais les cheveux des petites filles pendant les goûters d'enfants. C'était toujours tentant de les faire pleurer.

— Je ne veux pas que vous vous excusiez, dit Jane calmement. Tout est ma faute, j'ai été stupide.

— Vous êtes trop indulgente, dit-il en riant. Je suis une brute et je le sais. Dites que vous me pardonnez, sinon je vais être malheureux toute la journée et j'ai hâte de me retrouver loin de tous, seul au sommet du monde.

Il tendit les mains et bien que Jane eût aimé lui résister, elle s'aperçut que sa main s'était retrouvée instinctivement dans les siennes.

— Je regrette vraiment, dit sérieusement Tally et, d'un geste qui n'avait rien de théâtral, il posa un baiser sur ses doigts.

— Que Dieu vous bénisse! Prenez soin de ma mère, elle vous aime beaucoup et c'est une des meilleures choses qui pouvait arriver. Nous parlerons plus tard, à mon retour.

Il se tourna vers la porte, fit un signe de la main et disparut.

Pendant un long moment, Jane resta là où il l'avait laissée. Le monde brillait de nouveau, doré et plein de joie. Tally lui avait pardonné. Son projet désespéré de fuite, de retour en Angleterre n'avait pas besoin d'être mis à exécution, du moins pour l'instant.

Enfin, elle se dirigea vers la coiffeuse, s'assit et s'examina dans le miroir. Elle n'arrivait pas à s'habituer à sa nouvelle apparence, mais elle savait bien qu'il n'y avait aucune comparaison possible entre son visage et celui de Mélia. Certes, elle était jolie, il fallait bien le reconnaître. Avec ses yeux brillants, ses joues roses et ses lèvres bien rouges, elle était très séduisante. Mais Mélia était belle... vraiment belle. Jane n'avait pas l'intention de s'abuser. Tally ne la regarderait jamais avec amour et désir, il n'aurait jamais envie de la serrer sur son cœur. Mais elle pouvait gagner son amitié, elle pouvait, au moins pour quelque temps, savoir qu'il n'était pas loin, entendre sa voix et voir ses yeux vifs pétiller de plaisir. Elle devait se contenter de cela, ne pas demander davantage, ne pas se montrer trop exigeante.

« Je suis heureuse, terriblement heureuse », se dit-elle. Pour l'instant, elle pouvait vivre dans le présent et oublier l'avenir. Les craintes qui l'avaient envahie la nuit précédente se concrétiseraient bien assez tôt. Elle allait partir. Leurs destins respectifs allaient diverger et elle se retrouverait seule de nouveau... seule mais différente. Elle ne serait jamais plus la même après ce qui était arrivé. Elle se rappela avoir lu un jour que l'expérience est toujours enrichissante.

Jane sauta sur ses pieds. Elle se sentait pleine d'énergie et de vie, elle avait envie de courir et de danser. Il fallait qu'elle apprenne vite à skier pour descendre les pistes comme si elle avait des ailes aux pieds. Elle voulait ressentir le plaisir de glisser sur la neige à son gré, en toute liberté.

Ce matin-là, pendant sa leçon de ski, elle se concentra plus qu'elle ne l'avait jamais fait et fut bien récompensée quand le moniteur lui dit : « Vous avez fait de grands progrès, mademoiselle. Demain, vous pourrez assister au cours supérieur. » Elle était vite revenue à l'hôtel pour l'annoncer à Mrs Melton. Margaret la félicita puis lui demanda de descendre à Saint-Moritz faire préparer une ordonnance par le pharmacien.

— Vous devriez prendre un traîneau, suggéra-t-elle. Je vais dire au portier de vous en appeler un.

— Ah ! j'allais oublier : il y a une lettre pour vous.
— Pour moi ? s'exclama Jane.
Margaret hocha la tête.
Elle tendit la lettre. Jane reconnut l'écriture d'Angus. Gérald avait demandé à la pension de famille de Putney qu'on fasse suivre le courrier au

bureau de Tally. Cette lettre avait dû être réexpédiée ensuite par miss Ames.

Elle prit la lettre et la plaça avec l'ordonnance de Mrs Melton dans son sac.

— Vous aurez besoin d'argent. Vous trouverez un billet de cent francs sur la coiffeuse. Et à ce propos, laissez-moi vous donner un peu d'argent pendant que vous êtes ici. Je suis choquée que mon fils, qui semble par ailleurs avoir pensé à beaucoup de détails, ait oublié que personne, surtout une femme, n'est heureux avec une bourse vide.

— Oh ! s'il vous plaît, arrêtez, l'interrompit Jane. Vous me gênez beaucoup. Je n'aurais pas dû vous dire que je n'avais pas d'argent. Tally et vous avez tant fait pour moi que je ne peux rien accepter de plus. C'est seulement que je n'avais pas grand-chose en poche quand je me suis embarquée dans cette aventure.

— Vous n'avez pas à vous justifier et nous n'allons pas nous disputer. Après tout, si j'étais dans la même situation, j'aurais besoin d'aide. Je vais vous donner des francs suisses. S'il vous en reste, vous pourrez les changer quand vous retournerez en Angleterre. Un jour, quand vous serez très riche, vous pourrez me rembourser, mais je vous avertis que j'en serai ulcérée. Normalement, j'aurais dû donner à la fiancée de Tally un très beau cadeau dès l'annonce des fiançailles. Si je l'avais fait, vous auriez été obligée de l'accepter ; mais ceci est un cadeau non pas à la fiancée de Tally, mais à une jeune fille que j'aime beaucoup, et j'espère que c'est réciproque.

Il était impossible de résister au charme de Margaret et à la douceur de sa voix.

— Oh ! merci... merci, dit Jane. J'aimerais faire quelque chose pour vous.

— Vous avez déjà fait beaucoup, répondit doucement Margaret, nous en parlerons plus tard. A présent, partez vite, mon petit, sinon vous serez en retard pour le déjeuner.

Jane obéit et, comme l'avait suggéré Margaret, elle prit un traîneau et eut beaucoup de plaisir en se promenant dans Saint-Mortiz. Au cours de la descente, elle put admirer le grand lac gelé, les petits chalets de bois, les grands hôtels et la patinoire où des garçons et des filles en pulls de couleurs vives se déplaçaient en rythme sur des airs à la mode. En ville, elle adora les petites boutiques remplies de friandises, de montres étincelantes ou de chaussures élégantes.

Elle n'attendit pas longtemps la préparation de l'ordonnance à la pharmacie. Elle traversa la rue pour aller acheter à Margaret un gros bouquet de fleurs. C'était le cadeau le plus coûteux qu'elle eût jamais fait de sa vie, et elle connut pour la première fois la joie de donner plutôt que de recevoir. Ce n'est que lorsqu'elle fut dans le traîneau qui la reconduisait à son hôtel qu'elle tira la lettre de sa poche et l'ouvrit. Elle était très courte :

Chère Jane
J'ai été extrêmement surpris par les nouvelles que j'ai reçues de vous et par les journaux dont j'ai pris connaissance en même temps que de votre télégramme. J'espère que vous serez heureuse. Elizabeth et moi nous marions le mois prochain.

Bien à vous.
Angus.

Jane lut entièrement la lettre puis la relut, et soudain elle se mit à rire. C'était un rire de vrai bonheur, un rire de liberté. Elle déchira le papier en mille morceaux qu'elle jeta derrière le traîneau et qui s'éparpillèrent dans le vent avant de retomber sur la route couverte de neige.

Elle était heureuse, oui, profondément heureuse, parce que Angus ne représentait plus rien pour elle. Elle ne ressentait pas le moindre pincement de regret. En fait, pour être honnête, il lui était presque difficile de se souvenir de lui. L'avait-elle vraiment aimé un jour, même un peu ? Avait-elle vraiment envisagé d'épouser quelqu'un qu'il lui était si facile d'oublier et en si peu de temps ?

« Comme j'étais jeune et bête ! », se murmura-t-elle. Très sincèrement, Jane espérait qu'Angus serait heureux. Sans aucun doute il serait un bon mari pour Elizabeth car la seule crainte du scandale le ferait rester fidèle et attentif. Miss Ross serait-elle une bonne épouse pour lui ? C'était une autre question. Mais quel que soit leur avenir, cela ne la concernait pas. Elle était libre ! Libérée d'Angus, libérée de cette horrible vie de malheur qu'elle avait vécue chez sa grand-tante. Tout cela, c'était du passé, et ce qui comptait à présent, c'était le pardon de Tally et la sensation du baiser qu'il avait posé sur ses doigts.

Elle pouvait encore sentir la pression de ses lèvres. En l'évoquant, elle se sentit le souffle court. Comme elle l'aimait ! Comme il serait difficile de ne pas lui laisser voir, pas même un instant, que tout son être bondissait à son approche ! Jane rejeta sa tête en arrière. Le soleil était chaud sur son visage, les sommets des montagnes se découpaient sur le ciel bleu. Elle voulait prendre le monde dans ses bras, elle voulait donner libre cours à l'amour qui l'habitait, un amour si fort et si ardent qu'elle sentait que sans lui elle ne serait plus rien.

Absorbée dans ses pensées, elle eut un choc en apercevant l'hôtel. Elle repoussa la couverture de fourrure à longs poils qui couvrait ses jambes, et le portier de l'hôtel l'aida à descendre du traîneau.

Elle monta dans la chambre de Mrs Melton. Le soleil entrait à flots dans la pièce par la fenêtre grande ouverte. Margaret, assise sur une chaise longue, regardait la vallée d'un air rêveur.

— Déjà de retour ! dit-elle en regardant sa montre. Et je n'ai pas écrit mes lettres ! Je n'ai pas vu le temps passer !

— Est-ce vraiment important ? demanda timidement Jane. Il fait si beau aujourd'hui qu'il vaut mieux profiter du soleil. Les lettres peuvent attendre alors que le soleil risque de ne pas être là demain.

— Voilà du bon sens ! Bien, allons déjeuner, vous devez avoir faim. Vous m'avez convaincue. Profitons du beau temps cet après-midi en allant faire une promenade. Nous pourrions aller à *Corvelia*, le club le plus « haut » du monde. Il y a plusieurs années que je n'y suis pas allée mais j'espère qu'ils se rappelleront que j'ai fait partie de ses membres autrefois. Est-ce que cela vous ferait plaisir ?

— J'adorerais, répondit Jane. Irons-nous en funiculaire ?

Margaret hocha la tête.

— Oh ! cela me plaira. Je veux tout faire et tout voir. Il se peut que je ne revienne jamais ici et je veux me souvenir de tout.

— Quelle drôle d'enfant vous êtes, dit Margaret en la regardant tendrement. Mais votre philosophie de la vie est la bonne. Vivez chaque instant de votre vie pleinement, et ainsi vous n'aurez pas trop de regrets quand vous serez vieille.

Il y avait une profonde tristesse dans sa voix et, pour chasser ces pensées, Jane dit en hâte :

— Allons vite déjeuner pour mieux profiter de l'après-midi avant le coucher du soleil.

— Très bien, dit Margaret, attendrie par son enthousiasme.

Elles descendirent à la salle à manger inondée de soleil.

— Seulement deux déjeuners aujourd'hui, dit Margaret au garçon alors qu'elles prenaient place à une table près de la fenêtre.

Le serveur apporta un chariot rempli de hors-d'œuvre. Chaque plat était un chef-d'œuvre de couleurs, et Jane trouvait difficile de choisir parmi tous ces mets délicieux.

Margaret ramassa une carte posée sur la table et dit après l'avoir lue :

— Ce soir, nous aurons une fête : Patience Plowden va venir chanter. Avez-vous entendu parler d'elle ?

Jane laissa tomber sa fourchette avec fracas.

— Patience qui ?

— Patience Plowden, répéta Margaret. Pourquoi ? Que se passe-t-il, mon petit ? Vous ne vous sentez pas bien ?

— Si, si, ça va, murmura Jane qui était soudain très pâle, cependant que la pièce tanguait vertigineusement autour d'elle. Pourrais-je avoir un peu d'eau ?

Margaret fit signe au serveur qui apporta un verre. Jane but rapidement, à petites gorgées, et au bout d'un instant la couleur réapparut sur ses joues mais Margaret remarqua que sa main tremblait.

— Essayez de manger quelque chose dit-elle calmement, et ensuite vous me direz ce qui vous a bouleversée ainsi.

— Je ne sais pas... par quoi... commencer, balbutia Jane.

— Laissez-moi vous aider, dit Margaret. C'est en rapport avec Patience Plowden, n'est-ce pas ?

— Oui.

Jane but une petite gorgée.

— Vous la connaissez ?

— C'est ma mère, dit Jane.

Margaret resta silencieuse pendant un instant, puis elle ajouta :

— Ne me dites rien de plus si vous préférez ne rien dire.

— Mais si, j'aimerais vous en parler, dit Jane.

— Et moi, j'aimerais vous écouter, dit Margaret, mais pour me faire plaisir, essayez de manger quelque chose.

Jane fit un effort et après avoir difficilement avalé quelques bouchées, elle parvint à se détendre.

— Je suppose qu'il ne peut y avoir de confusion sur le nom, demanda enfin Jane.

— J'aurais du mal à le croire. Patience Plowden est une personne très connue.

— Vraiment ?

— Mais naturellement. C'était une de nos plus grandes chanteuses avant la guerre. Quand la guerre a éclaté, elle se trouvait en France, elle n'a pu en partir et a dû vivre dans la clandestinité. Vous savez ce que cela signifie, bien sûr ?

— Voulez-vous parler du maquis et de tout cela ?

— Oui, elle est devenue un maillon du mouvement clandestin. Je crois qu'elle a accompli des exploits. Mais elle a été faite prisonnière, torturée et déportée. Heureusement, c'était peu de temps avant la fin de la guerre, et elle a été libérée au moment du débarquement des Alliés. Mais sa santé était altérée et elle a dû aller se soigner en Suisse. Autant que je puisse m'en souvenir, elle n'a pas chanté depuis et j'imagine qu'elle se produit exceptionnellement ce soir parce que c'est une soirée de gala en faveur des enfants tuberculeux de l'hôpital de Davos.

Les yeux écarquillés, Jane avait écouté le récit de Margaret. Haletante, elle dit :

— Mais je ne la connaissais pas sous ce jour, vous voyez...

— Dites-moi donc ce que vous savez, suggéra calmement Margaret.

— J'ai peur que ce soit bien peu de chose. Je ne me souviens pas du tout d'elle. Elle a quitté la maison en m'abandonnant quand j'avais quatre ans. Je la croyais morte. En fait, je le croyais d'autant plus que mon père ne parlait jamais d'elle. Puis, quand je suis allée vivre chez ma grand-tante, je subissais toujours des allusions voilées à mon sang vicié. Je ne comprenais pas, et je m'imaginais que ma mère avait dû commettre une mauvaise action. Je n'avais pas la moindre idée de ce que cela pouvait être et j'envisageais le pire. Quand ma tante est morte, j'ai trouvé une lettre adressée à mon père et quelques coupures de journaux. Ce n'était pas une longue lettre, ma mère y disait simplement qu'elle était trop malheureuse avec lui et que cela ne pouvait plus durer, qu'on lui avait proposé un rôle au théâtre et qu'elle allait l'accepter. Elle reprochait à mon père de ne l'avoir jamais aimée et disait qu'elle ne pouvait plus vivre sans amour. J'en ai conclu qu'elle devait être partie avec quelqu'un.

— Elle ne le disait pas ? demanda Margaret.

Jane fit signe que non.

— Non, mais d'après ce que ma tante disait, je pense qu'elle en était persuadée.

— Et les articles de journaux ?

— Il n'y en avait que deux. L'un montrait une photo de ma mère. Je l'ai reconnue grâce aux clichés qui avaient été pris quand j'étais enfant. La légende disait : « Miss Patience Plowden aura un rôle dans l'opérette qui débutera à Leeds, jeudi prochain. » L'autre faisait mention d'une troupe qui avait donné un spectacle à Bradford et où son nom était cité « parmi une remarquable distribution ».

— Cela devait être bien avant qu'elle ne se fasse un nom, remarqua Margaret.

— Je suppose... Ils n'étaient pas datés.

— Ainsi, vous avez imaginé des horreurs au sujet de votre mère ?

— Bien sûr. Voyez-vous, je n'avais aucun moyen de connaître la vérité, rien que les allusions incessantes de ma tante sur ce qui pourrait un jour m'arriver. Elle ne pardonnait pas à ma mère de nous avoir abandonnés, et qui plus est pour le théâtre, ce lieu de perdition.

— Il était assez cruel de sa part de vous abandonner, non ?

Jane soupira.

— L'atmosphère du presbytère était souvent lugubre.

— En somme, vous pouvez compatir et peut-être la comprendre un peu ?

— Beaucoup plus que je n'aurais pu le faire il y a seulement trois semaines, confessa Jane. A ce moment-là, je ne connaissais rien de la vie, je ne savais pas qu'il pouvait exister des gens aussi bons que vous et Tally.

— Aimeriez-vous rencontrer votre mère ?

— Oh ! non ! dit spontanément Jane. (Puis elle hésita et ajouta :) Peut-être, je ne sais pas. Il faut que je la voie d'abord.

— Finissons notre repas et je vous ferai une suggestion.

Elles n'avaient faim ni l'une ni l'autre ; aussi se levèrent-elles de table pour passer au salon. Margaret se dirigea vers un canapé dans un coin tranquille.

Il y avait toutes sortes de gens dans ce salon. Certains avaient déjeuné de bonne heure, d'autres prenaient un apéritif avant de passer à table... Il y avait des familles, de jeunes enfants en tenues de ski multicolores et aux joues rougies par le soleil et l'exercice. Il y avait aussi des personnes plus âgées parmi lesquelles une femme seule, assise dans un large fauteuil. Une tasse de café se trouvait devant elle, et elle se servait d'un long fume-cigarette noir.

Elle était très mince, ses cheveux bruns étaient striés de gris, et elle avait une allure extrêmement distinguée. Elle était habillée de vêtements sobres qui devaient porter la griffe d'un grand couturier parisien, et à l'un de ses longs doigts brillait un énorme diamant qui captait les rayons du soleil et les renvoyait au moindre de ses mouvements en reflets scintillants.

Margaret Melton la regarda pendant une minute ou deux puis lui dit tout bas :

— Voyez-vous cette femme près de la cheminée ?... C'est Patience Plowden.

Jane tressaillit, et ses doigts se serrèrent convulsivement autour de sa tasse de café. Elle garda le silence pendant un instant, puis elle remarqua :

— Elle a l'air malade.

— Elle a été très malade. Je sais tout cela par la femme de chambre qui me connaît depuis de nombreuses années et qui connaît très bien votre mère aussi. Elle travaille souvent pour elle dans son chalet qui se trouve plus haut dans la montagne. Votre mère séjourne souvent dans notre hôtel quand elle vient à Saint-Moritz pour son traitement ou pour faire des courses. Le personnel l'adore et attend ses visites avec plaisir. Je sais que c'est une personne très sympathique. En fait, je l'ai connue il y a bien longtemps. C'était du vivant du père de Tally. Nous étions à Paris pour quelques jours et nous avons rencontré Patience Plowden à l'ambassade. Elle y a chanté un soir, d'une façon vraiment merveilleuse. Elle était jeune et très jolie en ce temps-là et à l'apogée de sa gloire. C'est triste de la voir maintenant, si amaigrie après tout ce qu'elle a subi. Et cependant, qui sait ? Elle considère peut-être que le jeu en valait la chandelle...

Margaret attendit un moment, puis elle ajouta doucement :

— Vous ne voudriez pas la rencontrer ?

— Je ne sais pas, je ne sais vraiment pas. Je ne peux pas me décider.

— Ne seriez-vous pas un peu lâche ? dit Margaret d'une voix très douce.

— Peut-être bien...

— Ne serait-il pas mieux de faire taire à jamais, une fois pour toutes, les méchancetés que vous avez entendues à son sujet et d'ôter une fois pour toutes l'amertume de votre cœur ?

— Eh bien, alors, allons-y.

— Venez, mon petit, je vous promets que vous ne le regretterez pas, fit Margaret en se levant.

Jane la suivit à travers le salon. Patience Plowden leva la tête à leur approche.

— Je ne sais si vous vous souvenez de moi, miss Plowden ?... commença Margaret.

— Mais bien sûr, vous êtes lady Brora, n'est-ce pas ? Je me souviens de vous, bien sûr. Cette soirée à l'ambassade ! C'était il y a bien longtemps, mais comme nous nous sommes bien amusées ! Venez vous asseoir, nous allons parler du passé. J'ai perdu beaucoup de choses mais pas la mémoire, Dieu merci !

Patience Plowden tendit la main en souriant, et Margaret se tourna pour attirer son attention sur Jane.

— Et voici une amie que je tiens tout particulièrement à vous présenter. Son nom est Jane MacLeod.

Il y eut un silence, puis Patience Plowden répéta avec hésitation.
— Jane MacLeod... de ?...
— De Glendale, dit Jane d'une voix qu'elle ne reconnaissait pas elle-même.
De nouveau, il y eut un silence lourd de sous-entendus, puis Patience Plowden gémit :
— Ô mon Dieu !... et... savez-vous qui je suis ?
Jane hocha la tête. Il lui était impossible d'articuler une parole.
Margaret voulut s'en aller mais Jane, d'un geste convulsif, s'empara de sa main, s'accrochant à elle désespérément comme une enfant. Margaret la rassura en se retournant vers elle, un tendre sourire au coin des lèvres.
— Si nous nous asseyions, miss Plowden, proposa-t-elle doucement. Je sais que c'est un choc pour vous deux.
Tout en parlant, elle passa son bras autour de Jane qu'elle fit asseoir dans un fauteuil, car elle la voyait momentanément incapable de faire le moindre geste. Une fois assises, elles restèrent toutes les trois à se regarder. Ce fut Margaret qui rompit le silence.
— Voilà une situation dramatique que les écrivains peuvent raconter facilement dans leurs livres mais qui, dans la réalité, est bien difficile.
Patience Plowden lui jeta un regard reconnaissant.
— Vous avez raison, ma chère amie, c'est difficile de rencontrer sa propre fille après... voyons, combien cela fait-il ?... quinze ans ?
Margaret remarqua que Jane était très pâle et elle

se rendit compte que la petite essayait de conserver la maîtrise d'elle-même.

— Comme vous le dites, fit-elle pour gagner du temps, quinze ans, c'est très long ; et d'après ce que j'ai cru comprendre, Jane s'était imaginé une mère très différente de vous.

— Je me demande bien à quoi vous vous attendiez, dit Patience Plowden. Je peux deviner les échos que vous avez dû avoir à mon sujet à Glendale.

— Je n'entendais jamais parler de vous, voilà le problème.

— Non ? Ils n'ont pas parlé de moi ?

— Jamais. Je pensais que vous étiez morte !

— Peut-être était-ce préférable ainsi. Il valait mieux que je sois morte pour vous.

— Pourquoi ? demanda Jane. Pourquoi ? Vous ne comprenez pas ce qu'a été ma vie pendant ces longues années.

Très doucement, Margaret rendit à Jane la main qu'elle tenait encore et dit alors calmement :

— Je vais vous laisser parler toutes les deux. Je crois, Jane, que vous devriez tout raconter à votre mère, tout ce que vous m'avez dit sur votre enfance. Elle devrait savoir... Après tout..., c'est son droit.

Patience la regarda avec, sur son visage, une expression bizarre.

— N'ai-je pas perdu ce droit ? demanda-t-elle. J'ai été une très mauvaise mère pour Jane, comme vous le savez.

— C'est à vous de décider, mais je pense qu'il faut de toute façon savoir la vérité car c'est le seul moyen de se faire une opinion. Maintenant je vous quitte.

Et elle s'en alla. Jane était trop envahie par la timidité et l'émotion pour pouvoir parler, et comme Patience Plowden continuait de la regarder, appa-

remment incapable elle aussi de proférer une parole, elle dit :
— Cela vous contrarie-t-il de me revoir ?
— Me contrarier ? Bien sûr que non ! Vous n'allez pas me croire, mon petit, mais j'ai pensé à vous très souvent. Je sais que cela semble facile à dire. Mais croyez-moi, je n'avais pas le choix. Ayant quitté votre père, je savais, sans même poser la question, qu'il ne me laisserait jamais vous voir ni m'intéresser à votre éducation.
— Je suis sûre que c'est vrai, dit Jane d'un air pensif. Mais avant que je ne vous parle de mon éducation..., voudriez-vous... pourriez-vous me parler un peu de vous ? Pourquoi avez-vous quitté Glendale ? Pourquoi jusqu'à la mort de tante Maggie m'a-t-on laissé croire que vous étiez morte ?
— Ainsi Maggie est donc morte ? Une femme acerbe et tyrannique ! Sans elle, je ne vous aurais peut-être jamais quittés.
— J'ai vécu avec elle après la mort de mon père, dit simplement Jane.

C'est alors qu'elle commença à parler et à raconter toute la détresse et le désespoir de son enfance. Elle avait déjà livré cela à Margaret mais pas avec autant de détails et surtout elle n'aurait pas eu le sentiment d'être comprise comme maintenant. Elle avait devant elle quelqu'un qui pouvait comprendre, qui avait vécu au même endroit et avait connu sa grand-tante, et qui était partiellement à l'origine de sa vie misérable dans cette maison. Jane avait souhaité entendre d'abord l'histoire de sa mère mais, telle une avalanche balayant tout sur son passage, le récit de ses propres souffrances, de ses propres blessures et de ses malheurs déferlait sans fin.

Au fur et à mesure qu'elle parlait, il lui sembla qu'elle se libérait en partie de ce qui l'avait meurtrie. Les mains jointes, le visage profondément marqué de rides, Patience Plowden, penchée en avant, écoutait attentivement, les yeux fixés sur sa fille.

— Ô mon enfant! murmura-t-elle plus d'une fois. Mais elle n'essaya pas d'interrompre ou d'endiguer le flot de ses paroles.

Ce n'est que lorsqu'elle arriva à la fin de son histoire, au moment où, après la mort de sa tante, elle avait décidé d'aller à Londres, que la voix de Jane s'étrangla et s'éteignit. Et, comme si l'effort avait été trop grand pour elle, elle porta les mains à son visage.

Elle ne voyait plus ce qui l'entourait. Pendant qu'elle parlait, les gens entraient et sortaient du salon, la serveuse avait apporté le café, mais c'était comme si elles étaient seules, sa mère et elle, sur une île déserte. C'était la rencontre de deux personnes, étrangères à première vue, mais profondément liées par quelque chose de fondamental.

Enfin le récit de Jane arriva à son terme, et Patience Plowden esquissa un geste comme si elle voulait prendre les mains de sa fille dans les siennes; mais elle se ravisa et s'enfonça dans son fauteuil. Elle avait les larmes aux yeux et sa voix tremblait quand elle déclara:

— Avant de faire des commentaires sur ce que vous m'avez raconté, ma petite Jane, je veux vous raconter ma propre histoire. Nous nous devons mutuellement une extrême sincérité afin de pouvoir nous comprendre l'une l'autre.

J'ai rencontré votre père à dix-huit ans. Je vivais dans le Devonshire, toute ma famille en était originaire mais nous avions également dans nos veines du sang étranger qui remontait au temps des huguenots. Peut-être est-ce pour cela que depuis ces dix dernières années, la France m'a semblé être mon pays natal. Quoi qu'il en soit, par tempérament, j'avais plus d'affinités avec les Français qu'avec les

Anglais. J'étais spontanée, gaie et peut-être quelque peu frivole.

Les contraires s'attirent, dit-on souvent, et quand votre père vint pendant un automne s'installer au village pour trois semaines, nous nous rencontrâmes. Je l'ai trouvé tout de suite extrêmement bel homme. Il était en vacances chez des amis que je connaissais depuis toujours et avec qui ma famille était en étroites relations, si bien que nous avons très vite été amenés à le connaître et à le recevoir. Pouvez-vous imaginer comme c'était inespéré pour moi de trouver un homme comme votre père, grand, beau, sérieux — je dirais, aujourd'hui, austère ? Mais en ce temps-là, son caractère peu communicatif, sa réserve et son apparence presque « puritaine » me paraissaient follement excitants. Je n'avais jamais rencontré quelqu'un comme lui. Nous nous sommes plu et en l'espace d'une quinzaine de jours nous étions fiancés.

Ma famille me suppliait de réfléchir ; mais naturellement j'insistais pour me marier tout de suite et je revins avec votre père à Glendale. Je ne peux pas vous décrire ce que fut ma vie là-bas. Maintenant que je suis plus âgée et que je connais mieux les gens, l'attitude de votre père m'apparaît encore plus difficilement compréhensible. Je pense qu'il m'aimait, à sa façon, mais en même temps il pensait que l'amour était une faiblesse, et il m'en voulait au moment même où il me désirait.

Il entreprit de chasser toute la jeunesse et toute la gaieté qui étaient en moi. La vie au presbytère était d'une telle rudesse pour moi qui avais toujours été heureuse, qui avais toujours connu la bonté et la compréhension, qu'encore maintenant le souvenir que j'en ai est teinté d'horreur. Ce n'est pas une fois mais une dizaine de fois par jour que je pleurais amèrement parce que votre père me réprimandait pour quelque chose que je ne comprenais pas et qui était en fait, je le sais maintenant, l'ardeur que je suscitais involontairement en lui. Je devins pour lui une tentatrice, quelque chose de mauvais qu'il n'avait pas la force de repousser, et chaque fois qu'il y cédait, il se punissait lui-même et moi en même temps.

Vous pouvez imaginer qu'au bout d'un an de ce régime, j'avais presque perdu l'esprit. Si j'avais été plus mûre et plus raisonnable, j'aurais abordé le problème d'une façon différente. Mais à l'époque, je pleurais misérablement et j'avais des accès soudains de révolte pendant lesquels je bravais votre père, ce qui me valait d'autres châtiments. J'étais loin de chez moi, je n'avais pas assez d'argent pour y retourner, et même si j'en avais eu, ma fierté ne m'eût pas laissée concéder à ma famille que je m'étais trompée en épousant l'homme que j'aimais.

J'étais mariée depuis quatre ans quand j'appris que j'allais avoir un enfant. Impatiente et ravie, je crus que ce serait la solution de tous les problèmes et que votre père pourrait trouver un regain de tendresse pour moi dans le plaisir de la paternité. Il est vrai que lorsque je vous attendais les choses étaient plus faciles, mais après votre naissance un nouvel élément s'immisça dans notre vie : votre grand-tante Maggie. Elle avait une énorme influence sur votre père. C'était la seule parente avec qui il eût quelque contact. Elle habitait comme vous le savez à proximité du presbytère et y faisait des visites continuelles, qu'on les souhaitât ou non. Elle se mêlait constamment des affaires de la paroisse. Je ne l'aimais pas, elle me détestait, et après votre naissance nos relations se dégradèrent encore.

Elle décida qu'il fallait vous préserver du manque de caractère et de la frivolité de votre mère, puisque c'est ainsi qu'elle me voyait. Elle trouvait que je vous gâtais trop et s'en plaignait continuellement à votre père. Elle lui rapportait sans relâche telles stupidités ou indisciplines de ma part qui, selon elle, allaient gâcher votre avenir. Elle flattait la partie la plus dure et la plus austère de son caractère. Elle le rudoyait même un peu ; et elle entreprit contre moi une guerre sans fin.

Au moment de mon plus noir désespoir, il arriva dans ma vie quelque chose de nouveau et de passionnant. J'avais souffert pendant tout l'hiver d'un mauvais mal de gorge qui empira au point que le médecin du village insista pour que j'aille à Inverness consulter un spécialiste. Il y eut des pleurs et des grincements de dents de la part de votre père et de votre grand-tante, mais finalement, ils me donnèrent la permission de partir. Le spécialiste examina ma gorge et s'exclama :

— Je n'ai jamais vu pareilles cordes vocales. Est-ce que vous chantez ?

— Pas souvent, confessai-je.

— Mais vous aimez ?

— Quand je suis heureuse.

— Mais ce n'est pas fréquent, hasarda-t-il avec finesse.

Je souris mais ne dis rien. J'était trop fière pour admettre devant un étranger que je passais ma vie dans une extrême détresse. Finalement, il m'emmena dans une autre pièce, se mit au piano et plaqua un accord.

— Chantez, ordonna-t-il.

Je fis ce qu'il me disait, me sentant timide et mal assurée. Il me fit chanter une gamme. Puis il prit une partition et, choisissant une chanson populaire très connue, me dit de l'interpréter.

Je m'exécutai en bafouillant, pensant qu'il était un peu fou, mais soucieuse de faire ce qu'il me demandait. Finalement il retira ses mains du clavier et, faisant tourner le tabouret pour me regarder en face, il me dit :

— Je crois, ma petite dame, que vous auriez une voix merveilleuse si elle était travaillée.

— Eh bien, voilà une chose qui n'arrivera jamais.

— Pourquoi pas ?

— Je suis la femme du pasteur de Glendale, dis-je, et le seul moment où je suis censée chanter, c'est à l'église.

— Censée chanter ? reprit-il. Quel rapport ? Vous connaissez certainement l'enseignement de la Bible qui dit qu'il n'est pas bien de mettre ses talents sous le boisseau. Et je vous garantis, Mrs MacLeod, que vous avez un don hors du commun.

Il resta immobile un instant comme s'il réfléchissait, puis il dit :

— Revenez la semaine prochaine, je vous donnerai quelque chose pour soigner votre mal de gorge. Mais ne vous croyez pas guérie, vous avez encore besoin de mes soins. Vous me promettez de revenir me voir ?

Je promis. En réalité, soit dit entre nous, je n'avais que trop envie de le revoir. Lorsque je me trouvais dans le jardin du presbytère ou que je me promenais dans les collines, je chantais pour moi seule. Ma voix n'était pas mauvaise. Ma gorge allait mieux, et il ne faisait pas de doute, même pour mon oreille sans expérience, que je pouvais rivaliser avec les voix de la chorale locale ou avec celles des chanteurs que j'avais entendus dans des concerts ou au théâtre avant mon mariage.

Je retournai à Inverness la semaine suivante, non sans difficulté, car votre tante Maggie m'accusa de me complaire dans la maladie. En entrant dans le cabinet du spécialiste, je découvris qu'il n'était pas seul. Il y avait avec lui un homme d'un certain âge au regard doux et perspicace, sans doute un des visages les plus intelligents que j'aie vus de ma vie. C'est à cause de lui, mon petit, que je suis partie.

Jane se raidit un peu et Patience Plowden sourit.

— Je vois bien que vous pensez ce que tout le monde a imaginé. Mais je vous assure que Carlos n'a jamais été mon amant, c'était seulement mon maître. Je l'aimais parce qu'il était un génie, parce que c'était l'homme le meilleur, le plus grand cœur que j'aie connu de ma vie. Je l'aimais et, jusqu'à sa mort, il m'a aimée. Mais c'était un amour bien au-delà du sentiment que le commun des mortels appelle l'amour. C'était l'amour d'un artiste pour une autre, l'amour d'un grand homme pour une jeune femme sans expérience et ignorante en laquelle il entrevoyait d'immenses possibilités.

Aujourd'hui, avec le recul, je vois combien la lettre que j'écrivis à votre père était puérile. Je crois que je lui disais que je ne pouvais pas vivre sans amour...

— C'est exact..., murmura Jane.

Patience Plowden la regarda.

— Vous l'avez lue ?

— Oui. C'est une lettre que j'ai trouvée dans la maison de ma tante.

— J'aurais dû deviner qu'elle pouvait être mal interprétée, mais je vous donne ma parole que j'étais assez innocente et stupide pour m'étonner quand je reçus la réponse de votre père me traitant de prostituée et disant que j'avais enfreint les règles les plus élémentaires de la vie conjugale et qu'ainsi j'avais rompu ma vie avec lui.

Oh ! Jane ! S'il ne s'agissait de choses aussi graves, on pourrait en rire. Comment puis-je vous dire la joie que je ressentais à être libre, à me trouver entourée de gens compréhensifs, à faire des projets d'avenir ? Mais je vous avais abandonnée. Ne croyez pas que je l'oubliais, mais je pensais — et cela aussi était stupide — qu'ils vous traiteraient bien, puisque vous étiez des leurs. J'étais la pièce rapportée, l'étrangère. Vous étiez de leur sang. A présent, je réalise que j'aurais dû vous emmener avec moi.

— Si seulement vous l'aviez fait ! dit Jane.

Sa mère poussa un léger soupir et contempla le gros diamant qui scintillait à sa main gauche.

— Cela n'aurait peut-être pas été une réussite. J'ai vécu une vie bizarre, une vie bien remplie. Je ne regrette rien de ce que j'ai fait, mais cela n'aurait pas été une vie pour une enfant.

— Au moins je vous aurais eue, vous, auprès de moi.

— Certes. Mais qui sait ? Peut-être était-il écrit que vous deviez suivre un autre chemin et que nous devions nous retrouver maintenant, toutes deux grandies par les souffrances que nous avons endurées.

Elle tendit la main.

— Me pardonnerez-vous, petite Jane ?

— Bien sûr, maman.

Jane mit sa main dans celles de sa mère, et les deux femmes se regardèrent longuement. Ce fut Patience Plowden qui détourna la première son regard aveuglé par les larmes.

— Et maintenant, dit-elle enfin, vous êtes sur le chemin du bonheur avec le charmant fils de Margaret Brora.

Jane hésita. Elle n'avait pas dévoilé la partie de son histoire qui concernait Tally. Instinctivement, elle laissait faire le temps, ne sachant si elle devait ou non dire la vérité à sa mère.

— Ce n'est plus lady Brora, dit-elle pour faire diversion. Elle s'appelle maintenant Mrs Melton. Son second mari a été tué lors de la prise de Singapour par les Japonais.

— Pauvre femme ! Quelle tragédie pour elle ! J'ai perdu moi aussi beaucoup d'amis pendant la guerre. Beaucoup de personnes que j'aimais.

— Mrs Melton m'a dit que vous aviez fait un travail extraordinaire en France.

— J'ai fait ce que j'ai pu, corrigea sa mère. Ce n'était pas beaucoup, mais chaque petit rien s'ajoutait aux autres et était important.

— Et vous portez-vous mieux maintenant ? demanda Jane.

— Je vais vous dire la vérité puisque vous êtes ma fille, dit Patience en souriant. Je n'irai jamais mieux. Je traînerai ici au soleil pendant quelques années, peut-être cinq ou six, et puis je mourrai.

Jane poussa une exclamation d'horreur :

— Oh ! ce n'est pas possible !

— Croyez-vous que cela me contrarie ? La guerre m'a beaucoup appris. Notamment la vanité des choses de ce monde. Il n'est que le pâle reflet d'un autre monde bien plus important. Jane, ma chérie, je vais vous dire autre chose : quand je mourrai, je retrouverai quelqu'un qui m'est très cher. Ce n'est pas Carlos, que je reverrai aussi avec grand bonheur car il y a entre nous des liens éternels, mais il y a un autre homme que je suis impatiente de revoir, ne vous inquiétez donc pas pour moi. En attendant, j'ai des amis ici à Saint-Moritz. Sans compter les clients de l'hôtel qui vont et viennent comme de jolis papillons mais qui ne laissent aucun souvenir derrière eux.

— Mais vous êtes trop jeune pour mourir ! protesta Jane.

— Est-ce qu'il y a un âge pour trouver le vrai bonheur ? demanda Patience. (Puis elle renversa sa tête en arrière et se mit à rire.) Comme je parle sérieusement ! Ce n'est pas le discours que je vous aurais tenu voilà sept ans. Avant la guerre, j'étais très courtisée mais pas toujours très aimable. J'avais atteint le sommet de la gloire, voyez-vous, le monde entier me réclamait. J'étais trop occupée pour me soucier de ce qui est vraiment important.

La guerre survint, et ma carrière s'évanouit en fumée. Je commençai, alors, à faire un meilleur usage de mon talent. Je chantais pour les hommes qui partaient au combat, qui allaient peut-être mourir au nom de la liberté. Je chantais dans les hôpitaux, pour les aveugles et pour ceux qui n'auraient plus jamais ni bras ni jambes, ensuite j'ai chanté pour encourager ceux qui travaillaient dans la clandestinité, et finalement j'ai chanté dans mon camp de concentration. Parfois, lorsque la faim nous tenaillait atrocement, mes chants aidaient toutes ces femmes à oublier leur détresse, ne fût-ce que pour quelques secondes. Oui, Jane, j'ai compris pendant ces années-là pourquoi j'avais un tel don et j'ai aussi appris à me connaître moi-même.

— Vous êtes merveilleuse ! s'exclama Jane.

— Cela me fait plaisir que vous disiez cela, mais je puis vous assurer qu'il y avait des dizaines de personnes beaucoup plus admirables que moi, et que trop souvent j'étais faible, sotte et futile, exactement comme votre grand-tante l'affirmait.

— Oh ! maman ! Elle vous aurait de toute façon critiquée !

Jane sourit à travers ses larmes et Patience sourit avec elle.

— Ma chérie, je suis si heureuse de vous avoir retrouvée, dit doucement Patience. Nous devons remercier Mrs Melton d'avoir permis cette rencontre. Nous allons nous voir le plus souvent possible tant que vous serez ici.

— Je vais vous entendre chanter ce soir, dit gaiement Jane.

— En effet, mais ma voix n'est plus ce qu'elle était. Seulement, nous avons besoin d'argent pour l'hôpital. Vous devriez venir voir les enfants. Beaucoup d'entre eux sont mes amis, et je chante pour eux une fois par semaine.

Elles continuèrent à parler jusqu'à ce que le salon se remplisse pour l'heure du thé. Ce n'est que lorsque Jane, levant les yeux, vit Margaret Melton à côté d'elle qu'elle réalisa combien le temps avait passé vite.

— Puis-je prendre le thé avec vous ? demanda Margaret.

Jane se leva pour lui offrir son fauteuil et en approcha un autre pour elle.

— Mais bien sûr, dit Patience. Je vais prendre une tasse de thé et j'irai ensuite m'allonger. Si mon médecin me voit, il me mettra en pénitence car je suis censée me reposer tous les après-midi.

— Aujourd'hui fait une exception, dit Margaret Melton, et vous avez une très bonne excuse.

— Une très bonne excuse, répéta Patience en prenant les mains de Jane dans les siennes. Jane m'a dit comme vous avez été bonne pour elle, je vous en suis très reconnaissante...

— Il n'est pas difficile d'être gentil avec elle.

Patience hocha la tête, montrant qu'elle comprenait ce que Margaret voulait dire.

Elles prirent le thé et échangèrent quelques mots, puis Margaret regarda sa montre.

— Il est cinq heures et demie. Tally devrait déjà être de retour.

— Il fait presque nuit, dit Jane, ils ont dû rentrer depuis un bon moment.

— Demandez au concierge d'appeler dans leurs chambres, dit Margaret et, s'ils y sont, dites-leur de descendre prendre le thé avec nous. J'aimerais bien que votre mère rencontre Tally avant d'aller se reposer.

— J'ai hâte de le voir, dit Patience.

Jane se rendit aussitôt à la réception et pria le

concierge d'appeler les chambres. Il n'y eut aucune réponse, ni dans l'une ni dans l'autre.

— Monsieur le comte devrait être rentré maintenant, dit le concierge. Je vais inspecter le garage à skis pour voir s'il est revenu.

— Oh ! vous êtes gentil, Mrs Melton s'inquiète un peu.

— Peut-être s'est-il arrêté dans un autre hôtel pour prendre le thé, dit le concierge, d'un ton rassurant.

Mais Jane n'était pas tranquille. Elle pensait que Tally, après sa longue course, aurait envie de rentrer à son hôtel pour se changer. Et puis, il ne lui ressemblait pas d'être insouciant de l'inquiétude de sa mère. Le portier revint du local à skis en disant que ni lord Brora, ni le capitaine Fairfax n'étaient rentrés. A présent, il était six heures moins le quart.

— Il a dû arriver quelque chose ! s'exclama Jane. Que pouvons-nous faire ?

Le concierge prit le téléphone.

— Je vais appeler le bureau des guides, dit-il. Quelqu'un les a peut-être aperçus pendant leur descente.

Mais toutes les recherches se révélèrent infructueuses. Pendant que Jane attendait, Margaret vint la rejoindre.

— Votre mère est montée se reposer. A-t-on des nouvelles de Tally ?

Elle parlait d'un ton calme, mais Jane sentait l'anxiété derrière sa question.

Elle fit signe que non.

— Mais... se pourrait-il qu'ils aient eu un accident ?

— Les guides savent quel itinéraire a suivi monsieur le comte, dit le portier. S'ils ne sont pas de retour d'ici une demi-heure une équipe de secours partira à leur recherche.

— Une équipe de secours ? fit Jane avec un sursaut.
— Allons attendre au salon, dit Margaret en prenant Jane par le bras.

Elles se dirigèrent lentement vers un coin tranquille.

— Est-ce que cela signifie qu'ils ont eu un accident ? demanda Jane.

— Le fait qu'ils envoient une équipe de secours ? Oh ! non ! Ne tirons pas de conclusions hâtives. Tally ou Gérald peut avoir cassé un ski, ou simplement ils auront été retardés. Les skieurs qui font une longue randonnée donnent toujours leur itinéraire au bureau des guides, ainsi que l'heure approximative de leur retour. C'est une sécurité en cas d'incident. Tant de choses peuvent se produire.

Elle parlait calmement et se montrait apparemment courageuse. Jane, quant à elle, se sentait mal et avait peur. Les montagnes qui lui avaient paru si belles sous le soleil étaient maintenant enveloppées d'ombre. Elle savait qu'un froid cinglant descendait des glaciers, et elle imaginait Tally se battant contre les éléments hostiles ou gisant, blessé, dans une profonde crevasse.

Les deux femmes se tenaient assises en silence, profondément plongées dans leurs pensées. Levant la tête, elles virent un portier s'approcher d'elles. Le cœur de Jane bondit. Il apportait peut-être des nouvelles, de bonnes nouvelles.

— Une équipe de secours part maintenant, Madame, dit-il à voix basse à Margaret.

— J'aimerais les voir avant leur départ, dit Margaret en se levant.

— Puis-je venir aussi ? demanda Jane.

Elle s'aperçut alors que malgré toute sa maîtrise de soi et son calme, Margaret Melton était affreusement pâle, et ses yeux assombris par l'angoisse.

Elles descendirent au local à skis. Trois guides

étaient là, vérifiant leur trousse de secours et préparant un traîneau servant au transport des blessés. Il y avait peu de chose à dire. Margaret leur parla dans leur langue, serrant la main de chacun d'eux et leur souhaitant bonne route et bonne chance. Jane ne pouvait être qu'en retrait, adressant à Dieu une prière muette pour qu'ils retrouvent vite Tally et le ramènent sain et sauf. Cette attente promettait d'être un supplice.

Sentant que Margaret avait besoin de rester seule, Jane alla dans sa propre chambre et ferma la porte. Elle ne tenait pas en place, marchait de long en large, les mains jointes, regrettant de toute son âme de n'avoir pas pu accompagner les guides pour se rendre utile. Elle ignorait qu'il était si pénible de se sentir impuissante et inutile.

Elle allait et venait dans la chambre, réalisant un peu plus à chaque pas combien Tally comptait pour elle. Ses sentiments étaient très profonds et, à présent, même si leur relation devait se terminer demain, ce n'était pas grave. Elle aimait Tally au-delà de toute raison, au-delà de toute logique et de tout bon sens. Elle ne pouvait que s'abandonner à sa passion. Son amour pour lui était si fort que la seule idée qu'elle avait en tête était qu'il fût sain et sauf.

« Mon Dieu ! faites qu'il ne soit pas blessé. Qu'il revienne vite. Je ne demande rien de plus. Je m'en irai. Je me contenterai de le voir, ou simplement d'entendre sa voix, pourvu qu'il s'en sorte. »

Il était plus de huit heures quand Margaret ouvrit la porte de communication entre leurs chambres.

— Nous devons descendre dîner. N'oubliez pas que votre mère va chanter ce soir.

— Je ne me suis pas changée et je n'ai pas la moindre envie de dîner, dit vivement Jane.

Margaret l'arrêta d'un geste.

— Il ne faut pas envisager le pire, dit-elle doucement. « Pas de nouvelles, bonnes nouvelles. » Changeons-nous, nous nous sentirons mieux, puis nous descendrons et essaierons de manger un peu. Tally est un skieur confirmé, nous ne devons pas nous laisser gagner par la panique.

— Je suis désolée, dit Jane.

Margaret vint vers elle et la prit dans ses bras.

— Écoutez, mon petit, je sais ce que vous ressentez. Cela m'est arrivé souvent, mais vous devez garder la tête haute, vous devez apprendre à ne pas montrer vos sentiments. C'est inutile, et cela peut vous nuire. Si nos hommes reviennent sains et saufs, notre stupidité les fâchera. Gardons notre courage et notre force pour faire face à l'adversité s'il en est besoin.

— Comme vous êtes raisonnable, dit Jane en se serrant contre elle.

Margaret soupira, mais son regard était plein de tendresse.

— Avez-vous déjà oublié que je mets rarement en pratique ce que je conseille ? Je suis un exemple flagrant de quelqu'un qui sait ce qu'il faut faire et qui agit exactement en sens inverse. Maintenant, allez mettre votre plus jolie robe et tenez-vous prête à applaudir le récit que fera Tally de sa passionnante journée et à supporter ses moqueries quand il saura à quel point nous nous sommes inquiétées.

Jane se dépêcha. Rose, la femme de chambre de Margaret, étant arrivée le matin même avec le reste des bagages, les valises étaient déjà défaites et les vêtements suspendus dans l'armoire.

Elle choisit une robe de dentelle bleu pâle qui mettait en valeur ses yeux et son teint et la faisait paraître très blonde, très mince et très fragile. Quand elle fut prête, elle se rendit dans la chambre voisine et observa Rose qui aidait Margaret à boutonner sa robe de mousseline noire.

— Toutes vos robes sont-elles noires ? demanda Jane sans réfléchir.

— La plupart d'entre elles, en effet, répondit Margaret.

Jane comprit qu'elle portait encore le deuil de Stephen.

— Maintenant, nous sommes prêtes, dit enfin Margaret en prenant une cape d'hermine blanche qu'elle mit sur son bras. Est-ce que je n'ai rien oublié, Rose ?

— Rien du tout, Madame. J'ai préparé le lit de monsieur le comte avec des bouillottes au cas où... où il aurait envie de se coucher.

Les trois femmes savaient ce que Rose, avec tact, n'osait exprimer clairement, mais Margaret ne fit aucune remarque. Elle sortit et montra le chemin dans le couloir.

Jane craignait de s'étouffer à chaque bouffée, mais elle goûta néanmoins au délicieux repas qui leur était servi. Elles finirent de dîner et, quand elles retournèrent au salon, constatèrent que déjà les gens entraient dans la grande salle de bal où Patience Plowden devait chanter.

— N'y allons pas, dit Jane. Je crois que c'est au-dessus de mes forces.

Margaret se tourna pour la regarder.

— Votre mère chante en début de soirée. Nous allons demander au maître d'hôtel une petite table au balcon, de façon à être près de la porte et à pouvoir nous échapper si on nous appelle. Nous pourrons ainsi nous éclipser dès que votre mère aura fini son tour de chant.

— Ce sera très bien, dit Jane qui avait l'esprit tellement loin de cette foule qui riait et papotait, loin de ces jeunes gens qui faisaient virevolter leurs cavalières au rythme d'une musique endiablée.

Elle avait l'impression qu'une chape de plomb lui emprisonnait le cœur, qu'à chaque minute l'angoisse devenait plus intense. Quand auraient-elles des nouvelles ? Seraient-elles bonnes ou mauvaises ?...

Comme une somnambule, elle suivit Margaret dans la salle de bal. Tout était en place. Le maître d'hôtel les conduisit à une table qui donnait sur la piste de danse. Bien qu'à proximité de la porte, elle était tout de même très bien placée. Elles s'assirent, et Margaret commanda une demi-bouteille de champagne.

— Cela va vous donner du courage, mon petit, dit-elle en essayant de sourire, mais Jane remarqua ses lèvres tremblantes.

La danse se termina, et le chef d'orchestre s'avança vers la salle : « Mesdames et Messieurs... Ladies and Gentlemen... », et il annonça l'entrée en scène de Patience Plowden.

Les lumières de la salle s'éteignirent, et seule la rampe d'éclairage au sol resta allumée. Patience Plowden s'avança sur la scène et fut accueillie par un tonnerre d'applaudissements. Jane remarqua qu'elle paraissait beaucoup plus jeune qu'en plein jour. Sa robe de tulle noir scintillait de paillettes argentées. Avec ses diamants dans les cheveux et autour du cou, elle était si belle qu'on avait du mal à imaginer que cette femme avait autrefois amèrement pleuré dans son minable petit presbytère de Glendale à cause d'un mari trop austère et trop dur.

Puis elle se mit à chanter. Jane s'était juré de l'écouter, essayant d'oublier un peu Tally et de concentrer son attention sur sa mère, au moins pour quelques instants.

Elle n'eut aucun effort à faire. La mélodie jaillissait de la gorge de sa mère, s'élevait en notes liquides et, prenant possession du cœur de Jane, la faisait vibrer d'émotion et chassait toutes ses craintes.

Pour la première fois, elle réalisait que la musique était un langage universel, qu'elle lui ouvrait de nouveaux horizons vers lesquels ses bras se tendaient avidement.

L'air prit fin, il y eut un profond silence chargé d'émotion, puis les applaudissements éclatèrent par vagues successives jusqu'à ce que Patience fît un signe de la main et se remît à chanter. Elle chantait le printemps, la joie et le rire, une exquise petite fantaisie poétique sur la jeunesse et le bonheur.

De nouveau, Jane fut sous le charme ; quelque chose dans la voix de sa mère s'emparait de son âme. Suivit un air d'avant-guerre très connu qui rappelait des souvenirs aux spectateurs les plus âgés. Jane remarqua que les yeux de Margaret étaient pleins de larmes.

Le spectacle n'avait pas duré plus de dix minutes et cependant Jane était bouleversée d'avoir découvert une mère chanteuse.

Celle-ci salua l'assistance et se retira. Les spectateurs essayèrent de la faire revenir en redoublant leurs applaudissements et en criant : « Encore ! Encore ! », jusqu'à ce que le présentateur s'avançât pour dire que, sur ordre de son médecin et à son grand regret, Patience Plowden ne pourrait chanter davantage.

L'orchestre de danse recommença à jouer, et Margaret retourna dans le salon avec Jane. Elles allèrent à la réception.

— Y a-t-il des nouvelles, Fritz ?

— Je ne crois pas, dit le concierge en secouant la tête.

Au moment où elles allaient partir, un portier entra par la porte-tambour à l'extrémité du hall. Il s'adressa au concierge en allemand, mais Margaret comprit ce qu'il disait.

— Vous dites qu'un guide est revenu ? demanda-t-elle.

— Oui, madame. Il est descendu prévenir le médecin d'être là au retour des autres.

— Le médecin ! s'exclama Jane. Mais alors, il est blessé ! Est-ce grave ?

— Une minute, dit Margaret. Qui est blessé ?

— Le guide va venir, madame. Il est en train de déchausser ses skis.

La porte s'ouvrit de nouveau et l'un des guides, un jeune homme courtaud et râblé avec un bon sourire et des joues bien rouges, entra dans le hall. Il commença par retirer ses gants et souffler sur ses doigts pour les réchauffer.

Jane aurait voulu courir au devant de lui, mais Margaret se tenait immobile, attendant qu'il arrive au bureau.

— Il y a eu un accident ? demanda-t-elle d'une voix douce et calme.

— Oui, madame.

— Est-ce grave ?

— Non, madame. Rien qu'une jambe cassée. Berletti lui a mis des attelles. Le jeune homme s'en tire bien !

— Rien d'autre ?

— Non, madame.

— Mais de quel homme s'agit-il ? demanda Jane qui ne pouvait plus attendre.

Le guide se tourna vers elle.

— Un jeune homme blond, mademoiselle. Le plus... (il chercha le mot) le plus... costaud des deux.

— C'est Gérald ! dit Jane avec un soupir de soulagement.

— Pauvre Gérald ! s'exclama Margaret. Mais une jambe cassée, ce n'est pas très grave. Pouvez-vous faire venir un médecin, Fritz ?

— Je vais l'appeler tout de suite, répondit le concierge.

— Demandez le chirurgien de la clinique. C'est le meilleur de Saint-Moritz.
— Oui, Madame.
— Dans combien de temps seront-ils là ? demanda Jane au guide.
— D'ici cinq à dix minutes, Mademoiselle, répondit-il. Je suis venu très vite. Les autres ne peuvent pas descendre aussi rapidement avec le traîneau.

Le quart d'heure d'attente leur parut une éternité. Jane savait bien que le temps lui aurait semblé encore plus long si c'était Tally qui avait été blessé. Quand enfin les guides portant Gérald entrèrent dans le hall accompagnés de Tally, elle dut faire le plus grand effort pour ne pas courir au-devant d'eux et calmer sa joie. Elle s'obligea à marcher lentement derrière Margaret.

— Hello maman ! dit Tally en souriant. Vous avez dû vous inquiéter, j'en suis désolé.
— Cela va mieux maintenant que nous savons ce qui est arrivé. Pauvre Gérald ! Vous avez très mal ?
— C'était douloureux sur le moment, répondit Gérald, mais Tally a pris soin de moi et je ne l'en remercierai jamais assez.

Les guides, aidés par les portiers, installèrent Gérald dans l'ascenseur. Il sourit à Jane en passant devant elle et elle remarqua qu'il était très pâle.

— Avez-vous fait venir un médecin ? demanda Tally dès que Gérald fut hors de portée de voix.
— Oui, dit Margaret. Il devrait arriver incessamment.
— Nous avons vécu quelques heures infernales, dit Tally. Gérald est tombé juste comme nous passions le dernier sommet. Il faisait un froid glacial là-haut et il n'y avait pas la moindre protection contre le vent. J'ai fait ce que je pouvais pour lui mais je crains qu'il n'ait pris froid avant l'arrivée de

l'équipe de secours. Mais « tout est bien qui finit bien » et, Dieu merci ! nous sommes de retour !

— Dieu merci ! répéta Margaret.

— Bien sûr, vous vous êtes bêtement fait du mauvais sang, dit Tally d'un ton affectueux.

— Bien sûr ! répondit Margaret.

Tally regarda Jane pour la première fois de la soirée :

— Avez-vous bien pris soin d'elle ?

— J'ai fait de mon mieux, répondit-elle tout en se sentant un peu hypocrite, car elle savait bien que c'était plutôt Margaret qui s'était occupée d'elle !

— Très bien ! Et maintenant que le médecin va s'occuper de Gérald, je prendrais bien un verre. Je suis plutôt gelé, moi aussi, je peux vous le dire.

— Prends un whisky sec et monte à ta chambre. Il faut que tu prennes un bain chaud tout de suite, dit Margaret.

Au moment où elle s'en allait, Fritz arriva au bureau avec un télégramme.

— Ce télégramme vient d'arriver pour le capitaine Fairfax.

— Je ferais mieux de l'ouvrir, dit Tally. Gérald n'a pas besoin de contrariété pour l'instant.

Il ouvrit le télégramme, le lut et émit un faible et long sifflement :

— Voilà qui complique les choses !

— Que se passe-t-il ? demanda Margaret.

Il lut : *Lizzie très malade. Besoin de toi pour Jim. Reviens vite... Betty.*

— Qu'allons-nous faire ? demanda-t-il.

Il y eut une seconde de silence.

— Je vais rentrer à Londres pour aider Betty, dit Jane d'un ton tranquille.

14

— Viens ici, Jim, dit Jane pour la centième fois.
Il était difficile de faire hâter le pas à un petit garçon qui trouvait Hyde Park plein d'intérêt — des canards, des oiseaux, des chiens et d'autres enfants retenaient son attention —, et Jane devait de temps en temps le traîner littéralement, sans quoi ils seraient restés cloués au même endroit pendant des heures. Elle prenait cependant plaisir à ces promenades et, malgré le froid, ils revenaient à la maison, les joues rouges, avec un délicieux sentiment de bien-être qui se mêlait à une grande fatigue.

Elle s'était mise très rapidement au courant du travail à faire dans la petite maison. Tout ce qui avait été autrefois une corvée, chez sa tante, devenait maintenant un plaisir. Elle avait envie de faire le ménage, la cuisine, de laver et de ranger. Cela lui procurait une profonde satisfaction et un vrai bonheur d'admirer le résultat d'un travail bien fait ou d'entendre Jim demander: « J'en voudrais encore, tatie Jane », en tendant une deuxième fois son assiette.

— Vous êtes un ange d'être venue ! s'était exclamée Betty dès son arrivée. Je ne savais plus à quel saint me vouer. Lizzie à l'hôpital me réclame à cor et à cri, et je n'ai pu trouver personne pour s'occuper de Jim, excepté une vieille femme de ménage qui m'aide de temps en temps, mais comme elle est sourde et assez désagréable, je meurs de peur chaque fois que je le laisse avec elle.

Elle avait presque les larmes aux yeux, et sa voix s'étranglait, révélant qu'elle était à bout de nerfs.

— Ne vous inquiétez pas. Je prendrai soin de lui. Cela me fera plaisir, et vous pourrez aller voir Lizzie et rester avec elle aussi longtemps qu'on vous le permettra.

— Je m'attendais bien à ce que vous me disiez cela, répondit Betty d'une voix pleine de reconnaissance. Au moment où j'ai reçu le télégramme de Tally annonçant votre arrivée, j'ai senti que tout allait s'arranger. J'avais télégraphié à Gérald en désespoir de cause. Il n'aurait pas servi à grand-chose, mais cela aurait été mieux que rien. En revanche, vous avoir, vous, avec moi, c'est parfait !

Jane aurait eu mauvaise grâce à ne pas ressentir une profonde satisfaction devant cet accueil enthousiaste. Enfin, ce n'était pas le moment de « gamberger » mais plutôt celui de s'inquiéter des questions domestiques afin que Betty puisse se rendre à l'hôpital. Lizzie souffrait d'une appendicite aiguë avec complications, et Betty avait toutes les raisons de s'alarmer.

Quant à Jim, il n'aurait en aucun cas pu rester seul. Cinq minutes après le départ de Betty, Jane le retrouva faisant naviguer ses bateaux dans la baignoire avec les deux robinets grands ouverts. Il était déjà complètement trempé et elle dut le changer des pieds à la tête.

— Je suis très bien, criait-il énergiquement.

— Naturellement, mais tu pourrais attraper un rhume et me le passer. Tu n'aimerais pas me voir éternuer à longueur de journée, n'est-ce pas ?

Jim la regarda d'un air très sérieux.

— Est-ce que tu aurais le nez rouge ?

— Oui, très rouge.

— Ce serait dommage ! dit-il, ce qui fit rire Jane.

Il fallut un jour ou deux pour tout remettre en ordre dans la maison, et Jim fut d'une aide précieuse car c'était un petit garçon intelligent à l'esprit très vif. En particulier il connaissait tous les magasins du quartier, où Betty s'approvisionnait.

Jane l'emmenait faire les courses le matin. L'utilisation de la poussette était toujours un grand sujet de discussion, et ce n'est qu'en lui promettant une promenade en autobus jusqu'au parc l'après-midi qu'elle arrivait à le persuader que deux longues marches dans la journée seraient trop pour ses petites jambes.

— Jim est vraiment le petit garçon le plus adorable du monde, dit Jane.

— Sur beaucoup de points, il ressemble terriblement à son père. A propos, j'ai reçu ce matin une lettre de John. Il venait de recevoir mon télégramme au sujet de Lizzie. Quel réconfort de sentir que quelqu'un partage la même détresse dans les moments douloureux !

— Mais Lizzie va mieux, non ? demanda Jane.

— Nous voyons presque le bout du tunnel, répondit Betty, mais ne nous réjouissons pas trop tôt... Oh ! Jane, je suis si fatiguée...

— Allez dormir, ordonna Jane. Je vais emmener Jim au parc et vous ne bougerez pas jusqu'à ce que je revienne pour vous annoncer que le thé est servi.

— Je crois que je ne pourrai plus jamais bouger de ma vie, dit Betty d'une voix ensommeillée.

Jane sortit de la pièce sur la pointe des pieds et emmena rapidement Jim hors de la maison, de peur qu'il ne fasse du bruit.

Il était encore tôt car, ayant pris un bus qui les menait directement à Hyde Park Corner, à trois heures à peine ils avaient déjà bien marché. Jim commençait à être fatigué.

— Je ne veux pas encore te ramener à la maison car tu vas réveiller ta maman.

— Pourquoi Maman dort-elle le jour ? demanda Jim. Moi, je dors la nuit.

— Maman n'a pas dormi cette nuit parce qu'elle s'est occupée de Lizzie.

— Pauvre Lizzie. Lizzie est très malade. Elle a mal au ventre.

— Oui, pauvre Lizzie. Mais bientôt elle ira mieux et reviendra jouer avec toi.

Jim réfléchit pendant un instant, puis il déclara :

— Je lui donnerai mon nouveau ballon.

— Tu es très gentil et très généreux, dit Jane en souriant. La femme que tu épouseras sera très heureuse.

C'était un peu difficile à comprendre pour Jim qui, de toute façon, n'avait d'yeux que pour un bébé teckel. Il l'avait poursuivi un petit bout de chemin avant que Jane ne le rattrapât. Quand elle l'eut finalement dépassé, il montra une chaise libre.

— Jim s'assoit, dit-il. Il est fatigué.

— Il fait trop froid. Tu dois te remuer sinon tu seras transformé en glaçon.

— Allons à la maison en autobus, suggéra-t-il alors.

Jane faillit céder mais elle résista.

— Non, Jim. Ce n'est pas possible, dit-elle. (Puis il lui vint soudain une inspiration :) Je sais ce que nous allons faire. J'ai une idée.

— Dis voir ?

Il commençait à bien connaître les idées de Jane, elles étaient généralement bonnes.

— Nous allons visiter une maison, une maison qui appartient à oncle Tally.

— Nous irons en bus ? demanda Jim.

— Non, en voiture, répondit Jane en le prenant par la main alors qu'elle s'avançait dans Park Lane pour faire signe à un taxi.

Quand il les eut déposés devant la grande porte d'entrée de Berkeley Square, elle hésita un instant puis elle avança. Elle avait pensé à plusieurs reprises qu'elle aimerait bien revoir cette maison ; elle voulait retourner dans la chambre de Margaret et voir si la photo de Stephen Melton provoquerait en elle cette même impression étrange que la première fois. Elle sentait inconsciemment qu'elle avait été à ce moment-là un peu « médium ».

Longtemps auparavant, dans son enfance, il lui était arrivé d'avoir des prémonitions. Mais il lui semblait que le don de « voir », comme disaient les gens de la campagne, l'avait quittée. Cependant, en se rappelant cette étrange et inexplicable sensation dans la chambre de Berkeley Square, elle était sûre que ce qu'elle avait ressenti n'était pas le fruit de son imagination.

« Je crois que Stephen Melton veut me dire quelque chose », se dit-elle en pensant que si elle pouvait formuler ce message, il apporterait certainement un grand réconfort à Margaret.

Elle était intimidée et un peu gênée quand elle sonna, réfléchissant en hâte à ce qu'elle dirait au vieux maître d'hôtel quand il lui ouvrirait la porte. En fait, il la reconnut immédiatement et sembla trouver sa présence en ces lieux tout à fait naturelle.

— J'espère que monsieur le comte va bien, Mademoiselle ? murmura-t-il en l'invitant à entrer.

— Très bien, merci, répondit Jane, mais le capitaine Fairfax s'est cassé la jambe. Voici son neveu dont je m'occupe en ce moment.

— Je suis désolé pour le capitaine, vraiment désolé. Voulez-vous une tasse de thé, mademoiselle, puisque vous êtes là ? Ce ne sera pas long.

— Non, merci. C'est très gentil d'y avoir pensé, mais nous devons rentrer à la maison pour le thé.

Elle se tenait dans le hall, un peu hésitante, ne sachant comment dire qu'elle voulait monter à l'étage, dans la chambre de Mrs Melton, mais le vieux maître d'hôtel lui facilita les choses.

— Je pense que le jeune homme aimerait voir les trains électriques dans la salle de jeux. Monsieur le comte les avait installés là quand il était petit, et ils sont encore en état de marche.

— J'ai envie de voir les trains, réclama Jim.

— Dans ce cas, venez avec moi, lui dit en souriant le maître d'hôtel.

— Cela ne vous dérange pas de vous occuper de lui un instant ? J'ai quelque chose à prendre là-haut ?

— Bien sûr, mademoiselle. Vous nous retrouverez au bout du couloir. Dans la pièce qui donne sur le jardin.

— J'en ai pour une seconde, promit Jane, et elle monta les escaliers quatre à quatre.

A la porte de la chambre, elle s'arrêta. La maison était silencieuse. Il y régnait l'odeur de renfermé typique des maisons inhabitées et une atmosphère vieillotte. Jane eut l'impression de s'être glissée dans une autre époque.

Elle tourna doucement la poignée. La porte s'ouvrit sans bruit, et tous les sens aux aguets, Jane entra dans la chambre où les rideaux fermés diffusaient une lumière grise et brumeuse. Il lui fallut un moment pour repérer les contours du grand lit doré.

Elle fixa des yeux l'endroit où se trouvait la photo de Stephen et se tint immobile, essayant de se concentrer pour entrer en contact avec lui. Bien qu'elle ne distinguât pas la photographie, soudain le visage de Stephen fut devant ses yeux, net et vivant.

Elle attendit, et il lui sembla qu'une voix intérieure lui ordonnait: « Regardez ma photo ». Ce n'était pas ce qu'elle escomptait mais la voix était trop impérieuse pour qu'elle lui désobéisse. Elle traversa la chambre, trouva à tâtons la photographie près du lit, et l'ayant prise, se dirigea vers la fenêtre. Il n'y avait rien jusque-là qu'elle pût répéter à Margaret, rien qui fût susceptible de la réconforter.

Elle atteignit la fenêtre, tira le rideau et examina le visage de Stephen Melton, les yeux dans les yeux.

— Bien, dit-elle à voix haute, que voulez-vous me dire ?

Il lui sembla de nouveau qu'une voix disait : « La photo... la photo ! »

Elle regarda le portrait, perplexe. Elle voulait bien croire que la voix n'était pas le fruit de son imagination mais que cherchait-elle donc à dire ? Le visage de Stephen Melton était là et elle se sentait étrangement troublée comme l'autre fois. C'était tout.

Elle se tenait immobile, continuant à regarder la photo. Voulait-il qu'elle la donne à sa femme ? Elle n'osait prendre une telle initiative. Elle percevait sous ses doigts le froid du cadre d'argent et en même temps quelque chose de chaud et d'intensément vivant qui essayait de parvenir jusqu'à elle pour lui dévoiler ce qu'elle devait absolument connaître.

« La photo... la photo... »

Qu'est-ce que cela signifiait ? Elle retourna le cadre et impulsivement, comme si la vitre constituait un inexplicable obstacle, entreprit de l'ouvrir. Il était tenu solidement par deux agrafes. Elle fit glisser l'une d'elles sur le côté, souleva le carton et comprit !

Là, serrée contre le dos de la photographie, il y avait une lettre. Au moment même où elle la prit, Jane éprouva un vif sentiment de soulagement.

Elle s'empara de l'enveloppe qui était cachetée et qui comportait la suscription : *A ouvrir par ma femme après ma mort*. Jane la garda dans ses mains et, retournant le cadre, elle regarda la photo de Stephen Melton.

Et s'adressant à lui, elle dit :

— Ainsi voilà ce que vous vouliez me dire. J'espère que cela l'aidera à retrouver le bonheur.

L'imagina-t-elle ou quelqu'un répondit-il distinctement : « Cela l'aidera » ? elle ne put en décider avec certitude.

Elle remit la photo à sa place, tira les rideaux et glissa la lettre dans son sac à main. Puis elle descendit. Elle retrouva Jim, fasciné par le train électrique avec tous ses wagons, qui circulait sur les rails, passant sous les tunnels et devant de petites gares.

Ce n'est que plus tard dans la soirée, quand Betty fut retournée à l'hôpital et Jim endormi dans son lit, que Jane réalisa qu'il ne serait pas simple d'expliquer à Mrs Melton de quelle manière elle avait trouvé la lettre. Elle s'assit au bureau de Betty et prit un stylo.

« *Chère Mrs Melton* » commença-t-elle, puis elle jeta les yeux dans le vague, se demandant comment relater l'étrange expérience de l'après-midi.

Elle essaya pendant un bon moment, mais les mots lui manquaient et elle n'arrivait pas à être claire. Elle n'avait jamais été très douée pour s'exprimer par écrit, et moins encore maintenant qu'il s'agissait de traduire de façon simple qu'elle n'avait fait que suivre une intuition ancrée en elle depuis plus d'un mois. « Inutile d'insister, décida-t-elle enfin, je ne pourrai pas écrire à Margaret. » Elle prit donc le téléphone et demanda le tarif d'un appel pour Saint-Moritz. C'était cher, mais il lui restait un peu d'argent. Il ne serait pas aisé d'expliquer à Mrs Melton ce qui était arrivé, mais ce serait, et de loin, plus facile que de le faire noir sur blanc.

Il y avait une heure d'attente pour obtenir la ligne. La sonnerie résonna enfin ; on lui recommanda de ne pas raccrocher et, au bout de quelques instants, elle entendit la voix de Margaret :

— Allo ! Margaret Melton à l'appareil.

— Madame Melton ? C'est Jane.
— Bonjour, mon petit, j'ai pensé que c'était vous quand on m'a dit que j'avais un appel de Londres. Est-ce que tout va bien ?
— Oui, très bien. Lizzie va mieux.
— Dieu merci ! Je n'ai rien dit à Gérald, au cas où vous nous auriez donné de mauvaises nouvelles. Mais il va être très content. Lui aussi va mieux, en fait nous espérons le rapatrier par avion la semaine prochaine.
— Ce sera magnifique !
Il y eut un moment de silence, puis elle ajouta :
— Je vous téléphone à propos de quelque chose que je ne parvenais pas à écrire.
— Oui, mon petit ?
La voix de Margaret était calme et apaisante. Hésitant, balbutiant, Jane raconta comment elle s'était rendue à Berkeley Square dans l'après-midi pour retrouver l'impression qu'elle avait déjà ressentie, tant elle était certaine que la photographie de Stephen avait quelque chose à lui révéler.
Il y eut un silence à l'autre bout du fil. Margaret ne fit pas de commentaire jusqu'à ce que Jane dise enfin d'une petite voix :
— Il y avait une lettre derrière la photo, et je l'ai prise pour vous la donner.
Elle entendit un long soupir et une exclamation qui était presque un cri de douleur, puis Margaret murmura :
— Une lettre... qui m'était adressée ?
— Oui, qui vous est adressée.
— Oh ! mon Dieu ! envoyez-la-moi tout de suite.
— Dès demain.
— Par avion ?
— Bien sûr, par avion.
Puis Margaret dit d'une voix si étranglée que Jane se rendit compte qu'elle pleurait :

— Je... n'arrive pas... à le croire... Une lettre de Stephen... après tant d'années.

A ce moment-là l'opératrice intervint et dit :

— S'il vous plaît, la communication va être terminée.

— J'enverrai la lettre demain, dit Jane d'une voix calme. Bonsoir !

— Bonsoir, Jane, et merci ! Vraiment je vous remercie...

Jane reposa le combiné téléphonique. La voix de Margaret résonnait encore dans ses oreilles, pleine de gratitude mais aussi d'incrédulité. Elle se dirigea vers la cheminée et s'agenouilla en tendant les mains vers le feu.

« Je n'ai pas été complètement inutile, pensa-t-elle. Ils m'ont aidée, et j'ai pu leur rendre service à mon tour. »

Elle savait bien que ce pluriel ne représentait dans sa pensée que Tally. Margaret n'avait pas dit comment il allait. En fait, son nom n'avait même pas été prononcé. Sans avoir vraiment compté là-dessus, elle était pourtant amèrement déçue.

Il ne quittait pas son esprit une seconde, et son souvenir l'accompagnait quoi qu'elle fît et où qu'elle allât. Il lui arrivait de rester étendue, éveillée des nuits entières à ressasser leurs conversations. Rien n'était banal, rien n'était insignifiant, elle gardait tout en mémoire, tout jusqu'au moindre détail.

Parfois elle éprouvait au fond du cœur une douleur presque insupportable tant il lui manquait. Elle avait besoin de le voir, d'entendre sa voix. Elle se remémorait sans cesse le baiser qu'il avait posé sur ses doigts. Parfois même elle rêvait qu'elle était dans ses bras et connaissait la délicieuse douceur de ses lèvres.

C'était impossible, elle le savait bien. Maintenant qu'elle avait quitté Saint-Moritz, il serait facile à

Tally de se réconcilier avec Mélia. Elle pouvait les imaginer dansant ou dévalant les pistes ensemble. Un jour, elle rêva qu'elle les voyait en plein soleil pendant qu'elle se trouvait toute seule plongée dans une ombre profonde. Ce rêve la hanta parce qu'elle savait qu'il était vraisemblable. Ils étaient nés pour le soleil, pas elle.

Elle n'était pourtant pas toujours malheureuse. Elle éprouvait une grande joie d'avoir rencontré Tally. Elle se disait, dans ces moments-là, que la plénitude et la richesse d'un amour pour un être aussi merveilleux valaient bien quelque souffrance. Parfois, en couchant Jim, elle imaginait que c'était l'enfant qu'elle avait de Tally et l'embrassait très fort, non seulement parce qu'elle l'aimait mais aussi parce que cette idée puérile rendait Tally plus proche d'elle.

Il l'avait emmenée à la gare le matin où elle avait quitté Saint-Moritz.

— Je serais bien venu avec vous, avait-il dit, mais je pense que maman a besoin de moi. J'ai peur qu'elle ne se tourmente si je la laisse seule avec Gérald.

— Bien sûr, vous devez rester avec elle !

— Tout ira bien pour vous ? avait demandé Tally. J'ai téléphoné à l'aéroport pour demander qu'on s'occupe bien de vous et j'ai réservé une voiture qui vous attendra à Croydon.

— Cela ira très bien ! avait assuré Jane.

Cependant elle s'était sentie toute petite et bien solitaire quand le train avait quitté la gare de Saint-Moritz et que Tally avait disparu à ses yeux. Seuls ses derniers mots restaient gravés dans sa mémoire : « C'est merveilleux ce que vous faites. Nous ne pourrons jamais assez vous remercier. »

Cela l'avait réconfortée tandis que le train pénétrait sous un tunnel et que la soudaine obscurité lui cachait à la fois la lumière du soleil et l'homme qu'elle aimait.

Il ne lui avait pas écrit, mais elle n'y comptait pas. Quant à elle, plus d'une fois elle avait commencé une lettre qu'elle avait purement et simplement déchirée au bout de quelques lignes et jetée au feu. En dépit de ses nombreuses tâches, elle vivait en pensée de longs moments avec Tally, de jour comme de nuit. Elle se demandait souvent s'il l'accompagnait ainsi, tel un fantôme, pour le restant de ses jours. Et elle se rendit compte que Margaret vivait ainsi depuis la mort de Stephen.

Elle prit la lettre que Stephen avait écrite à sa femme et l'examina. Elle se demanda si cette lettre pourrait redonner foi à Margaret, si elle retrouverait l'espérance... Dans son propre cas, hélas ! aucun espoir n'était possible, songea-t-elle : Tally ne l'aimait pas, ne l'aimerait jamais et jamais ils ne seraient l'un à l'autre.

Cette pensée l'attrista tellement qu'elle se leva et monta à l'étage pour voir si Jim était bien endormi. Elle éteignit la lampe de chevet. Avec ses longs cils, sa menotte potelée posée sur les couvertures, il était, dans son petit lit, l'image de l'innocence. Soudain, en regardant le petit garçon endormi, Jane sentit les larmes inonder son visage.

« Je suis exténuée », pensa-t-elle, et elle crut que c'était à cause des émotions de l'après-midi. Mais c'était plus que cela ; c'était, au plus profond d'elle-même, l'aspiration douloureuse vers l'amour, vers le bonheur, et le désir d'avoir des enfants. Seulement, elle ne trouverait jamais un accord aussi parfait que celui qu'avait connu Margaret Melton, ni une bienheureuse plénitude dans le mariage comme Betty.

Soudain, Jane se mit à genoux à côté du lit de Jim.

« Oh mon Dieu ! Donnez-moi Tally ! Faites qu'il

m'aime. Faites que nous passions ne serait-ce qu'un peu de temps ensemble ! »

Au moment même où elle faisait cette prière, elle eut honte. Tally n'était pas pour elle.

Elle se releva en entendant, en bas, la sonnerie stridente du téléphone. Essuyant ses larmes, elle descendit rapidement. On lui demanda de ne pas raccrocher, et son cœur se serra en entendant la voix de Tally.

— Allô ! C'est vous, Jane ?
— Oui.
— Dites donc, qu'est-il arrivé ? Ma mère vient de me dire que vous avez trouvé une lettre de Stephen. Elle est si bouleversée par cette histoire que je vous appelle pour vérifier si elle ne s'est pas trompée et si elle vous a bien comprise.

— Non, il n'y a pas d'erreur. J'ai bien trouvé une lettre pour elle. Elle était derrière la photo.

— Quelle photo ?

— Celle qui est dans la chambre de votre mère à Berkeley Square.

— Vous l'avez trouvée, mais que diable faisiez-vous là ?

Timidement et très embarrassée, elle lui raconta pourquoi elle était allée à Berkeley Square.

— Voilà la chose la plus surprenante que j'aie jamais entendue. Vous voulez dire que vous avez eu une prémonition ?

— Non... pas exactement, je sentais seulement que la photo essayait de me dire quelque chose.

— Mais comment une photo pouvait-elle vous parler ? Vous voulez dire que Stephen essayait de vous dire quelque chose, Stephen en personne ?

— Oui.

La réponse de Jane était simple et directe. Pendant un instant, Tally ne fit pas de commentaire puis il dit :

— Je ne comprends pas, Jane.
— Moi non plus, mais j'ai la lettre pour votre mère.
— Mais... Je voudrais vous voir absolument et en parler avec vous. Tout cela m'intéresse au plus haut point. Si c'est vrai, cette histoire est vraiment surprenante.
— C'est tellement vrai que la lettre est sur la table devant moi.
— Je n'ai pas idée de ce que cela peut signifier pour ma mère. Bien sûr, nous n'en connaissons pas le contenu, mais le simple fait que vous l'ayez trouvée prouve que toutes les éventualités sont possibles, n'est-ce pas ?
— Je pense qu'elle sera plus heureuse.
— J'en suis certain.
Après un instant de silence, Tally demanda :
— Est-ce que tout va bien pour vous ?
— Merci. Je m'occupe de Jim... Dites à Gérald qu'il demande continuellement de ses nouvelles.
— Je le lui dirai. Et Betty ?
— Elle est très fatiguée, mais je crois que Lizzie commence à aller mieux.
— Bien !... Jane, il y a quelque chose que je voudrais vous demander...
Mais à ce moment-là la communication fut soudain interrompue. Avec impatience, Jane tenta de garder la ligne.
— Allô ! Allô !
Mais elle n'obtint aucune réponse. Finalement, elle raccrocha. Elle ne savait que penser de cette conversation. Elle était tellement troublée qu'elle n'était même pas certaine d'avoir vraiment parlé à Tally et se demandait si elle n'avait pas tout simplement rêvé. Une chose était sûre : elle l'aimait. Entendre sa voix lui avait procuré à la fois joie et souffrance.

Elle éteignit les lumières du salon et se préparait à aller se coucher quand le téléphone retentit à nouveau. Elle s'élança pour répondre, dans l'espoir que ce fût Tally qui souhaitait poursuivre la conversation interrompue.

Cette fois, c'était Betty.

— Jane ? Lizzie va très mal.
— Oh ! non !
— Si, hélas ! Elle semble perdue. Les médecins lui font une transfusion.
— Mais... mais je croyais qu'elle allait mieux.
— Elle a fait une rechute, personne ne sait vraiment pourquoi. Oh ! Jane ! Je crois que je vais devenir folle. Elle est au bloc opératoire en ce moment. Il fallait que je parle à quelqu'un, c'est pourquoi je vous appelle.
— Oh ! Betty ! Que puis-je faire ? Comment me rendre utile ?
— Personne ne peut rien, dit Betty, et il sembla à Jane qu'il n'y avait pas de larmes dans sa voix mais seulement un immense désespoir au-delà de toute expression.
— Nous pouvons prier.

Jane fut surprise par sa propre réponse. C'était quelque chose qu'elle n'aurait pas osé dire en temps ordinaire.

— Oui, nous pouvons prier, dit Betty d'une voix brisée. Priez pour moi, Jane ; moi, je ne peux plus.

Elle raccrocha et Jane, secouée de sanglots, se leva.

« Que puis-je faire ? » se demanda-t-elle.

Elle essaya de prier. Elle pensa à Lizzie luttant contre la mort à l'hôpital, et les mots n'étaient pas assez forts pour exprimer son immense tristesse.

Irait-elle se coucher ou attendrait-elle éveillée au cas où Betty aurait besoin d'elle ? Elle décida que s'il arrivait quelque chose, Betty reviendrait immédiatement à la maison. Il valait mieux ne pas se déshabiller et aller à la cuisine préparer une tasse de thé. Elle prit l'escalier étroit qui descendait vers l'entrée et, arrivant au rez-de-chaussée, elle entendit un taxi se garer et s'arrêter devant la porte. Elle retint son souffle. Cela ne pouvait pas être Betty. Elle restait là, immobile, hésitante. Une clé tourna dans la serrure, et la porte s'ouvrit. Instinctivement, Jane porta les mains à son cœur pour en réprimer les battements et elle vit sur le seuil un homme grand en uniforme de la Marine. Il n'était pas difficile de le reconnaître : de nombreuses photos de lui peuplaient la maison.

C'était John — John Wilding qui rentrait au moment où il était le plus attendu.

Jane s'avança vers lui.

— Ne laissez pas partir votre taxi ! s'écria-t-elle, sans songer à ce qu'un tel accueil pouvait avoir de surprenant.

John leva les sourcils, ne perdit pas de temps à poser de questions mais se retourna et cria du seuil de la porte :

— Attendez-moi, je risque d'avoir encore besoin de vous !

Il posa sa grosse valise à terre et se tourna d'un air interrogatif vers Jane.

— Betty vient de téléphoner, dit-elle rapidement. Il faut que vous alliez tout de suite la rejoindre à l'hôpital. Lizzie ne va pas bien du tout.

— Quelle adresse ?

Elle la lui donna et avant même qu'elle eût pu rajouter quoi que ce soit, il était parti. La porte claqua derrière lui, et elle entendit le taxi redémarrer. La valise à ses pieds était la seule preuve que cette rencontre éclair n'avait pas été le fruit de son imagination.

Jane transporta la valise à l'étage dans la chambre de Betty, brancha le chauffage électrique et ouvrit le lit. John Wilding risquait de revenir plus tard et, dans ce cas, il trouverait tout prêt pour se reposer.

Ce fut seulement après avoir défait la valise et rangé les affaires qu'elle se sentit soudain incroyablement fatiguée. Cependant, elle savait qu'elle ne pourrait trouver le sommeil et qu'elle devait se tenir prête à répondre au téléphone. Finalement, elle se fit une grande tasse de thé et s'effondra dans le fauteuil de la cuisine.

Elle avait dû s'endormir malgré sa résolution car elle rêva de Tally et se réveilla en sursaut avec son nom sur les lèvres. Elle avait très froid ; le feu s'était éteint, et l'horloge de la cheminée marquait trois heures du matin. En frissonnant un peu, elle se leva. Il ne servirait à rien de rester assise là. Mieux valait se coucher.

Elle monta à l'étage, se sentant de plus en plus glacée. Et, toute frissonnante malgré la bouillotte qu'elle s'était préparée, elle resta allongée dans son lit pendant un bon moment avant de sombrer dans un sommeil agité. Elle en fut tirée par la sonnerie du réveil qui indiquait, comme d'habitude, sept heures et demie. Elle se leva aussitôt et trouva Jim réveillé sagement dans son lit.

— Bonjour, tatie Jane, dit-il plein d'entrain.
— Bonjour, Jim ! Est-ce que tu as faim ?
— Oui. Très faim.
— Bien, je vais descendre préparer le petit déjeuner.

Sachant qu'il ne serait pas d'humeur à rester au lit, Jane l'habilla et le fit descendre avec elle. C'était un matin triste et brumeux. Il lui semblait que l'affreuse grisaille de l'atmosphère reflétait celle de son cœur. Quelles nouvelles allait apporter cette matinée ? Elle guettait la sonnerie du téléphone et redoutait de l'entendre. Au moment de servir une deuxième assiette de porridge à Jim, elle entendit une clé tourner dans la serrure. Elle se précipita dans l'entrée et, à sa grande surprise, vit arriver Betty. En un éclair elle se dit que tout était fini, que Lizzie était morte. Mais, avec un immense soulagement, elle s'aperçut que Betty souriait.

— Oh! Jane! Tout va bien.

— Merci, mon Dieu! C'est bien certain?

— Oui, elle s'en tirera. Elle a bien supporté la transfusion. Quand on l'a remontée dans sa chambre, John était là. Elle l'a regardé et a dit: « Papa est revenu pour guérir Lizzie ». On aurait cru qu'elle s'attendait à le voir. A présent elle dort calmement. Le médecin m'a renvoyée à la maison pendant que John reste près d'elle. Il dit que je dois me reposer.

Tout en parlant, Betty vacillait et Jane s'aperçut que, malgré son ton de voix vif et presque enjoué, elle était à bout de forces. Il ne lui fallut que quelques minutes pour la faire monter, la déshabiller et la mettre au lit. Puis elle descendit en courant à la cuisine pour chercher un peu de lait chaud et dire à Jim qu'il pouvait monter embrasser sa maman.

Quand elle revint dans la chambre avec le verre de lait, Jim était assis sur le lit à côté de Betty, la tête posée sur son épaule. Ils formaient un joli tableau et Jane en fut tout émue. La veille, Jim s'accrochait à elle et, maintenant que Betty était de retour, il l'oubliait.

— Buvez, dit-elle à Betty.

— Je vais essayer mais je crois que cela ne passera pas. Fais attention, mon trésor. As-tu été un bon garçon avec tatie Jane?

— Je suis toujours un bon garçon, dit Jim avec dignité. Quand est-ce que papa va venir?

— Plus tard. Peut-être pour le thé. Nous verrons bien.

— Il est avec Lizzie maintenant. Lizzie a tout, dit-il d'un air maussade. Lizzie a eu maman et maintenant elle a papa.

— Mon Dieu ! Il est jaloux, dit Betty en riant.

Jane, en emportant le verre vide, se prit à penser que Betty, elle aussi, avait tout. Tout de John, tout de Jim et tout de Lizzie. A cette pensée, elle eut un sourire légèrement grimaçant. A quoi bon être jalouse ? Si Betty avait moins, elle-même n'aurait pas davantage pour autant. De plus, Betty était tellement adorable qu'elle méritait d'être heureuse. Elle posa le verre dans la cuisine et monta chercher Jim.

Les paupières à demi fermées, Betty était presque endormie.

— Merci, Jane, dit-elle doucement. Vous êtes un ange... mais vous le savez bien, n'est-ce pas ?

Elle s'endormit en prononçant ces mots, et Jane, portant Jim dans ses bras, sortit de la chambre et ferma la porte.

— Il faut que tu joues sans faire de bruit pour ne pas réveiller maman.

Comme ils descendaient l'escalier, les bras de Jim se resserrèrent autour du cou de Jane et il demanda :

— Tu vas jouer avec moi ?

De la tête, Jane fit signe que oui.

— Bien sûr.

— Je t'aime, tatie Jane, dit-il.

Et Jane, émue par cette déclaration, se consola immédiatement.

15

Tally ne tenait pas en place. Il n'aurait pas su dire pourquoi, mais même le ski l'ennuyait et il se hâta de revenir à l'hôtel, bien avant que le soleil ne disparaisse derrière les montagnes. Il se dit que la compagnie de Gérald lui manquait. Il aimait bien monter jusqu'à sa chambre et le trouver en train de deviser gaiement avec Margaret assise à côté du lit, causant de tout et de rien. Elle était nettement moins repliée sur elle-même qu'auparavant.

Quand Tally les rejoignait, Gérald se tournait avidement vers lui, et Margaret participait avec animation au récit des événements du jour et à l'élaboration des projets pour le lendemain. Cependant, Tally n'était pas satisfait.

Il avait pourtant de quoi l'être car depuis que Jane était retournée en Angleterre, Mélia était manifestement plus gentille avec lui et son attitude plus encourageante. Le soir après le dîner, elle venait souvent, sans y être conviée, prendre le café avec Margaret ; une fois, elle invita même Tally à danser, en disant de façon provocante :

— Tout le monde dans l'hôtel fait des paris sur le fait que nous danserons ou ne danserons pas ensemble... Il faut leur en donner pour leur argent.

Ils étaient entrés ensemble au bar, puis ils avaient dansé en silence. Mais dès la fin de la première danse, c'était Mélia qui avait repris le chemin du salon pour s'asseoir à côté de Margaret. Tally n'avait pas tenté de l'en empêcher ; il avait idée que tout cela était prémédité et que Mélia suivait un plan bien établi. Inquiet pour Gérald après l'accident, il n'avait rien fait pour voir Mélia seule et se contentait de lui adresser un signe lorsqu'il traversait le salon ou un sourire dans la salle à manger. Il avait eu la sagesse, un ou deux jours plus tard, de comprendre qu'une telle attitude exciterait bien davantage la curiosité de Mélia, surtout qu'elle se croyait certainement la cause du brusque retour de Jane en Angleterre. Tally négligea de la détromper, non qu'il voulût la conforter dans cette idée, mais tout simplement parce qu'il ne souhaitait pas entamer avec elle une discussion qui aurait pu dégénérer.

Il avait horreur des disputes et des scènes, et les deux colères mémorables de Mélia l'avaient rendu prudent. Toutefois, les jours passant, il se demanda si les sentiments de Mélia à son égard n'étaient pas en train de changer du tout au tout.

Et il ne se trompait pas. Les sentiments de Mélia avaient bel et bien changé. Tout d'abord, le Premier ministre n'était pas encore mort. Chaque jour, Downing Street publiait des bulletins de santé : son état était critique et les médecins désespéraient de le sauver. Mais il ne mourait toujours pas. Et bien qu'on pensât encore beaucoup à Ernest Danks dans le monde politique, ses grandes espérances restaient sans confirmation. Mélia devait donc se contenter d'attendre, activité où elle n'avait jamais excellé ; d'autant qu'avec l'air vivifiant de la montagne et la beauté du paysage, Downing Street était bien loin et paraissait brumeux, sombre et plutôt ennuyeux.

De plus, l'impression qu'Ernest Danks avait produite sur elle commençait à s'estomper. Lui aussi, avec l'éloignement, apparaissait sombre et un peu ennuyeux, cependant qu'ici même, il y avait Tally, incroyablement beau, viril, plein de vitalité, le genre d'homme qu'on n'oubliait pas, même quand on avait autre chose en tête ; or ici justement il n'y avait que lui d'aussi remarquable.

Mélia avait, avec son habileté coutumière, rassemblé autour d'elle tous les jeunes gens présentables de l'hôtel ; mais ils étaient insignifiants ; la plupart étaient des blancs-becs, étudiants en vacances ou riches jeunes gens aux antécédents douteux pour qui les stations suisses étaient un bon endroit pour se faire des relations. Tally était d'une classe à part et Mélia commença à regretter d'avoir si hâtivement rejeté son ancien amoureux avant même de s'être assurée du nouveau. Ernest Danks lui écrivait presque chaque jour de longues lettres, mais leur intérêt commençait à faiblir. Il ne parlait que de lui-même et de ses projets d'avenir. Bien sûr, elle en faisait partie, mais Ernest Danks n'était vraiment pas très doué pour faire la cour, ni de vive voix, ni par écrit, et Mélia était habituée à recevoir de volubiles lettres d'amour.

Ayant bâillé d'ennui à la lecture de quatre pages de sa dernière missive, entièrement consacrées à son avenir politique, elle posa la lettre sans lire la suite et conclut qu'il était temps de s'occuper de Tally. Elle lui fit donc comprendre le soir même que leur brouille, si brouille il y avait, était terminée et qu'elle serait heureuse de passer la journée en sa compagnie le lendemain. Ce revirement amusa Tally qui s'en voulut de n'en être pas plus heureux. Qu'est-ce qui n'allait pas ? C'était pourtant ce qu'il avait attendu et, en bon tacticien, il flairait déjà la victoire avant de lancer l'assaut final. En repensant au sourire de Mélia, au contact de sa main quand elle avait pris la sienne en lui disant « Bonne nuit », il eut la certitude que ce n'était qu'une question de jours, peut-être d'heures, avant qu'il puisse de nouveau la prendre dans ses bras. Il pensa à sa tête charmante appuyée sur son épaule, à ses yeux sombres et à ses lèvres rouges entrouvertes. Il l'imagina s'abandonnant doucement... il respirerait son parfum mêlé à l'odeur de fleurs qui semblait émaner toujours de ses cheveux... il la serrerait contre lui, à tel point qu'elle aurait le souffle un peu court et alors...

Tally mit brutalement fin à sa rêverie ; ses pensées ne prenaient pas tout à fait le tour qu'il escomptait, car elles ne lui procuraient aucun plaisir. Il n'avait pas le cœur battant, pas même l'ardeur que d'ordinaire il ressentait quand il faisait la conquête d'une jolie femme qu'il avait désirée et poursuivie de ses assiduités.

« Bon sang ! qu'est-ce qui m'arrive ? » se demanda-t-il tout haut. Il se rendit alors dans la chambre de sa mère. Il la découvrit debout au centre de la pièce, le visage noyé de larmes.

— Maman ! Que se passe-t-il ? demanda-t-il.

Elle tendit les deux mains vers lui et prit les siennes.

— Quelque chose de merveilleux, Tally, dit-elle enfin. Si merveilleux que je ne parviens pas à y croire.

— De quoi s'agit-il ?

— Jane vient de m'appeler, dit-elle.

Et comme il semblait ne pas comprendre que cela lui fît un tel effet, elle essaya d'expliquer ce qu'avait dit Jane, mais avec tant d'excitation et d'incohérence que Tally se précipita pour aller lui-même téléphoner à Jane. Leur conversation fut interrompue avant la fin et Tally, furieux, demanda à l'opératrice de rétablir la communication.

— Je suis désolée, mais il y a des ennuis sur la ligne avec Zurich. Il y a maintenant trois heures d'attente, peut-être davantage.

Tally raccrocha avec rage. Il n'avait pas pu apprendre ce qu'il voulait mais il en avait entendu assez pour juger inexplicable la présence de cette lettre. Il se demanda ce que Stephen avait bien pu écrire. Tout ça était étrange, il avait vraiment besoin d'informations supplémentaires.

Tally attribua son agitation du lendemain et du surlendemain à l'état dans lequel se trouvait sa mère. Elle vivait dans l'attente, se précipitant sur chaque courrier avec une avidité si pathétique que par moments Tally redoutait que Jane eût soulevé de faux espoirs. Et si la lettre n'était pas de Stephen ? et si elle ne contenait rien d'important ? Il se rappelait trop bien comment sa mère avait frôlé la folie quand Stephen avait été tué. Elle commençait à aller mieux, et il craignait par-dessus tout qu'elle ne replongeât dans le désespoir dont elle était si lentement sortie. Cette seule pensée le mettait presque en fureur.

« Je tuerai Jane si tout ça n'est pas vrai », se dit-il tout haut, mais il se rappela son air apeuré quand il s'était mis en colère à cause de sa visite à Mélia. Elle était facile à effrayer, bien qu'elle eût une grande fierté et une sorte de force intérieure inexpugnable. « Quelle curieuse fille pleine de contradictions », se dit Tally, et il se prit à évoquer avec plaisir son visage, ses fossettes aux coins des lèvres et l'éclat radieux de ses yeux quand elle était heureuse.

« Gentille petite fille », se dit-il, tout en réalisant qu'il ne parvenait pas à la chasser de son esprit. Il mit cela sur le compte de quelque inquiétude au sujet de son avenir : il l'avait enlevée à son milieu et ne pouvait plus l'abandonner totalement et l'oublier.

— Je me sens des responsabilités vis-à-vis de Jane, dit-il à sa mère, et il lui sembla qu'elle le regardait plutôt bizarrement.

— J'en suis sûre, mon chéri, dit-elle seulement, sans reproche dans la voix, comme si elle trouvait cela bien naturel.

— Que faut-il que je fasse ? demanda-t-il.

— C'est à toi de décider, répondit Margaret qui ajouta aussitôt dans un souffle : Peux-tu demander s'il y a eu une arrivée de courrier ?

La lettre arriva à l'heure du thé. Le concierge la tendit à Margaret par-dessus le comptoir comme une lettre tout à fait ordinaire. Elle la saisit, reconnut l'écriture de Jane et devint blanche comme un linge. Tally crut qu'elle allait s'évanouir et s'élança

vers elle mais elle écarta le secours de son bras.
— Non ! dit-elle, je veux être seule.
Elle tourna les talons et traversa le salon comme on se précipite au-devant d'un amoureux.

Tally alla s'asseoir sur le canapé où ils prenaient habituellement le thé. Quand le garçon vint prendre la commande, il se ravisa. Rien à faire, quelque chose d'immense était en train de se passer, il ne pouvait rester là à prendre tranquillement thé et pâtisseries alors que le bonheur de sa mère était en jeu.

Il était extrêmement tendu et prêt à maudire Jane pour s'être mêlée de leurs affaires. Il reconnaissait cependant que depuis l'entrée de Jane dans leurs vies, Margaret allait beaucoup mieux et était plus présente. Tout de même, cette tension était-elle raisonnable ? et bonne pour sa mère ?

Il prit une décision soudaine et monta à la chambre de Gérald. La jolie infirmière suisse qui le soignait avait apporté le thé. Ils riaient ensemble quand Tally entra, et leur légèreté l'agaça. En dépit de l'accueil chaleureux de Gérald, il s'excusa en prétextant qu'il cherchait sa mère, et ressortit.

Il fit les cent pas dans le couloir. Combien de temps devrait-il attendre avant de connaître le contenu de la lettre ? Combien de temps devrait-il rester ainsi sur des charbons ardents avant de lire, d'un seul coup d'œil, sur le visage de Margaret s'il s'agissait de bonnes ou de mauvaises nouvelles ? Il fit des aller-retour pendant plus d'un quart d'heure avant de frapper enfin à la porte de Margaret. N'obtenant pas de réponse, Tally eut un pincement au cœur. Elle devait être trop accablée pour répondre. Il frappa de nouveau et, toujours faute de réponse, il entra. Les pires craintes l'assaillirent : il pensa à la fenêtre, il se souvint qu'après l'annonce de la mort de Stephen, le désespoir de Margaret avait été tel qu'il avait fallu clouer les volets pour l'empêcher d'attenter à ses jours.

Il entra dans la pièce comme on va au combat, prêt à toute éventualité, prêt à faire face au pire... Margaret était assise dans le fauteuil, les yeux secs et grands ouverts, son regard fixe semblant regarder quelque chose au-delà des murs. Ses lèvres souriaient, elle apparaissait à Tally plus jeune et plus heureuse qu'il ne l'avait jamais vue. Elle ne se rendit compte qu'il était là que lorsque sa voix la ramena enfin à la réalité.

— Maman! dit-il d'une voix pressante, maman!

Elle se tourna alors vers lui, comme revenant sur terre d'un très, très long voyage.

— Tally, dit-elle doucement, avec une nuance de surprise comme si elle ne s'attendait guère à le voir. Il vit alors qu'elle pressait des deux mains sur sa poitrine... une lettre.

— Alors ? Tout va bien ?

De la tête, elle fit signe que oui.

— C'est une lettre de Stephen ? insista-t-il.

— Bien sûr! Une lettre qui m'est adressée! Oh, Tally, c'est si merveilleux. Dieu merci, je l'ai reçue!

Elle regarda les feuillets de papier. L'expression de son regard était si tendre et si belle que Tally sentit soudain ses yeux s'embuer de larmes. Il retrouvait sa mère telle qu'elle était autrefois, pendant ses années de grand bonheur. Disparu l'air indifférent et absent, disparue l'inaccessibilité lasse des dernières années, Margaret rayonnait de bonheur, belle comme au temps où Stephen l'aimait.

Tally traversa la pièce. Il voulait s'asseoir sur le bras du fauteuil mais il se retrouva tout à coup à genoux, joue contre joue avec sa mère, les bras autour de son cou.

— Racontez-moi, ma petite maman.

— Je peux à peine y croire moi-même, murmura

Margaret. Oh, Tally ! cette lettre explique tout. Elle évacue toutes les hantises qui m'ont assaillie depuis que Stephen nous a quittés. Tu vois, mon chéri, continua-t-elle d'une voix plus assurée, je n'étais jamais très sûre de ma foi en la Vie éternelle, Stephen et moi, curieusement, n'en avions jamais parlé et je me demandais pourquoi. Il m'explique dans cette lettre qu'il n'osait évoquer la mort par crainte d'éveiller en moi le souvenir douloureux du décès de ton père. Mais au fond de son cœur, Stephen pensait que l'amour est plus fort que tout, plus fort que la mort et la séparation. Il a écrit cette lettre quand il a appris qu'il devait partir pour l'Orient. Voici ce qu'il dit :

J'espère et je prie, ma chérie, j'espère que vous ne recevrez jamais cette lettre pour la bonne raison que je serai revenu et l'aurai déchirée. Mais au cas où il m'arriverait quelque chose, je veux que vous sachiez que je serai toujours près de vous, que j'attendrai le moment où nous serons réunis de nouveau. Ce ne sera pas long, car le temps n'a pas d'importance et n'existe pas à l'échelle de l'Univers. C'est une limite créée par l'homme. Ainsi, si vous devez attendre des années sans me voir, sachez que je serai avec vous — toujours.

— Comme je me suis trompée, comme j'ai été stupide ! dit Margaret. J'ai gâché beaucoup de temps à pleurer alors qu'il en aurait été tout autrement si j'avais été convaincue qu'il était près de moi.
— Je me demande pourquoi vous ne pouviez pas, demanda Tally. Pourquoi s'est-il manifesté à Jane, une étrangère ?
— Je me suis posé cette question, moi aussi, et Jane m'a donné la réponse.
— Qu'a-t-elle dit ?

— Elle m'a expliqué ce qu'elle avait ressenti la première fois qu'elle était allée à Berkeley Square. Stephen lui avait paru vivant, donnant l'impression de vouloir parler. Elle m'a raconté que lorsqu'elle était enfant, il lui était arrivé d'avoir des visions, d'être une « fée », comme disait sa vieille nourrice. Mais plus tard, lorsqu'elle était si malheureuse, cela ne s'était plus reproduit. Elle pense que le malheur anéantit l'être intérieur et l'enveloppe dans une sorte de brouillard. La détresse a étouffé chez moi la faculté de perception qui aurait pu me faire savoir que Stephen était là. Il lui était impossible de me rejoindre à travers l'obscurité dont je m'étais entourée. Oh! Tally, je vois tout si clairement maintenant. Cette lettre m'a libérée, elle a balayé tout ce qui rendait ma vie triste. Elle contient beaucoup, beaucoup d'autres choses bien sûr, des choses merveilleuses comme seul Stephen pouvait m'en dire. Je me sens une autre, c'est comme une seconde naissance. Je me sens vivante, Stephen est vivant et nous serons bientôt réunis.

Tally serrait sa mère contre lui. Ils étaient unis, mère et fils, par une sympathie et une compréhension plus profondes que jamais dans toute leur vie.

Enfin ils se séparèrent. Tally se releva, et Margaret, tenant toujours la précieuse lettre, traversa la pièce et contempla la photographie de Stephen au chevet de son lit.

— Quelle idiote j'ai été, dit-elle d'un ton léger et joyeux que démentait son dire. Pourrais-je jamais assez remercier Jane, Tally ? Que pourrions-nous faire pour cette enfant qui a tant fait pour nous ?

— C'est étrange, n'est-ce pas ? La plus grande chance de ma vie a été de la trouver en larmes dans mon bureau.

— La plus grande chance, en effet, Tally, acquiesça sa mère.

Peu de temps après, Tally se rendit chez Gérald et lui raconta ce qui était arrivé. Gérald ne manqua pas d'en être tout excité.

— C'est renversant ! répétait-il. Je n'arrive pas à croire que c'est vrai. Et toi, mon vieux ?

— J'ai eu si peur que ce ne soit pas vrai ! mais je croise encore les doigts pour qu'il ne s'agisse pas d'un simple rêve.

— Je suis si heureux pour Mrs Melton, dit Gérald. Tu sais, Jane m'a dit quelque chose la première fois que nous sommes allés à Berkeley Square... Bien sûr, maintenant je réalise, c'était tout de suite après avoir vu la photographie.

— Qu'a-t-elle dit ? demanda Tally avec curiosité.

— Je ne me souviens pas exactement de la conversation, mais je crois qu'elle a demandé qui était Stephen et je lui ai parlé de ta mère et de son malheur. Jane a dit alors : « Elle ne doit pas être très croyante », et j'ai pensé sur le moment qu'elle devait, elle, avoir des convictions religieuses. J'ai le sentiment qu'elle a, sur les gens, un jugement très sûr. Betty est pareille. Elles ont une espèce de simplicité, elle décèlent la nature profonde des êtres alors que nous tâtonnons à la surface.

Tally resta silencieux pendant quelques instants, puis il posa une question très inattendue :

— Tu n'aimes pas Mélia, n'est-ce pas, Gérald ?

Gérald hésita, puis avoua :

— Non, Tally.

— Pourquoi ?

La question était directe et Gérald parut gêné.

— Écoute, mon vieux, je suis ton ami et je t'aime bien. Je ne veux pas me disputer et je ne suis pas en état de te rendre tes coups si tu me frappes, dit-il en riant.

— Je ne vais pas te frapper, idiot ! Mais je voudrais bien que tu me répondes.

Gérald hésita.

— Je peux me tromper, finit-il par dire, mais j'ai l'impression qu'elle est exactement le contraire de ce que nous venons de dire à propos de Jane. Elle est superficielle... Bon, ne te fâche pas, c'est toi qui as voulu que je parle.

— Oui, je sais, dit Tally avec une gravité inhabituelle.

L'arrivée de l'infirmière suisse mit un terme à la conversation.

— Miss Melchester demande si elle peut entrer, capitaine Fairfax ?

Les deux hommes se regardèrent et éclatèrent de rire.

— Quand on parle du loup..., dit Tally.

Gérald prit un air scandalisé.

— Vraiment ! je croyais que nous parlions de Mélia.

L'infirmière remonta les oreillers sous la tête de Gérald, ramassa le plateau du thé et dit :

— Je lui dis d'entrer ? Oui ?

— Oui, bien sûr, répondit Gérald.

Mélia entra un instant plus tard. Elle avait troqué sa combinaison de ski pour une robe de lainage rouge qu'elle portait sous un manteau court bordé de zibeline. Elle était ravissante et elle adressa à Gérald, puis à Tally, un de ses sourires ravageurs.

— Comment allez-vous, mon cher Gérald ? demanda-t-elle. J'ai pensé si souvent à vous, en vous plaignant d'être cloîtré ici pendant que nous profitions du soleil.

— Oh, mais j'ai du soleil aussi ici, on tire mon lit près de la fenêtre. Je peux même admirer les évolutions des patineurs.

— Ah oui ? Demain je penserai à vous faire des signes.

— Ce sera gentil à vous.

Mélia regarda Tally qui était de l'autre côté de la chambre.
— M'emmènerez-vous danser à Saint-Moritz ce soir ? lui demanda-t-elle. J'ai promis de rejoindre une bande d'amis à la *Cheta Veglia*.

Il lui sembla que Tally hésitait une seconde, puis elle se dit qu'elle s'était fait des idées car il répondit : « Mais bien sûr. » Le soir, Tally ne fut pas vraiment surprise de constater à leur arrivée à la *Cheta Veglia* que la bande d'amis ne s'était pas manifestée. Il était seul avec Mélia. Vieille auberge suisse au pittoresque intact, la *Cheta Veglia* avait une atmosphère bien à elle. Il y avait au premier étage une grande salle de danse avec des tables minuscules recouvertes de nappes au couleurs gaies, un balcon d'où l'on pouvait regarder les danseurs et toutes sortes d'attractions.

Au rez-de-chaussée se trouvait une longue salle basse de plafond, divisée par des cloisons de bois, avec au milieu une petite piste de danse et un pianiste qui jouait des mélodies langoureuses pour les amoureux. Les lumières étaient tamisées, l'ambiance feutrée, et Mélia emmena Tally dans un coin sombre et tranquille. Ils parlaient très peu mais Tally sentait comme une invite dans les yeux de Mélia. Sa voix était basse et douce sans aucune agressivité. Ils se levèrent pour danser et il la sentit mince et souple dans ses bras. La joue de Mélia était proche de la sienne et sa bouche près de l'effleurer. Le pianiste jouait de vieilles mélodies qui rappelaient le temps passé. Mélia lui fit apporter un verre de champagne et lui demanda de jouer son air préféré, un air sur lequel Tally et elle avaient dansé à Londres.

« Vous souvenez-vous ? », demanda-t-elle, et Tally se rendit compte qu'elle faisait tout cela pour lui. Il aurait dû être heureux mais quelque chose en lui se rétractait. Il aimait être le chasseur et non le gibier. Il éprouvait une sorte de malaise à être le jouet de Mélia, un pantin dont elle aurait tiré les ficelles.

Certes, avec son tempérament énergique et conquérant, il aimait qu'on lui résiste, et la victoire le décevait toujours un peu. Voilà que tout à coup, il trouvait que l'adversaire se rendait bien facilement. Elle n'avait pas encore capitulé, mais ce n'était plus qu'une question de temps. Au lieu de s'en réjouir, il se surprit à battre en retraite : il regardait fixement son verre plutôt que les yeux de Mélia et dédaignait la main qu'elle avait posée à proximité de la sienne sur le canapé.

De nouveau, ils se levèrent pour danser et, cette fois, Mélia, rejetant la tête en arrière, le regarda dans les yeux et demanda :

— Êtes-vous heureux, Tally ?
— Et vous ?
— Très, répondit-elle, et elle poursuivit doucement : Parfois je suis une idiote, Tally. J'agis impulsivement, il faut me pardonner et essayer de comprendre.

C'étaient à la fois des excuses et une ouverture, Tally en était bien conscient, mais quelque chose le poussa à dire presque brutalement :

— Que voulez-vous dire par là ?

Mélia ouvrit de grands yeux.

— Que voulez-vous que cela veuille dire ?

Tally détourna les yeux.

— Je ne suis pas fort en escrime.
— Vous voulez me punir, n'est-ce pas, Tally ? dit-elle en riant.
— Vous croyez ?

Il feignait de ne pas comprendre.

— Il y a si longtemps que nous nous connaissons, dit Mélia. Ce serait idiot d'essayer de tout expliquer.

Est-ce que je peux dire quelque chose qu'à mon avis vous comprendrez ?

Elle attendit.

— Oui ?

— Quelquefois on fait des erreurs, soupira-t-elle.

— Mais pas vous ? Sûrement pas l'infaillible Mélia !

— Vous me taquinez ! fit Mélia, alors que j'essaie d'être très, très gentille avec vous.

— Après avoir été très, très méchante.

— Cela vous a donc tellement touché ?

— N'avais-je pas l'air malheureux ?

— Vous vous êtes très mal conduit, rétorqua Mélia sans aucune acrimonie dans la voix et en se rapprochant de lui. (Puis elle murmura :) Mais je vous pardonne.

— Merci.

— Et maintenant, nous pourrons être heureux de nouveau, n'est-ce pas ? demanda Mélia.

— Pourriez-vous me dire où vous souhaitez en venir exactement ?

Mélia soupira.

— Vous êtes un peu compliqué ce soir, Tally. Je crois que vous me comprenez très bien.

— Vraiment ? Je le croyais il y a longtemps, et puis je me suis rendu compte que je me trompais du tout au tout. Maintenant, je fais attention, très attention.

— Ô mon Dieu !

Elle fit la moue, mais il vit qu'elle n'était pas vraiment contrariée. Elle était si sûre d'elle-même.

La musique se termina et ils retournèrent à leur table. Il semblait à Tally qu'ils étaient seuls, bien que la salle se fût remplie maintenant. Ils devaient prendre une décision. Rien d'autre ne comptait plus en dehors de la question essentielle qui se posait.

Tally commanda à boire, puis il se détendit et

regarda Mélia. Elle était habillée de blanc, avec un rang de perles autour du cou. Elle portait de jolies boucles d'oreilles et un camélia dans ses cheveux sombres. Elle était belle à faire battre le cœur de n'importe quel homme et Tally se demanda ce qui arrivait au sien...

Voilà la femme qu'il voulait épouser depuis toujours, à qui il avait souhaité donner son nom. Lady Brora ! Il l'avait imaginée au bout de la longue table garnie de la vaisselle d'or et d'argent, héritage de sa famille et qui, un jour, serait à son fils. Il l'avait imaginée recevant ses invités sous les lustres de Berkeley Square, les diamants Brora étincelant dans sa chevelure. Il l'imaginait à Greystones... Non, ça ne marchait pas !

Il tenta de se la représenter faisant le tour du domaine comme le faisait sa mère ; et entrant dans les chaumières, distribuant les prix à l'école, rendant visite aux malades. Peine perdue, il ne pouvait imaginer Mélia dans aucun de ces rôles, pas plus qu'assise au coin du feu pendant les longues soirées d'hiver.

Tally vit soudain Greystones tel qu'il devait être à ce moment. Gris sur fond de ciel d'hiver, la neige sur les pelouses et les stalactites du pont au-dessus du lac. Peut-être y avait-il un pâle rayon de soleil qui se réfléchissait dans les nombreuses fenêtres et un vol soudain de pigeons autour du mât au faîte du château.

Comme il aimait cet endroit ! Comme il aimait Bredon Hill qui le surmontait comme une sentinelle... Il sut alors ce qu'il voulait... Au même moment, il se rendit compte que Mélia le regardait, attendant une réponse. Il n'avait aucune idée de ce qu'elle avait pu dire, ni de ce qu'il devait répondre. Il se contenta d'appeler le garçon et de demander l'addition.

C'était une nuit de clair de lune. Le taxi attendait pour les reconduire à l'hôtel. Emmitouflée dans son manteau de fourrure, Mélia se pelotonna dans un plaid.

— Quel froid, dit-elle doucement.

Le chauffeur ferma la porte et monta devant. Elle leva les yeux vers Tally et se rapprocha de lui. Il savait ce qu'elle attendait de lui. Ils étaient seuls dans l'obscurité parfumée ; le clair de lune éclairait l'ovale exquis du visage de Mélia et l'invite de ses lèvres. Il hésita et, pour être absolument certain, pour se convaincre, il se pencha vers elle.

— Que voulez-vous me dire, Mélia ? chuchota-t-il très près de sa bouche.

— Je ne veux rien vous dire, répondit-elle en battant des cils.

— C'est bien vrai ?

— Peut-être que si, tout de même...

Sa bouche se rapprochait encore, et soudain Mélia tendit le bras et attira la tête de Tally vers elle.

— Vous m'avez manqué, Tally ! murmura-t-elle et elle l'embrassa.

Il la serra un instant contre lui, un instant pendant lequel il pensa que sa propre froideur et son inertie n'étaient qu'imaginaires. Puis il comprit la vérité.

Il retira son bras et releva la tête.

— Cela ne sert à rien, Mélia, dit-il doucement. C'est trop tard.

Elle le regarda avec effarement. C'était la première fois que quelqu'un embrassait Mélia Melchester et s'éloignait aussitôt.

— Que voulez-vous dire ? demanda-t-elle.

— Je veux dire, Mélia, qu'il fut un temps où j'aurais été au septième ciel en vous voyant aussi gentille avec moi, mais maintenant je suis seulement désolé.

— Désolé ! fit Mélia d'un ton brusque. Désolé pour qui ?

— Peut-être pour nous deux, parce que nous avons perdu beaucoup de temps.

— Je ne comprends pas, s'écria Mélia.

— Je crois que si. Je ne dirai qu'une chose et en toute sincérité, ma chère Mélia : j'espère que vous trouverez le bonheur dans votre vie, que vous serez une femme aussi heureuse que ma mère l'a été avec Stephen, comme Betty l'est avec John Wilding, et comme j'espère l'être un jour moi-même.

Pour une fois, Mélia demeura complètement sans voix. Sa bouche s'entrouvrit de surprise ; elle regarda Tally comme s'il était devenu fou ; puis, avant qu'elle ait eu le temps de dire quoi que ce soit, le taxi stoppa devant l'hôtel et le chasseur ouvrit la portière.

Il était encore tôt, et il y avait des gens dans le salon, d'autres sortaient du bar. Tally s'arrêta devant l'ascenseur.

— Bonsoir, Mélia.

— Mais, Tally... nous ne pouvons pas nous quitter comme ça. J'ai tant de choses à vous dire !

— Je ne crois pas, répondit Tally.

Mélia le regarda. Elle vit à l'expression de son visage que c'était fini, qu'il était décidé et ne changerait pas d'avis. Elle détourna rageusement la tête.

— Très bien alors, si vous voulez dire « Adieu ».

— Adieu, répéta Tally, et il serait parti si elle ne l'avait retenu par la main.

— Tally, qu'allez-vous faire ?

— Je n'en suis pas sûr, répondit-il gravement, mais je crois que je vais rentrer à Londres.

16

— Comment vous remercier, Jane ? demanda John Wilding.

— Me remercier de quoi ? demanda Jane distraitement en se penchant pour rapprocher l'assiette de Jim et pour arranger la serviette autour de son cou.

— Vous savez très bien ce que je veux dire.

Jane lui sourit.

— Je n'ai pas besoin d'être remerciée, répondit-elle. Je ne saurais vous dire combien j'ai été heureuse de pouvoir rendre service à Betty.

— Betty m'en parlait hier soir, dit John, et nous avons pensé que nous pourrions vous offrir quelque chose qui vous ferait vraiment plaisir, mais nous n'avons pas encore trouvé quoi.

— Vous avez déjà fait beaucoup. Notamment Betty, en me choisissant comme amie et en me permettant de m'occuper de votre adorable petit garçon.

Jim leva les yeux et dit, la bouche pleine :

— J'entends que vous parlez de moi.

Jane et John éclatèrent de rire.

— Nous devons faire attention à ce que nous disons devant lui, dit John en reprenant son sérieux. Il commence à être trop satisfait de sa personne, il était temps que je revienne.

— Je crois que c'est l'avis de Betty depuis longtemps, mais vous êtes tout de même arrivé au moment où l'on vous attendait le plus.

— A vrai dire, je ne me suis pas mal débrouillé.

L'expression de contentement de soi sur son visage était si ressemblante à celle de Jim quand il était fier de lui que Jane, de nouveau, ne put s'empêcher de rire.

— Qu'est-ce qui vous fait rire ? demanda John d'un air méfiant.

— Je ne vous le dirai pas, répondit Jane. Seule Betty pourrait comprendre, mais continuez votre récit.

— Eh bien, quand j'ai reçu la lettre de Betty me parlant de la maladie de Lizzie, j'ai pensé que la situation était plus grave qu'elle ne le disait car elle a toujours essayé de m'épargner toute inquiétude à propos des enfants quand j'étais en déplacement. Mais cette fois, j'ai lu entre les lignes. Aussi suis-je allé voir « le Vieux » — notre commandant —, et je lui ai demandé une permission exceptionnelle. Je lui avais rendu un fier service pendant la guerre et je savais qu'il ne pourrait me la refuser.

— Je n'oublierai jamais la joie que j'ai éprouvée en vous voyant. Vous étiez la réponse à ma prière. J'étais désespérée et je ne savais que faire. Betty venait de me téléphoner, je ne pouvais pas aller la rejoindre en laissant Jim tout seul. Et puis j'ai entendu votre clé dans la serrure...

— Et vous m'avez donné des ordres comme un capitaine en personne ! Si j'avais eu le temps de penser à quoi que ce soit, j'aurais été médusé de votre autorité.

Jane sourit :

— Vous me faites passer pour un tyran mais cela m'est égal. Betty m'a dit que si vous n'aviez pas été près d'elle à ce moment-là, n'importe quoi aurait pu arriver.

— Betty était épuisée, reconnut John... Bon, après ces émotions, je vais emmener toute ma petite famille en vacances.

— Où irez-vous ? demanda Jane.

— Je n'ai encore rien décidé. J'aimerais les emmener en Suisse.

— Oh ! ils vont adorer cela. Je vois d'ici Jim sur

des skis. Il y a des enfants encore plus petits que lui qui apprennent et, ce qui est très humiliant pour moi, c'est qu'ils sont bien meilleurs que je ne le serai jamais.

— Vous avez aimé Saint-Moritz, n'est-ce pas ?
— C'était merveilleux. Jamais je n'oublierai les montagnes, ni l'éclat du soleil sur la neige, un spectacle d'une beauté presque irréelle.
— Et cependant vous avez tout abandonné pour venir nous aider !
— Bon, vous n'allez pas recommencer ! Un peu plus de pudding, Jim ?
— Non merci, tatie Jane. Je peux sortir de table ?
— Oui, mon chéri. Dis ta prière.

Jane se leva pour lui retirer sa serviette, essuyer sa bouche et tirer sa chaise. John l'observait et, alors que Jim retournait vers les soldats qu'il avait installés dans un coin de la pièce avant le petit déjeuner, déclara :

— Tally a vraiment de la chance, et je suppose que tout le monde le lui a déjà dit.

Jane resta immobile pendant un instant, puis elle se tourna vers la cheminée de façon que John ne puisse voir son visage.

— Quelle est la date du mariage ?
— Je n'en sais rien, répondit Jane.

Quelque chose dans sa voix avertit John qu'elle ne souhaitait pas continuer sur ce sujet.

— Je dois faire la vaisselle et sortir en promenade avec Jim. Irez-vous à l'hôpital ?
— Oui, je vais appeler Betty à trois heures. J'espère qu'elle rentrera ici pour prendre le thé avec vous mais auparavant, elle devrait aller prendre un peu l'air.
— Oui, bien sûr.
— J'emmènerai Jim se promener, dit John. Cela me fera plaisir.

— D'accord, dit Jane avec enthousiasme. Tu es content, n'est-ce pas, Jim ?

— On y va maintenant ? demanda Jim plein d'espoir en se relevant d'un bond.

— Dans deux ou trois minutes, mon garçon. Laisse-moi finir ma cigarette.

— Je vais chercher mon manteau, dit Jim.

Ils entendirent ses petits pas, rapides dans le hall et plus lourds dans l'escalier.

— Il est très indépendant, expliqua Jane. C'est magnifique de voir tout ce qu'il sait faire.

— Vous savez que je vais quitter la Marine, n'est-ce pas ?

— Betty y a fait allusion.

— Je ne le lui ai pas encore dit, mais j'ai reçu une offre pour une situation intéressante. C'est dans une usine à Saint-Albans, et je sais que Betty sera ravie quand je lui annoncerai que nous allons vivre à la campagne.

— Comme c'est bien ! s'exclama Jane.

— Oui, nous allons être enfin réunis, dit John. Il y a des années que j'en rêve.

Il avait un tendre sourire au coin des lèvres, et Jane pensait à la joie de Betty quand elle apprendrait la nouvelle. Tout en débarrassant la table, elle avait la gorge serrée. Verrait-elle jamais une telle expression sur le visage de Tally ? Regarderait-il un jour tendrement et amoureusement sa femme ? Serait-il un jour profondément heureux, entouré d'une famille qu'il aurait fondée ? Elle laissa couler ses larmes.

« Quelle folle je suis de demander la lune », se dit-elle à haute voix.

A cet instant, elle entendit sonner le téléphone, essuya ses mains et se hâta d'aller répondre. C'était Betty.

— Jane, est-ce que tout va bien ? Lizzie s'est

endormie après avoir bien mangé et je vous appelle pour avoir de vos nouvelles.

— Nous allons très bien. Jim s'est resservi deux fois de tous les plats, John aussi d'ailleurs, et je crois que vous n'avez pas de souci à vous faire, ni pour l'un ni pour l'autre.

— Je ne m'inquiète pas pour eux, répondit Betty, j'ai seulement peur que vous ne les gâtiez trop et qu'ils n'aient pas envie de me voir rentrer.

— Je ne crois pas que vous ayez de crainte à avoir. Quand revenez-vous ?

— C'est un peu pour cela que je vous appelle. Je voulais vous prévenir que je rentre à la maison ce soir. Le médecin pense que Lizzie s'accommodera très bien d'une infirmière de nuit et, si elle continue à se rétablir aussi vite, il la laissera rentrer à la maison à la fin de la semaine.

— C'est merveilleux ! s'exclama Jane.

— Oui, n'est-ce pas ? Quand le chirurgien l'a vue ce matin, il a été très content d'elle.

— Et en ce qui vous concerne, qu'a dit le médecin ?

— Oh, c'était ridicule ! Il a simplement dit que je devais me reposer. Il ne faut pas s'inquiéter de cela maintenant que John est à la maison. Je vais me remettre aussi vite que Lizzie. John est le seul fortifiant dont j'aie besoin, vous le savez bien.

— Oui, je sais. Voulez-vous que je l'appelle ?

— Oui, s'il vous plaît. Et, Jane, voulez-vous être un ange ? Pourriez-vous me repasser ma plus belle chemise de nuit ? Vous la trouverez dans le tiroir supérieur de la commode de ma chambre. Je l'ai mise de côté depuis plus d'un an pour le retour de John. Elle doit être un peu froissée, et je n'ai pas eu le temps de la repasser.

— Je vais la préparer.

— Je vous remercie, ma chérie.

Jane posa le récepteur sur la table et alla chercher John. Il était assis dans le fauteuil de la salle à manger.

— Betty est au téléphone, dit-elle.

Elle remarqua l'étincelle dans son regard et la façon dont il bondit sur ses pieds. Discrètement, elle retourna à la cuisine pour ne pas entendre la conversation.

Elle finit la vaisselle et enleva son tablier. Puis elle installa la table à repasser et monta chercher la chemise de nuit de Betty.

Jim était dans sa chambre, boutonnant soigneusement son manteau.

— Je suis prêt, tatie Jane, sauf que je ne peux pas lacer mes chaussures.

— Je vais le faire, dit Jane en se mettant à genoux à côté de lui. As-tu tes gants ?

Il les sortit de la poche de son manteau.

— Tu es un petit garçon très dégourdi ! Préviens papa que tu es prêt.

— Je t'ai aidée, n'est-ce pas ? demanda Jim. Maman a dit que je devais t'aider.

— Tu m'as très bien aidée. Fais-moi une bise.

Il posa ses lèvres sur la joue de Jane puis descendit l'escalier, en criant « Papa, papa ». Quelques instants plus tard, Jane entendit claquer la porte d'entrée et comprit qu'ils étaient partis.

Elle se rendit dans la chambre de Betty, se dirigea vers la commode et resta quelques minutes à regarder autour d'elle. C'était une jolie chambre. Les murs étaient dans des tons de pêche très doux et les rideaux en chintz à fleurs multicolores sur un fond parfaitement assorti à la couleur de la tapisserie. Il y avait un grand lit ; Betty lui avait raconté que c'était le cadeau de mariage que leur avait fait son père. « Il n'aimait pas la nouvelle mode des lits jumeaux, et nous étions bien d'accord avec lui, John et moi. Nous aimons notre grand lit, même s'il prend beaucoup de place. »

En effet, il n'y avait guère d'espace pour d'autres meubles. La coiffeuse avec son jupon de chintz était bien éclairée par la fenêtre, et il y avait juste assez de place pour une commode près de la porte. Mais cette chambre respirait le bonheur, songea Jane en se disant qu'elle irait tout à l'heure acheter quelques fleurs pour les mettre sur la coiffeuse.

C'est alors que pour la première fois elle se sentit de trop. John et Betty souhaiteraient certainement être seuls ce soir. Ce serait leur première occasion depuis le retour de John de bavarder et d'être ensemble, sans rien qui puisse assombrir leurs retrouvailles puisque Lizzie était toute proche de la guérison.

Jane tira de sa poche une lettre qu'elle avait reçue le matin. Elle portait le cachet de Saint-Moritz. Pendant un instant, Jane crut qu'elle venait de Tally mais, en examinant l'écriture, elle vit qu'elle s'était trompée : c'était une lettre de Patience Plowden. Une longue lettre un peu triste. Sa mère tendait de son mieux les bras à l'enfant qu'elle avait abandonné de nombreuses années auparavant, mais cette période de séparation ne pouvait être comblée aussi facilement.

Je sais que vous êtes fiancée, ma chérie, et que vous avez déjà échafaudé des plans pour le futur ; mais si vous voulez venir me voir, il y aura toujours une chambre pour vous ici et je tiens à ce que vous soyez persuadée que je serai très heureuse de vous retrouver. Nous nous connaissons à peine, mais je sens néanmoins que nous pourrions être de véritables amies. J'aimerais vous connaître mieux, ma petite Jane ; aussi rappelez-vous que si vous avez besoin d'une amie, vous pouvez toujours compter sur votre mère.

Jane lut deux fois la lettre d'un bout à l'autre puis elle replia les feuillets et les remit dans l'enveloppe. Elle songea à sa mère, se remémora leur première rencontre et se souvint de cette voix émouvante qui tenait les spectateurs sous le charme dans la grande salle de bal.

Qu'avaient-elles en commun ? Pouvaient-elles être amies ?

Elle n'était pas sûre de la réponse. Elle avait du mal à analyser ce qu'elle ressentait. Sa mère avait si peu compté dans sa vie, du moins jusqu'au jour où elle avait découvert la lettre et les coupures de journaux dans le bureau de sa tante ; elle avait alors ressenti de l'amertume et une haine farouche contre cette femme qui l'avait abandonnée et était la cause directe de la vie de souffrance et de détresse qu'elle avait connue chez sa tante. Elle avait eu honte de sa mère, l'ombre sinistre qui avait gâché son enfance. Aussi avait-elle du mal à se faire à l'idée que Patience Plowden était brillante, intelligente et pleine de charme.

Quelque chose en Jane résistait à la tendresse qui lui était offerte. Il était facile pour Patience Plowden, songeait-elle amèrement, de proposer son amitié à sa fille à la veille d'un riche mariage. Serait-elle aussi bienveillante et accueillante envers une pauvre fille sans le sou et sans relations ?

Au moment même où elle formulait cette interrogation, Jane jugea ce cynisme indigne d'elle en se rappelant la conduite courageuse de sa mère pendant la guerre. Pourtant, elle ne parvenait pas à répondre à une tendresse aussi tardive.

Que lui réservait l'avenir ? Pouvait-elle demander à Betty de l'aider ? Si elle lui avouait qu'elle cherchait du travail, elle dévoilerait à nouveau le secret de Tally. Mais devait-elle se soucier de cela ? En ce moment, Tally avait probablement renoué avec Mélia et peut-être que dans quelques jours seulement tout le monde apprendrait que ses propres fiançailles avec Tally n'avaient duré que le temps d'un feu de paille. Avec un soupir, Jane quitta la chambre, ferma la porte derrière elle et descendit au rez-de-chaussée.

Elle repassa le déshabillé de Betty, rangea la salle à manger et prépara le feu dans le salon. Elle était sur le point de monter à l'étage pour mettre son manteau quand le téléphone sonna de nouveau. Elle se hâta vers l'appareil. Cette fois, c'était un télégramme pour elle. Elle écrivit sous la dictée de l'opératrice : « *Retour par avion demain. Dînez avec moi demain soir, Tally.* »

C'était tout. C'était si typique de lui qu'elle sourit. Il avait oublié qu'à la différence de Mélia, elle n'avait pas une foule de jeunes gens se pressant autour d'elle pour l'inviter à dîner. Il s'assurait qu'elle était libre, habitué qu'il était à côtoyer des femmes au carnet de rendez-vous si rempli qu'il fallait les retenir au moins vingt-quatre heures à l'avance. Jane sourit, et son cœur qui déjà battait plus vite se serra violemment. Tally l'avait invitée à dîner, elle n'en connaissait que trop bien la raison. C'était certainement pour lui parler de Mélia. Pour quelle autre raison reviendrait-il et qui plus est par avion ? Des projets n'admettant aucun retard devaient être envisagés, sinon, pourquoi cette précipitation ?

C'est alors qu'elle sut avec une absolue certitude qu'elle ne supporterait pas un tel discours. Elle ne pourrait pas entendre sa voix calme et impersonnelle la remerciant pour les services rendus et lui disant « au revoir ». Sans doute lui offrirait-il de l'aider, peut-être même de l'argent ? Elle serait congédiée comme une domestique dont on n'a plus besoin. Il prendrait sa main, lui sourirait, et elle le regarderait dans les yeux, ces yeux dans lesquels elle avait pu lire tant de choses. Cette fois, ils seraient gentils et amicaux, et Jane savait que ce serait insupportable.

— Je ne pourrai pas faire face, je ne pourrai pas, dit-elle tout haut. Son émotion était si intense qu'elle tremblait des pieds à la tête.

Désemparée, elle regarda autour d'elle. Soudain, la maison de Betty devenait une prison où elle devait attendre Tally qui lui offrirait non pas la liberté mais plutôt le désespoir, puisqu'elle ne devrait plus le voir. Elle savait maintenant que sans lui le monde serait éternellement gris, sans soleil, et le chemin du bonheur définitivement inaccessible.

« Je suis comme Margaret Melton, se dit-elle. Je ne peux aimer qu'un seul homme. » Elle se réserva de songer à cela plus tard, aujourd'hui il lui fallait affronter le moment horrible où Tally lui dirait adieu.

« Je ne pourrai pas le supporter, non, je ne pourrai pas... », se dit-elle de nouveau et elle prit alors sa décision. Elle s'assit d'abord au bureau de Betty dans le salon et écrivit une lettre. Elle y disait qu'elle avait dû partir de façon imprévue et qu'elle comptait sur la compréhension de Betty. Elle la remerciait pour tout le bonheur qu'elle avait éprouvé dans sa maison et pour la gentillesse qu'on lui avait témoignée.

Elle avait les larmes aux yeux en pensant à Jim et à Lizzie, et, au bas de la lettre, elle ajouta:

Je crois que Tally arrive demain. Voulez-vous, s'il vous plaît, lui donner la valise que j'ai laissée dans ma chambre et aussi la lettre que je laisse ici avec la vôtre ?

Elle plia sa lettre, la glissa dans une enveloppe et prit une autre feuille de papier. Sa lettre pour Tally n'avait que trois lignes mais elle hésita longuement. Quand elle fut enfin terminée, elle se leva et descendit à la cuisine.

Elle fit des gâteaux pour le thé. Ensuite, elle lava et éplucha les légumes pour le dîner. Puis elle mit la table pour le thé et monta à sa chambre.

Elle fit ses bagages rapidement. Elle disposait de peu de temps avant le retour de Betty, mais tout fut vite emballé et elle quitta la maison vêtue de la robe et du manteau de couleur bleue qu'elle portait le premier soir lorsqu'elle s'était rendue à Greystones. Elle emporta ses affaires dans un petit carton qu'elle avait trouvé dans le placard à provisions de Betty.

Quand la porte de la maison claqua derrière elle, elle regarda des deux côtés, semblant hésiter sur la direction à prendre, puis elle marcha droit devant elle jusqu'à l'arrêt d'autobus. Elle prit un bus qui la déposa non loin de l'appartement de Tally. Elle alla jusqu'à l'immeuble et sonna le garçon d'ascenseur.

— Y a-t-il quelqu'un chez lord Brora ? demanda-t-elle.

— Il me semble que son domestique est sorti, répondit-il d'un air revêche.

— Peut-être pourriez-vous m'aider ? Je suis la fiancée de lord Brora, Jane MacLeod.

Il changea d'attitude.

— Bonjour, mademoiselle, dit-il en ôtant sa casquette.

— Je viens chercher une valise dont j'ai besoin. Je l'ai laissée dans l'appartement avant notre départ pour la Suisse. Pouvez-vous la récupérer pour moi ?

— Certainement, mademoiselle. Vous voulez une valise ?

— Oui, une valise noire.

L'homme fit un signe de tête et monta dans l'ascenseur en priant Jane d'attendre. Elle était fébrile d'impatience. Enfin le liftier réapparut, portant à la main la valise qu'elle avait achetée à Glendale lorsqu'elle avait envisagé de se rendre à Londres.

— Est-ce que c'est ce que vous vouliez, mademoiselle ?

— Oui, je vous remercie.

Jane lui donna un pourboire et se tourna vers la porte.

— Voulez-vous que j'appelle un taxi, mademoiselle ? Ou bien êtes-vous en voiture ?

— Non, je vous remercie, j'irai à pied. Je ne vais pas loin.

Il la regarda d'un air surpris et Jane réalisa qu'habituellement les amis de Tally ne quittaient pas l'immeuble à pied en portant de lourdes valises !

Elle sortit rapidement et ce ne fut que lorsqu'elle eut tourné le coin de la rue et fut hors de vue qu'elle posa sa valise pour se demander où elle pourrait bien aller.

La première chose à faire était de dénicher un endroit où loger le soir-même, la seconde de trouver du travail.

Elle était résolue maintenant à s'éloigner non seulement de Tally mais aussi de la vie qu'il lui avait fait découvrir. Elle se disait que sa seule chance de pouvoir affronter l'avenir était d'oublier tout ce qui était arrivé comme si cela n'avait été qu'un rêve merveilleux. Elle devait prendre un nouveau départ et oublier la Jane MacLeod qui avait porté des toilettes de chez Michael Sorrel, qui avait fréquenté des gens tels que Margaret Melton ou Gérald Fairfax. Elle devait retrouver sa place et redevenir ce qu'elle était auparavant : une discrète et tranquille secrétaire que personne ne remarquerait dans la foule affairée de Londres.

Elle ramassa sa valise. Il valait mieux qu'elle essaye de se loger dans la banlieue, mais auparavant elle devait changer d'aspect. Elle alla dans des toilettes publiques d'Oxford Street. Elle enleva sa robe et son manteau et enfila le vieux manteau et la jupe qu'elle portait à son arrivée à Londres. Elle avait oublié leur laideur et s'était également quelque peu habituée à la coupe et au fini des vêtements chers qu'elle portait depuis peu, de sorte qu'elle fut horrifiée par son allure quand elle se regarda dans un miroir.

Elle porta la main à ses cheveux pour les rejeter en arrière et les serrer en chignon, mais elle ne put s'y résoudre. Elle se contenta de mettre un vilain chapeau marron après avoir enfermé dans la valise le petit bonnet qui encadrait son visage d'un halo de plumes. Elle se regarda de nouveau dans un miroir. Ses yeux se brouillèrent de larmes, puis elle se dit vivement : « Allons ! Jane MacLeod, reprends-toi et cesse d'être sentimentale. Tu as pris du bon temps mais c'est fini maintenant, et plus vite tu regarderas les choses en face, mieux ce sera. »

Cette harangue lui rappela celles de sa tante. C'est le genre de discours qu'elle lui aurait tenu. Jane essaya de rire de l'imitation mais elle n'en fut pas capable car sa voix se brisa en un sanglot.

Elle reprit sa valise, quitta les toilettes publiques et monta dans le premier bus qui arrivait. Elle acheta un ticket pour deux sections sans demander la destination. Une demi-heure plus tard, elle se retrouva dans Streatham. Il pleuvait un peu quand elle était montée dans le bus mais lorsqu'elle en descendit c'était un vrai déluge accompagné d'un vent qui la transperçait. Elle avançait en clopinant, chargée de sa valise, levant les yeux vers chaque maison dans l'espoir de voir un écriteau « Appartement à louer ». Finalement, quand elle eut trop mal au bras et qu'elle fut bien mouillée et bien crottée, elle demanda à un agent de police :

— Pourriez-vous me dire où je trouverais à me loger pour cette nuit ?

Il la regarda de haut en bas, et elle pensa qu'il était en train d'évaluer combien elle pouvait payer.

— C'est difficile de vous donner un conseil. Vous pourriez essayer Arcadia Road. Il y a là deux ou trois propriétaires qui louent des chambres.

— Je vous remercie. De quel côté dois-je aller ?

— Tournez à droite au premier carrefour et à gauche au second.

C'était à quelque distance, et le temps d'arriver à Arcadia Road, Jane fut complètement trempée. Dans les deux premières maisons, il n'y avait rien à louer mais dans la troisième, la propriétaire se montra un peu hésitante.

— Oh ! s'il vous plaît, louez-moi cette chambre, dit Jane d'un ton désespéré. Il fait si mauvais, cette nuit, et je ne sais où m'adresser si vous ne voulez pas de moi.

— Bon, mais normalement je ne loue pas pour si peu de temps.

— Si je m'y trouve bien, je resterai davantage.

— Alors, c'est différent.

C'était une femme maigre qui paraissait harassée. Elle montra le chemin à Jane dans un escalier miteux et la fit entrer dans une petite chambre pauvrement meublée située au troisième étage.

— Je la prends, dit Jane d'un air las.

C'était très certainement au-dessus de ses moyens, mais à ce moment elle était si fatiguée et si trempée qu'elle aurait payé n'importe quoi.

— Est-ce que vous dînerez ?

— Non merci, répondit Jane.

Elle avait l'impression qu'elle n'aurait plus jamais faim de sa vie. Elle voulait seulement qu'on la laisse tranquille.

La propriétaire ferma la porte derrière elle. Jane posa sa valise et ce faisant, elle se vit dans le miroir au-dessus de la coiffeuse. Pendant quelques minutes, elle garda les yeux fixés sur l'étrangère qu'elle apercevait là ; sur ses habits mal seyants ; sur ses cheveux mouillés qui pendaient le long d'un visage blême, transi de froid et tragiquement triste.

C'était en apparence une étrangère, et cependant la douloureuse détresse de son cœur n'était que trop connue de Jane qui s'affala dans un fauteuil et enfouit son visage dans ses mains.

17

Tally finissait de s'habiller en sifflotant. Il épingla un œillet rouge à la boutonnière de son smoking. Il se faisait une joie de cette soirée qu'il attendait avec impatience depuis le matin.

Il avait quitté Saint-Moritz avant l'aube. Durant son voyage en avion, il avait pensé à Jane et réalisé qu'il était près de faire une découverte — découverte de quoi, il ne savait pas encore — mais en tout cas de quelque chose d'important qu'il attendait depuis longtemps.

Il ressentait cet étrange sentiment d'urgence et d'excitation qui toujours préludait à l'aventure. Le rideau se levait sur un nouvel épisode de sa vie. Et pour une fois, n'ayant pas déterminé le but à atteindre, il trouvait séduisante cette nouvelle incertitude.

Au cours de discussions amicales, Tally avait souvent soutenu la théorie selon laquelle Don Juan n'était pas un grand amoureux mais simplement un idéaliste qui n'avait jamais rencontré la femme parfaite. A travers ses propres aventures, il avait en fait toujours cherché quelque chose de plus noble et de plus grand que les petites victoires qu'on remporte immanquablement. Connaître l'issue d'avance était source de déception et, plus souvent qu'il ne voulait bien l'admettre, le merveilleux enjeu, une fois obtenu, semblait terne, sans intérêt et le laissait désenchanté.

Qu'attendait-il de Jane ? Il ne le savait pas pour l'instant. Tout ce qu'il pouvait dire, c'est qu'elle l'attirait par ses réactions inattendues. Elle occupait ses pensées depuis un certain temps déjà ; et maintenant, à la lumière des derniers événements, après qu'elle avait, de sa propre initiative, aidé Margaret à retrouver le bonheur, il mesurait à quel point elle était différente de toutes les filles qu'il avait rencontrées jusque-là.

Tally était trop honnête avec lui-même pour ignorer que sa récente attitude avec Mélia n'était pas sans rapport avec Jane. Pourtant, ce n'était pas seulement « tout nouveau, tout beau ». Il commençait à se demander s'il ne s'était pas intéressé à Mélia uniquement parce qu'elle était réputée inaccessible. Il était sûr maintenant de ne l'avoir jamais aimée. Il avait admiré sa beauté, il avait voulu la posséder tout comme il aurait aimé posséder un bel objet ou un tableau, plaisirs fugaces qui n'ont jamais transformé la vie de quiconque.

Il réalisait tout à coup que tenir une jolie femme dans ses bras n'était pas suffisant. Cela pouvait satisfaire le corps mais l'esprit aspirait à quelque chose de plus. C'était, se disait-il, cette découverte qui le poussait à retourner d'urgence à Londres et à retrouver Jane.

Il lui semblait qu'elle avait beaucoup grandi dans son estime depuis leur dernière conversation. Elle était alors une jolie jeune fille, séduisante et serviable. Il l'aimait bien. Il aimait lui faire plaisir parce qu'elle était naturelle et spontanée. Mais elle ne lui avait en aucune façon paru exceptionnelle, elle n'avait pas éveillé en lui le désir de mieux la connaître.

« J'exagère peut-être tout cela », se disait Tally dans l'avion. Il s'étonnait par ailleurs que sa mère eût fait peu de commentaires quand il avait annoncé son départ. Ni elle ni Gérald n'avaient posé de questions quand il avait déclaré d'un ton léger qu'il retournait à Londres pour quelques jours.

— Je vais revenir, bien sûr. Nous devrions pouvoir te rapatrier dans environ une semaine, mon vieux, avait-il dit à Gérald.

— J'espère que ton voyage ne sera pas trop désagréable, avait dit sa mère calmement. Les journaux annoncent du brouillard au-dessus de la Manche.

— Oh ! tout ira bien, avait répondu Tally, étonné qu'ils ne lui demandent pas la raison de son départ.

Comme il devait partir avant son réveil le lendemain matin, il était allé faire ses adieux à sa mère avant qu'elle ne se couche.

— Ça ira, maman ?
— Bien sûr, mon chéri !

Elle lui avait adressé un sourire radieux, et il avait eu le sentiment que désormais, où qu'elle se trouve, elle se sentirait toujours bien.

— Si je vois Jane, l'embrasserai-je pour vous ?
— Bien sûr ! Je lui ai écrit aujourd'hui pour essayer de la remercier, mais cela ne peut pas se faire avec des mots. Dis-lui que j'espère la voir bientôt.

— Il vaudrait mieux qu'elle vienne à Greystones quand vous serez de retour, avait suggéré Tally.

— Excellente idée.
— Je lui raconterai en tout cas comme vous avez

changé. Vous ne voyez pas d'inconvénient à ce que je lui dise ?

— A Jane ? demanda sa mère. Bien sûr que non, elle... elle comprendra.

Tally avait voulu lui demander des précisions au sujet de cette remarque. Comment cette toute jeune fille, une étrangère dont ils ne savaient rien, s'était-elle insinuée dans leurs vies et avait-elle pu à ce point les transformer ? Mais la question ne pouvait pas franchir ses lèvres. Il s'était contenté d'embrasser sa mère, lui souhaitant une bonne nuit puis avait regagné sa chambre.

Il n'avait pu trouver le sommeil, ce qui lui arrivait très rarement, et cependant s'était senti extraordinairement frais et dispos quand le taxi était venu le chercher au petit matin. Le départ fut retardé de quelques heures par le brouillard et, à son arrivée à Londres, Tally n'eut que le temps d'aller à son appartement pour prendre un bain et se changer avant son rendez-vous avec Jane.

Tout était prêt chez lui : le feu était allumé et ses vêtements du soir étaient préparés. Il était déjà huit heures moins dix quand il sortit de sa chambre. Son domestique l'attendait, tenant son manteau.

— La voiture est en bas, monsieur le comte.

— Bien ! dit Tally, qui tendit le bras pour prendre son manteau.

— Je ne sais pas si vous êtes au courant, monsieur le comte mais le garçon d'ascenseur m'a dit que miss MacLeod était venue chercher sa valise. J'étais sorti à ce moment-là, aussi je pense que je devais vous le signaler.

— Quelle valise ? demanda Tally.

— Celle que vous aviez laissée ici avant de partir pour la Suisse, monsieur le comte. Une petite valise noire. Vous m'aviez dit que vous n'en auriez plus besoin, mais comme elle était pleine, je l'avais laissée dans l'entrée en attendant vos instructions.

— Ah oui, je me souviens maintenant.

Tally se souvenait de cette valise qui contenait les anciens vêtements de Jane. « Pourquoi est-elle venue la chercher ? » se demanda-t-il. Il imaginait diverses explications tandis que son chauffeur le conduisait vers la maison de Betty. Sans attendre que celui-ci lui ouvre la portière, il s'élança vers la sonnette.

John ouvrit la porte.

— Grands dieux, Tally ! Je ne m'attendais pas à te voir.

— Et moi non plus. Comment vas-tu, John ?

— Au mieux... pour le moment.

— Quand es-tu revenu ? demanda Tally en pénétrant dans la petite entrée. Je te croyais en Asie.

— Je suis revenu en avion : « permission exceptionnelle. »

Tally s'arrêta soudain.

— Est-ce que Lizzie va bien ?

— Ça va maintenant, mais il s'en est fallu de peu.

— Pauvre Betty, je ne savais pas. J'ai téléphoné à Jane il y a quelques jours et elle m'a dit que cela allait mieux.

— En effet, elle est presque rétablie. Mais, pourquoi restons-nous ici ? Entre et viens dire bonsoir à Betty.

Betty se trouvait dans le salon. Assise sur le canapé, elle reprisait une petite chaussette blanche.

— Tally ! s'exclama-t-elle. Pourquoi ne pas avoir prévenu que vous alliez venir ?

Tally eut l'air étonné.

— Jane vous l'a sûrement dit.

Betty ouvrit de grands yeux.

— Elle a laissé une lettre pour vous, mais elle n'a pas dit que vous deviez venir ce soir.

— Une lettre pour moi ? répéta Tally. Elle n'est donc pas là ?

— Oh ! Tally ! John et moi nous sommes inquiets à son sujet. Elle est partie hier soir.

— Où cela ?

— Nous n'en avons pas la moindre idée. Elle a seulement dit qu'elle était obligée de s'en aller. Nous pensions que vous le sauriez. Je voulais vous écrire aujourd'hui.

— Où est la lettre qu'elle a laissée pour moi ?

— Là-bas sur le bureau.

Il alla la chercher. Dans son dos, John et Betty échangeaient des regards inquiets.

— J'ai dit à Betty de ne pas se mettre martel en tête. Elle a imaginé toutes sortes de choses mais je crois que l'explication est toute simple. De toute façon, vous allez sans doute nous éclairer quand vous aurez lu sa lettre.

Tally ne dit rien. Il ouvrit l'enveloppe et lut. Au bout d'un instant, il leva la tête.

— Vous n'avez vraiment aucune idée de l'endroit où elle est allée ? demanda-t-il, et Betty remarqua dans sa voix une intonation tout à fait inhabituelle.

— Aucune, répondit Betty. En fait, j'ai été très surprise quand je suis revenue de l'hôpital, à l'heure du thé, de découvrir que Jane était partie. Il y avait une lettre pour moi — vous la trouverez également sur le bureau — dans laquelle elle annonce qu'elle a dû partir, elle me demande aussi de vous donner votre lettre et sa valise.

— Quelle valise ?

— Celle avec laquelle elle était venue. Elle est en haut et... Tally... ses vêtements sont dedans.

Sa voix se brisa. John se dirigea vers le canapé, se pencha et lui prit la main.

— Ne t'inquiète pas, ma chérie... (Puis s'adressant à Tally, il ajouta :) Betty a eu assez d'émotions, elle n'a pas besoin de cela encore. Elle ne cesse de penser que Jane s'est suicidée ou a fait une bêtise. Connaissant Jane, tu sais bien qu'une idée pareille ne tient pas debout.

— Mais pourquoi est-elle partie ? demanda Betty. Elle était heureuse ici avec nous, elle ne cessait de le répéter.

Tally se tenait immobile au milieu de la pièce sans dire un mot ; il referma très lentement ses doigts sur la lettre de Jane et l'enfonça profondément dans la poche de son smoking. Il ne disait toujours rien. Finalement Betty, en pleurs, demanda de nouveau :

— Tally, pourquoi est-elle partie ?

— Parce qu'elle ne voulait pas me voir.

Betty poussa une exclamation de surprise. Cependant, il était clair que la réponse de Tally la rassurait.

— Mais pourquoi ? Pourquoi, Tally, ne voudrait-elle pas vous voir puisqu'elle vous aime ?

— Comment le savez-vous ? lui lança vivement Tally.

— Mais c'est évident ! Je me trompe rarement, Tally, quand il s'agit d'amour. J'ai aimé John pendant assez longtemps pour reconnaître tous les symptômes. Jane vous aime à la folie. J'ai observé son visage quand je parlais de vous, j'ai vu l'expression de son regard... la façon dont sa bouche s'adoucissait et s'attendrissait à la seule évocation de votre nom. Bien sûr qu'elle vous aime ! Mélia est différente. Elle n'a jamais été le moins du monde amoureuse de vous, je m'en rendais bien compte. Elle s'aime beaucoup trop elle-même, alors que les sentiments de Jane pour vous sont les mêmes que ceux que j'éprouve pour John : elle donnerait sa vie pour vous si vous en exprimiez le désir, comme je le ferais moi-même pour John.

— Ainsi, elle m'aime... dit Tally pensivement.

Il quitta le centre de la pièce pour se rapprocher

du feu. Il posa ses bras sur le manteau de la cheminée et resta là, immobile, à regarder les flammes.

— Mais, bien sûr ! C'est pourquoi j'étais si heureuse pour vous, Tally. Nous avons toujours eu peur, Gérald et moi, qu'une femme vous épouse pour votre titre ou votre fortune. Mais Jane vous aime... elle aime le véritable Tally comme nous vous aimons, nous. Mais seulement beaucoup, beaucoup plus...

La voix de Betty s'étrangla. Dans un gémissement angoissé, elle continua :

— Mais vous devriez savoir tout cela... Qu'est-ce qui est arrivé, Tally ?

— J'ai été un bel imbécile, dit-il sans se retourner.

— Oh ! Tally, vous ne vous êtes pas disputé avec elle ?

— Non, pas du tout, dit-il en se redressant. C'est une longue histoire, Betty, et je n'ai pas le temps de vous la raconter maintenant. Ce que je dois faire avant tout, c'est retrouver Jane. Voyons, où pensez-vous qu'elle soit partie ?

— Où pourrait-elle aller ? A-t-elle de la famille ?

— Aucune ; ni ici, ni en Écosse. Nulle part.

Il ne parla pas de Patience Plowden car il savait que cela retarderait les choses. Il tenait à mettre tout en œuvre pour réagir très vite.

— Cette valise, dit-il enfin, vous dites qu'elle contient ses vêtements... Apparemment elle n'a rien emporté, sinon la robe et le manteau bleu qu'elle portait en arrivant de Saint-Moritz.

— Je m'en souviens, dit Betty d'une voix angoissée. Comment fait-on pour retrouver une jeune fille qui a disparu, qui se cache et qui tient à rester cachée ?

— Franchement, je ne sais pas. Par la police, je suppose.

Les lèvres de Tally se crispèrent amèrement.

— Vous imaginez le bruit que cela va faire ? « Lord Brora à la recherche de sa future épouse... la fiancée envolée »... Non, John, nous devons tenir la police et les journalistes à l'écart.

— Vous avez dit qu'elle n'avait pas de famille ? demanda John. A-t-elle des amis ?

— Si elle en a, je ne les connais pas.

Betty semblait très angoissée.

— Oh ! Tally, que pouvons-nous faire ? Nous devons faire quelque chose. Est-ce que Jane a de l'argent ?

Tally porta la main à son front.

— C'est la question que je me pose, répondit-il. Oh ! Betty, si quelqu'un mérite d'être fusillé, c'est bien moi !

Il y avait tant de remords dans sa voix que Betty lui tendit la main.

— Non, mon cher Tally, tout va s'arranger ! Je le sens. Je regrette seulement de ne pas avoir su plus tôt que Jane et vous n'étiez pas aussi heureux ensemble que vous auriez dû l'être. Je trouvais parfois qu'elle avait l'air triste et, une fois ou deux, j'ai eu l'impression qu'elle avait pleuré. Mais j'étais si absorbée par mes propres soucis et si inquiète au sujet de Lizzie que je crains d'avoir été passablement égoïste.

— Vous n'avez rien à vous reprocher, dit vivement Tally. Tout est de ma faute, Betty. Je n'ai rien compris, je ne me suis aperçu de rien. C'est seulement maintenant que je commence à réaliser, et j'ai peur qu'il ne soit trop tard.

Il y avait dans la voix de Tally une gravité que ni John ni Betty n'avaient entendue auparavant. Le jeune homme gai et superficiel avait laissé la place à quelqu'un de plus mûr, de plus fort et de plus subtil en même temps, capable d'affronter les événements...

— Je retourne chez moi, dit Tally. Je vais essayer de mettre la main sur un ou deux gars que je connais et leur dire de se mettre à l'ouvrage. Je resterai en contact avec vous, Betty, et s'il y a une chose qui vous revient en mémoire et qui pourrait être utile, vous me le ferez savoir, n'est-ce pas ?

— Bien sûr, Tally, et j'espère que vous la retrouverez bientôt.

— Moi aussi, dit Tally, et la simplicité de sa réponse avait quelque chose d'émouvant.

Dans la voiture, alors qu'il retournait chez lui, Tally regarda la vérité en face. Il savait que s'il avait été plus clairvoyant, il aurait pu depuis longtemps se rendre compte qu'en fait il aimait Jane. Elle était entrée dans sa vie et dans son cœur et y avait fait sa place avant même qu'il n'en prenne conscience. Maintenant, confronté à sa disparition, il ressentait une douloureuse sensation de perte qui ne lui révélait que trop clairement la vérité : il était amoureux.

Maintenant il comprenait pourquoi Mélia lui avait paru fade et sans intérêt, et aussi ce qui l'avait poussé à revenir aussi vite en Angleterre, sans même attendre les quelques jours supplémentaires pour que sa mère et Gérald puissent l'accompagner. Il avait besoin de Jane, même si son esprit se révoltait contre cette idée et s'il affectait un certain détachement.

Oui ! il avait besoin d'elle. Il revit son petit visage tourné vers lui, ses yeux exprimant si bien l'allégresse ou la frayeur ; ses lèvres qui pouvaient trembler de colère ou s'entrouvrir avec ravissement quand elle était heureuse. Seigneur ! quel imbécile il avait été ! Quel balourd idiot et prétentieux de n'avoir pas réalisé, dès le premier instant de leur rencontre, qu'il était en présence de la seule personne vraiment digne d'être courtisée ! Il pensa au temps qu'il avait perdu à poursuivre Mélia et aux larmes qu'il avait provoquées chez Jane. Il avait envie de se fustiger pour se punir de sa stupidité.

Sa voiture arriva devant chez lui et il demanda au chauffeur de rester au volant. Il monta l'escalier quatre à quatre, n'ayant pas la patience d'attendre l'ascenseur. Arrivé dans le salon, il alla droit au bureau chercher dans son carnet d'adresses le numéro personnel de miss Ames et l'appela chez elle.

— Miss Ames ? demanda-t-il quand on décrocha.

— Oh! C'est vous, lord Brora! J'ignorais que vous étiez de retour.

— Je viens de rentrer, dit Tally. Bon, à présent, écoutez, j'ai besoin de deux ou trois hommes pour un service personnel. Ils auront à retrouver quelqu'un. Quelqu'un qui a disparu. Ils devront être discrets et astucieux. Sur qui pouvons-nous compter immédiatement ?

Miss Ames réfléchit pendant un instant.

— Je pense à Robinson. Il a le téléphone. Et Minny, vous vous souvenez de lui ?

— Bien sûr : pas rapide mais consciencieux.

— Laissez-moi réfléchir... Que pensez-vous de Yates ? Je peux le joindre, il n'habite pas loin d'ici.

— Bon. Pouvez-vous faire venir ces trois-là d'ici une heure ?

— Chez vous ?

— Oui. Je peux les envoyer chercher par mon chauffeur si cela peut avancer les choses.

— Il vaut mieux ne pas aller les chercher chez eux, dit miss Ames. Les voisins pourraient jaser... Laissez-moi réfléchir. Si la voiture pouvait prendre Robinson et Minny à Hammersmith Broadway, ce serait un gain de temps. Ce quartier de Londres est trop loin de chez Yates pour qu'il les rejoigne et il vaut mieux qu'il vienne par ses propres moyens.

— Prévenez les deux autres que la voiture sera à la sortie de la station de métro et dites à Yates de prendre un taxi.

Puis il raccrocha. Il sonna le portier et lui demanda de faire venir le chauffeur afin de lui donner ses instructions. Puis il sonna son valet de chambre. Quand Boles répondit, il trouva Tally faisant les cent pas dans la pièce et ne sachant même plus pourquoi il avait sonné.

— Désirez-vous manger quelque chose, monsieur le comte, puisque vous ne dînez plus dehors ?

Tally le regarda, les yeux dans le vague, comme s'il était incapable de comprendre ce qu'on lui disait.

— Non, je n'ai besoin de rien, dit-il. Apportez plutôt de la bière, j'attends trois de mes gars d'un moment à l'autre.

Son valet de chambre qui avait, lui aussi, fait partie des « commandos », alla chercher la bière et quatre chopes d'argent qu'il disposa sur la table. Puis il dit en hésitant un peu :

— Laissez-moi vous aider, monsieur le comte.

— M'aider ? demanda Tally.

— Vous êtes sur un coup, n'est-ce pas ? J'aimerais en être. Il n'arrive pas grand-chose ces temps-ci et...

Tally eut un petit rire amer.

— Il m'en arrive à moi, dit-il. D'accord, Boles, vous en êtes. Je vous expliquerai ce qu'il faut faire quand les autres seront là.

Le visage de Boles s'éclaira.

— Merci, monsieur le comte, dit-il d'un ton plein de reconnaissance.

Deux heures plus tard, ils étaient tous assis autour du feu, et Tally les mettait au courant.

— Pas de police, pas de journalistes, c'est la première chose. Vous devrez vous renseigner discrètement. Je suis presque sûr que miss MacLeod va essayer de trouver du travail, soit comme secrétaire dans un bureau, soit dans une boutique. De toute façon, il faudra bien qu'elle habite quelque part. Ce ne sera pas facile mais vous, mes amis, vous savez comment vous renseigner chez les voisins. Elle risque de ne plus avoir d'argent... et il est possible qu'elle aille chez un prêteur sur gages.

Il s'arrêta un instant, comme embarrassé, et il ajouta d'une voix volontairement dure et impersonnelle :

— Ce qu'elle pourrait le plus vraisemblablement mettre en gage serait une robe bleue et un manteau assorti de chez Michael Sorrel. Le manteau est garni de castor et a donc une certaine valeur. Vous l'avez vu sur miss MacLeod, Boles, vous en souvenez-vous ?

— Oui, monsieur le comte, répondit le valet de chambre.

— Très bien, vous concentrerez votre attention sur les prêteurs sur gages.

— Avez-vous une idée du quartier qu'elle aurait pu choisir, patron ? demanda Minny.

— Pas la moindre, répondit Tally, sinon qu'elle évitera certainement Putney où elle habitait auparavant.

— Pensez-vous qu'elle aura changé de nom ?

— J'y ai pensé, mais j'ai le sentiment qu'elle ne le fera pas. Ce n'est pas dans sa nature de mentir si elle peut s'en abstenir.

Il vit Minny hocher la tête d'un air entendu et soudain sentit au plus profond de lui-même tout son être s'écrier : « Ô Jane ! Jane ! Comment pouvez-vous me faire ça ? »

Il parlait et agissait avec brusquerie et méthode mais les quatre hommes à qui il s'adressait étaient néanmoins profondément désolés pour lui. Ils comprenaient, et Tally était convaincu de leur fidélité et de leur dévouement.

Quand ils l'eurent quitté, après avoir promis de commencer immédiatement et de tout mettre en œuvre pour retrouver Jane, il éprouva un immense sentiment de désespoir et de solitude qui dépassait toute expression et alla en s'amplifiant au fur et à mesure que les recherches restaient sans résultat.

Deux jours passèrent, puis trois, puis quatre quand, enfin, Tally téléphona à sa mère pour lui dire la vérité et lui avouer qu'il n'avait pas vu Jane car elle avait disparu.

— J'essaie de la retrouver. Je fais tout mon possible mais en vain jusqu'à maintenant.

— Mais, Tally, elle doit bien habiter quelque part et elle avait très peu d'argent.

— Combien avait-elle ? demanda Tally.

— Je lui avais donné vingt-cinq livres. Mais elle en a dépensé une bonne partie pour m'offrir des fleurs, et j'ai découvert récemment qu'elle avait donné cent cinquante francs à la femme de chambre pour sa nièce.

— Seigneur ! s'exclama Tally. Elle n'a donc quasiment plus rien, car Betty m'a dit qu'elle avait fait beaucoup de cadeaux à Jim et qu'elle avait payé le charbon que le livreur avait apporté. Il ne doit pas lui rester plus de deux ou trois livres, et cela rend la situation encore pire.

— Que vas-tu faire ? demanda Margaret.

— Je suppose que nous allons devoir faire intervenir la police. Je ne peux pas la perdre comme cela.

— As-tu une idée de la raison de sa disparition ?

— Oui, répondit Tally.

Sa mère ne demanda rien de plus, gardant le silence, consciente que certaines choses la dépassaient.

— Gérald et moi nous pensons rentrer lundi prochain, reprit Margaret. Nous nous débrouillerons seuls. Tu n'as pas besoin de revenir.

— Je devrais avoir des nouvelles d'ici là.

— J'espère que tu en auras. Prends soin de toi, mon chéri.

Elle disait cela tout en sachant qu'il n'en ferait rien. Il ne pouvait pas dormir et passait une grande partie de ses nuits à réfléchir à de nouvelles investigations, à des lieux encore inexplorés, et à élaborer de nouveaux plans.

Pendant la journée, il travaillait avec le même acharnement que ses quatre « commandos ». Il frappait à la porte de centaines d'appartements. Il visitait des bureaux dans les faubourgs et dans le centre de Londres, se rendait dans des cabinets de recrutement. Il demandait à voir dans les dossiers la liste des secrétaires et s'intéressait essentiellement à leurs nom et adresse plutôt qu'à leurs qualifications, ce qui ne manquait pas de surprendre.

Miss Ames participait aussi aux recherches. Tally s'était senti obligé de lui dire ce qui était arrivé. Elle avait écouté l'histoire calmement et sans commentaires, puis elle s'était mise au travail à sa manière habituelle, en téléphonant, se renseignant, et faisant des investigations dont elle rendait compte méthodiquement et scrupuleusement.

Le samedi, Tally était au bord du désespoir. Chaque jour il se sentait plus découragé et plus impatient. Comment pourrait-il trouver une jeune fille parmi les milliers qui grouillaient dans les rues de Londres ? En outre, Jane pouvait très bien avoir quitté la ville. En tout cas, elle n'était pas à Glendale : un des hommes de Tally y avait été envoyé pour relever tout indice possible.

Tally n'était sûr que d'une chose : s'il ne retrouvait pas Jane, il ne connaîtrait jamais plus le repos.

Tout au long de ses nuits sans sommeil et de ses journées fiévreusement affairées, il avait découvert ce que Jane représentait pour lui. Il se maudissait lui-même, jusqu'à ce que sa colère retombe et laisse place à un morne et douloureux désarroi. Il savait maintenant qu'il avait eu à portée de la main le bien le plus précieux que puisse posséder un homme et l'avait laissé s'échapper par aveuglement et méconnaissance de sa valeur.

Il voyait combien sa vie avait été superficielle jusque-là et se disait qu'il était bien puni pour n'avoir pas su accorder sa vraie place à l'essentiel. Il n'avait pas vraiment compris ce que Margaret voulait dire quand elle parlait d'amour, quand elle lui avait décrit ce que doit éprouver une personne qui aime véritablement. A présent, il comprenait. La leçon lui était parvenue avec une force qui le poussait à agir. A présent, il savait que la vie sans Jane ne serait qu'une sinistre plaisanterie. Il mesurait enfin ce qu'avait été la souffrance de sa mère et la mort de Stephen.

Le monde entier lui paraissait sombre et vide parce que, sans Jane, le soleil ne brillait plus. Il avait besoin d'elle.

C'est au cours de la cinquième nuit de recherches que Tally renversa le dernier bastion de résistance et tomba à genoux. Il se mit à prier avec passion et ferveur comme il ne l'avait plus fait depuis son enfance.

Il pria pour Jane, pour qu'elle soit saine et sauve, pour qu'il la retrouve et puisse la rendre heureuse. Et il sentit, à ce moment-là, que s'il avait la possibilité de consacrer toute sa vie à Jane, les années, si nombreuses soient-elles, lui paraîtraient insuffisantes.

Chaque soir, vers six heures, les hommes faisaient leur rapport. Ils mettaient au point de nouveaux plans, puis repartaient en chasse pendant la soirée. Ils apportaient leurs notes de frais, qui n'étaient pas minces, mais Tally les payait sans poser de questions, sachant bien que dévoués comme ils l'étaient, ils ne l'auraient pas escroqué d'un centime.

Robinson fut le premier à revenir le samedi soir.

— Pas de chance, patron, dit-il. J'ai essayé le port aujourd'hui. Notre copain Charlie, au *King's Arms*, est toujours au courant dès qu'il y a quelqu'un de nouveau dans le secteur.

Minny fit le même genre de récit et Yates, qui s'était rendu dans le sud de Londres la nuit précédente, était purement et simplement découragé.

— J'ai cru que je tenais une piste, raconta-t-il, mais finalement c'était une Française. Elle avait décoloré ses cheveux d'une façon incroyable. J'ai dit au gars qui me l'avait indiquée : « T'appelles ça une blonde ? Si c'en est une, moi je suis un Pékinois ! »

Tally se détourna d'un air impatient.

— J'ai peur, les gars, qu'il ne reste plus qu'une chose à faire. Je vais demander l'aide de la police. Je n'aime pas l'idée d'avoir échoué.

— Nous allons continuer à chercher, patron, dit Robinson.

— Je commence à croire que cela ne sert pas à grand-chose, soupira Tally.

C'est alors que la porte s'ouvrit brusquement. C'était Boles, si excité qu'il avait gardé sa casquette sur la tête.

— Je crois que je l'ai trouvée, monsieur le comte.
— Quoi ?

Tally s'avança, et les trois hommes se précipitèrent à leur tour.

— C'est l'ensemble bleu, monsieur le comte. Je l'ai vu chez un prêteur sur gages à Streatham. Je rentrais à la maison et il s'en est fallu de peu que je le rate. En fait, j'allais sauter dans un bus quand je l'ai vu du coin de l'œil, pour ainsi dire. Je me suis précipité, c'était bien lui, accroché dans la vitrine. Je suis entré. J'ai eu quelques difficultés avec le bonhomme au début : il semblait penser que je recherchais du matériel volé. Pour lui extorquer l'adresse, j'ai dû débourser cinq livres, mais il me l'a finalement donnée. Il connaissait la femme qui a mis l'ensemble en gage. C'est une logeuse de meublé.

— Oui, oui, continue, dit Tally comme Boles s'arrêtait pour reprendre sa respiration et sans doute aussi pour ménager son effet.

— Eh bien, je suis allé dans cette maison, 79 Arcadia Road ; une femme a ouvert la porte et je lui ai demandé si une demoiselle MacLeod habitait chez elle. « Êtes-vous un ami ? » qu'elle me demande. « Pas exactement », que je lui réponds, « mais j'ai entendu dire qu'elle pourrait être intéressée par un boulot de secrétaire. » Je n'voulais pas l'effrayer, vous voyez, de peur qu'elle fiche le camp avant que je la voie.

— Bien joué approuva Tally. Qu'a-t-elle répondu ?

— Elle a dit que miss MacLeod était malade. « Mais elle va mieux, qu'elle me dit, et vous pouvez être sûr qu'elle sera contente d'avoir le boulot. Elle a besoin d'argent. Bon, ne lui dites rien, que je lui dis, au cas où ça lui donnerait de l'espoir pour rien. Je vais chercher plus de détails et je reviens dès que je peux. »

Boles continuait de parler alors que Tally était déjà sorti dans le hall d'entrée.

— Quel numéro avez-vous dit ? cria-t-il.

— Soixante-dix-neuf, Arcadia Road à Streatham, répondit Boles tandis que la porte claquait brutalement.

18

Jane qui non sans peine, se levait pour la première fois, eut l'impression d'avoir des jambes en coton lorsqu'elle se traîna jusqu'au salon de Mrs Lawson pour s'asseoir devant le feu.

Les relations de la logeuse avec sa nouvelle locataire avaient beaucoup changé depuis son arrivée une semaine auparavant. D'abord le premier jour, lorsque Jane s'était réveillée avec une forte température et une gorge si sèche que sa voix ne pouvait émettre qu'un murmure rauque, Mrs Lawson s'était fâchée :

— Vous ne pouvez pas être malade chez moi, avait-elle dit d'un ton brusque, je suis à court de personnel pour le moment, et si vous voulez prendre vos repas dans votre chambre il faudra descendre les chercher vous-même.

— Je ne veux rien, avait murmuré Jane. J'irai mieux demain. Ne vous en faites pas pour moi, je vous prie.

Mrs Lawson, qui était montée à la chambre de Jane pour voir pourquoi elle ne s'était pas montrée au petit déjeuner, était sortie de la chambre en tapant du pied et en grommelant d'un ton furieux : « Je n'ai que deux bras, et ils ne sont réservés à personne en particulier, les gens qui sont malades n'ont qu'à aller à l'hôpital. »

Elle ne se donna pas la peine d'aller voir Jane de toute la journée mais, le soir, sa curiosité, ou son bon cœur, furent plus forts et la poussèrent à monter. Jane était étendue, immobile, les yeux fermés, la peau brûlante et sèche. Elle avait les joues très rouges, manifestement elle avait une forte fièvre.

— Ecoutez, c'est contre mes principes de soigner mes pensionnaires, surtout ceux d'en haut, mais je vous apporterai un verre de lait chaud avec deux cachets d'aspirine avant d'aller me coucher.

Jane la remercia faiblement. Elle se sentait si mal qu'elle ne se souciait ni de ce qui se passait ni de ce qu'on lui disait. Le lendemain, elle n'allait pas mieux, et Mrs Lawson, bien que ce fût une dérogation à la règle qu'elle avait toujours strictement observée jusqu'alors, vint la voir deux fois dans la journée en lui apportant du thé et un toast beurré.

Jane apprécia le thé mais ne réussit pas à avaler le toast. A la fin de la journée, elle respirait difficilement et ressentait une douleur aiguë dans le côté.

— Si vous n'allez pas mieux demain matin, j'appellerai un médecin, grogna Mrs Lawson, je ne sais pas ce que vous avez.

— Ce n'est qu'un coup de froid, dit Jane d'une voix haletante. J'ai été si horriblement trempée le soir où je suis venue ici.

— D'où veniez-vous ? demanda Mrs Lawson avec une curiosité qui ne fut guère satisfaite quand Jane lui eut dit que c'était « du côté d'Oxford Street ».

Le médecin vint le matin suivant, appelé par une Mrs Lawson très inquiète. Elle l'avait rapidement observée en descendant pour le petit déjeuner ; l'état de Jane l'avait affolée et elle était contrariée à l'idée que la mort d'une de ses locataires puisse porter malheur à sa maison.

— Ce n'est pas grave, rassura le docteur après avoir examiné Jane. Rien qui ne puisse être guéri par des soins attentifs et quelques médicaments. Je préfère ne pas penser à une pleurésie mais c'est à surveiller.

— Je ne peux pas la soigner ici, Docteur, vous le savez aussi bien que moi. La maison est pleine, je n'ai qu'une gamine de quinze ans pour m'aider, et Dieu sait qu'elle apporte plus d'embêtements que d'aide.

— Je ne peux pas prendre miss MacLeod à l'hôpital, répliqua le médecin. Nous sommes au complet et nous manquons également de personnel. Soyez chic, Mrs Lawson, et faites votre possible. C'est une gentille petite et si vous n'êtes pas récompensée en ce monde, vous le serez au Ciel.

Mrs Lawson renifla, mais elle était assez radoucie par la plaisanterie du médecin pour esquisser un léger sourire.

— Le Ciel est à peu près le seul endroit où je puisse compter sur une récompense, dit-elle avec aigreur. Je connais ce genre de filles. Pas plus d'une semaine de salaire sur elles et leur bonne santé pour seul capital.

— Si je ne vous connaissais pas depuis de nombreuses années, Mrs Lawson, je vous prendrais pour une femme cruelle, dit en riant le médecin. Mais je sais bien que vous ne mettriez pas cette enfant à la rue.

— Eh bien, vous en savez trop et cela ne m'arrange pas!

Cependant, après son départ, elle monta ranger la chambre de Jane sommairement et veilla à ce qu'elle prenne ses médicaments toutes les quatre heures comme le médecin l'avait prescrit.

— Je suis désolée de vous déranger, dit Jane d'un air malheureux.

— Je ne vais pas vous dire que ça ne m'embête pas, dit Mrs Lawson. Il y a la vieille dame rhumatisante du premier étage qui sonne comme si j'avais une armée de valets pour la servir; il y a miss Moffat au rez-de-chaussée qui a un régime spécial. Un régime spécial! Je vous demande un peu! Où est-ce que je vais trouver le temps de bricoler des plats spéciaux? Je ne supporte pas les gens qui ne vont pas bien, c'est un fait certain!

— Je vous aiderai dès que j'irai mieux, promit Jane, et avec tant de sincérité dans la voix que Mrs Lawson se radoucit.

— Vous serez sur pied dans un jour ou deux, mon petit. Personne ne peut éviter une petite faiblesse de temps en temps. Mon mari était pareil de son vivant. Il avait des malaises soudains. Frais comme un gardon et une heure plus tard si faible que vous l'auriez renversé avec une plume.

— Il y a une chose que je voulais vous demander, dit Jane d'une voix timide et hésitante.

— Qu'est-ce que c'est ? Je ne peux pas m'éterniser ici. J'ai mis le dîner sur le feu avant de monter, et la fille qui m'aide risque de le laisser brûler sous son nez. Elle ne remarque jamais rien.

— C'est au sujet de l'argent, murmura Jane. (N'osant pas regarder le visage assombri de Mrs Lawson, elle continua :) Il va falloir payer le médecin et je vous dois la nourriture et les médicaments qu'il m'a prescrits. Pouvez-vous mettre en gage ou vendre quelque chose qui m'appartient ?

— Qu'est-ce que ce sera ?

— Une robe et un manteau.

Le regard de Mrs Lawsson se tourna vers le manteau et la jupe de tweed qui étaient pendus à un crochet derrière la porte.

— Non, ce n'est pas cela, dit rapidement Jane avant toute remarque. C'est un modèle de Michael Sorrel garni de castor véritable. Je pense qu'il doit valoir assez cher.

— Voyons voir, proposa Mrs Lawson sans grand espoir.

— C'est dans ma valise.

Mrs Lawson tira la valise de sous le lit, releva le couvercle et sortit la robe bleue et le manteau garni de fourrure. Dans ce décor de pauvreté sordide de la chambre, l'ensemble superbe paraissait déplacé. Les lèvres de Mrs Lawson s'avancèrent comme en un sifflement.

— Où diable vous êtes-vous procuré cela ?

— On me l'a donné.

Mrs Lawson lui lança un rapide coup d'œil sous ses paupières mi-closes. Jane imagina ce qu'elle pouvait penser et rougit un peu mais décida que les explications rendraient les choses encore pires.

— Il y a un chapeau assorti, dit-elle.

Mrs Lawson le trouva dans la valise.

— Eh bien, il n'y pas pas de doute, c'est de bon goût, approuva-t-elle. Ça devait coûter une petite fortune quand c'était neuf.

Elle regarda l'étiquette où était brodée de façon éclatante la signature de Michael Sorrel, sous le col au dos du manteau.

— Vous devriez en obtenir une somme suffisante pour tenir au moins une semaine ou deux.

— Si vous vouliez bien l'apporter pour moi chez un prêteur sur gages... je vous en serais très, très reconnaissante, balbutia Jane.

— Je ne vois pas bien ce que je peux faire d'autre, vu ce que vous me devez. Bon... j'emporterais ça demain matin en allant faire les courses, promit-elle. Bonne nuit, et n'oubliez pas de prendre vos médicaments avant de dormir.

— Non, je n'oublierai pas et je vous remercie beaucoup.

— Ne me remerciez pas avant que nous sachions combien nous tirerons de tout cela, répliqua Mrs Lawson en claquant la porte derrière elle.

Jane ferma les yeux. Cela lui faisait mal de voir son ensemble bleu partir sur le bras de Mrs Lawson. C'était son dernier lien avec Tally. Maintenant elle se sentait absolument seule et abandonnée. Rien ne subsistait du passé, sinon ses souvenirs et son amour qui ne cessaient de l'habiter. Maintenant, elle se rendait compte que ne plus entendre, ne plus voir Tally ni même son entourage ravivait son chagrin et creusait plus cruellement encore le vide de son attente au fond de sa solitude.

Plus d'une fois elle se demanda si elle avait eu raison de partir, s'il n'aurait pas été plus sage d'attendre que Tally revienne. Mais même malade au point qu'elle se voyait proche de mourir, même lorsqu'elle sanglotait de tout son corps, elle savait que tout cela n'était rien, comparé avec ce qu'elle aurait éprouvé en entendant Tally lui dire adieu.

Vraiment elle avait fait ce qu'il fallait, non seulement pour elle mais pour lui aussi. Le moment aurait été certes désagréable pour lui, bien qu'il ne sût pas qu'elle l'aimait. Même lorsqu'il se montrait brutal, Jane savait que Tally pouvait être tendre ; il détestait blesser les gens. Il avait une sorte de compassion pour ce qui était faible et fragile ; il aimait les animaux et adorait les enfants, c'était peut-être aussi pour cette raison qu'il avait été si gentil avec elle.

Un jour, il avait dit à Jane en plaisantant à demi : « Je ne me bats qu'avec des gens de ma taille. » Elle en avait conclu qu'il considérait Mélia comme son égale, alors qu'elle-même n'entrait pas dans cette catégorie, non certes à cause de sa petite taille mais parce qu'à beaucoup d'égards, Tally la considérait comme une enfant.

« Il aurait été désolé pour moi », pensait-elle à présent et elle savait qu'elle n'aurait pu supporter sa pitié. Non, les choses étaient mieux ainsi, dût-elle pleurer dans l'obscurité. Elle essayait de se dire que sa profonde dépression était due dans une large part à la maladie. Mais parfois, elle ressentait dans son cœur comme une profonde plaie que rien ne pourrait jamais cicatriser.

Lors de sa troisième visite, le médecin, ne sachant rien de son chagrin d'amour, déclara que son état s'était amélioré et qu'il était temps qu'elle se lève. Obéissante, Jane se traîna jusqu'au rez-de-chaussée tout en souhaitant mourir plutôt que de vivre une existence si malheureuse.

Mrs Lawson fut, de façon inattendue, très gentille.

— Maintenant, asseyez-vous près du feu, mon petit. Voilà une couverture pour mettre sur vos genoux. Ici, c'est mon salon personnel et personne ne viendra vous déranger. Il a fallu que je me réserve un coin bien à moi, encore que si les locataires le pouvaient, ils envahiraient cette pièce aussi. Souvent ils m'ont demandé de jouer au bridge ici, mais ma réponse a toujours été la même : « Tant que je serai propriétaire de cette maison, je préserverai cet espace de vie privée, et ceux qui ne sont pas d'accord peuvent aller ailleurs. » Vous ne croyez pas que j'ai raison ?

— Mais si, bien sûr, répondit Jane, affalée dans le fauteuil et heureuse de rester là.

— Regardez, mon petit, vous aurez une chance de profiter d'un rayon de soleil plus tard dans l'après-midi. J'aurais aimé une pièce orientée au sud. Mais c'est ainsi, les locataires doivent avoir le meilleur. Ils n'en sont d'ailleurs pas plus reconnaissants pour autant... Je vous apporterai une tasse de thé un peu plus tard et si vous preniez votre dîner ici, cela m'éviterait de vous le monter. Le médecin a dit que je devrais bien vous nourrir et je lui ai promis de faire tout mon possible.

— Vous êtes trop gentille. J'ai honte de vous déranger comme cela.

Mrs Lawson s'agenouilla pour tisonner le feu.

— A vrai dire, confia-t-elle d'une voix étonnamment douce, vous me rappelez ma fille. Elle avait dix ans quand elle est morte, renversée par un camion dans High Street. Elle aurait à peu près votre âge maintenant. Ce n'est pas vraiment une ressemblance, mais il y a quelque chose dans votre façon de parler et dans votre manière de tourner la tête. C'était une jolie petite fille et j'ai eu tant de chagrin à l'époque que je croyais ne jamais m'en remettre.

— Cela a dû être un choc épouvantable, dit Jane avec compassion.

— C'est vrai. Je me suis dit après cela que je ne m'attacherais plus à rien ni à personne... mais... « on ne se refait pas...»

Elle se leva et remit bruyamment le tisonnier sur son support.

— Je ne peux pas lambiner ici à parler avec vous, j'ai bien trop à faire.

Elle sortit précipitamment de la pièce. Jane, qui avait eu le temps de remarquer ses yeux embués de larmes, soupira.

Que de malheur dans le monde! Et pourtant les gens étaient étonnamment gentils. Elle mesurait le surcroît de travail qu'elle avait donné à Mrs Lawson depuis son arrivée. Dieu merci, elle pouvait faire face aux dépenses. Mrs Lawson avait réussi à obtenir huit livres pour la robe, le manteau et le chapeau; une somme ridicule quand on savait le prix élevé des créations de Michael Sorrel. Mais à Streatham, huit livres pour des vêtements d'occasion c'était considérable, et Mrs Lawson en avait été très impressionnée.

« Au moins cela m'évite de m'inquiéter pour l'instant, pensa Jane. La semaine prochaine, il faudra que je cherche du travail. »

Elle se demandait combien de temps elle devrait continuer à se cacher et si Tally ferait de réels efforts pour la retrouver. Elle avait l'impression qu'il admettrait très bien son désir d'être en paix et qu'après quelques recherches pour la forme il oublierait jusqu'à son existence. Les choses devraient normalement se passer ainsi, se disait-elle sérieusement, mais au fond d'elle-même, elle ne pouvait s'empêcher de souhaiter et même d'espérer qu'il soit davantage affecté...

En envisageant le pire, et si vraiment un jour elle mourait de faim, elle pourrait toujours écrire à Tally pour lui demander de l'aide en souvenir du passé. Dans dix ans ou plus, il serait depuis longtemps marié, il aurait sans doute plusieurs enfants. Ce n'était pas difficile de l'imaginer à Greystones, jouant avec son fils dans le parc cependant que sa fille l'attendait en haut du grand escalier.

Tally serait certainement un bon père. Déjà, il était évident que Lizzie et Jim l'adoraient, et pas seulement parce qu'il leur apportait de gros jouets coûteux. Il y avait quelque chose en lui qui excitait leur imagination.

« Comme la mienne... », se dit Jane.

Sur le mur à côté d'elle était accroché un petit miroir ovale. Elle y jeta un coup d'œil et se demanda ce que Tally penserait s'il la voyait maintenant. La maladie avait rendu son visage plus mince, elle avait l'air presque transparente. Ses yeux paraissaient anormalement grands. La seule touche de couleur venait de sa chevelure d'or bruni tombant sur ses épaules. Enveloppée dans un vieux châle de laine blanc appartenant à Mrs Lawson, elle offrait l'aspect général d'une pauvre enfant abandonnée en mal de protection et de tendresse.

Jane poussa un profond soupir.

— Il aurait mieux valu que je meure, déclara-t-elle soudain à haute voix.

Qu'avait-elle à attendre ? Que lui réservait l'avenir ? Elle se rappela qu'elle y avait songé maintes fois quand tout allait bien. Elle avait toujours su que le moment viendrait où elle se retrouverait seule, ne s'intéressant qu'au passé, et où il n'y aurait qu'un sombre vide en fait d'avenir. Elle ferma les yeux comme pour effacer l'horizon qui se déployait devant elle.

Elle avait dû s'endormir car, lorsqu'elle ouvrit les

yeux, la pièce était dans l'obscurité et le feu était en train de s'éteindre. Le rayon de soleil promis par Mrs Lawson était déjà reparti et la nuit tombée. Jane pouvait entendre le doux ruissellement de la pluie sur les vitres. Quelques minutes plus tard, la porte s'ouvrit et Mrs Lawson entra.

— Oh! vous êtes dans le noir, s'exclama-t-elle en allumant la lampe. J'avais dit à la fille de venir fermer les volets, et ne me dites pas qu'elle ne vous a pas apporté le thé!

— Je n'en avais pas besoin, dit rapidement Jane. Je dormais.

— Je vais la battre un de ces jours, ça pour sûr, je le ferai, dit rageusement Mrs Lawson en tirant les rideaux dans un tintement d'anneaux métalliques. J'ai eu à faire dehors, c'est pourquoi je ne suis pas venue moi-même. Je lui avais dit. « Apportez le thé à miss MacLeod, ravivez le feu et tirez les rideaux. » Mais je suppose qu'elle n'a pas écouté un mot de mes consignes.

Mrs Lawson remit un peu de charbon sur le feu.

— Le dîner va arriver, continua-t-elle. Je vous ai préparé quelque chose de chaud. Ce soir, c'est du poisson, de la morue que j'ai préparée en brandade, je suis sûre que cela vous plaira.

— Je vous remercie, répondit Jane.

Une fois servi, le dîner se révéla un peu insipide et, quoique Jane fît un effort pour manger, elle ne put en avaler que quelques bouchées. Mrs Lawson vint reprendre le plateau.

— Mais vous avez un appétit d'oiseau! Est-ce qu'une tasse de thé vous ferait plaisir? Je vais en prendre une.

— J'aimerais bien, et après j'irai me coucher.

— Est-ce que vous vous sentez mal de nouveau?

— Non, mais je ne veux pas rester dans vos jambes. Je sais que vous vous installez ici le soir et que vous aimez être tranquille.

— Ne vous en allez pas à cause de moi, dit Mrs Lawson avec fermeté. Je suis heureuse de vous avoir ici et il se trouve que j'ai beaucoup à faire ce soir. Le locataire du deuxième étage sur cour est parti cet après-midi et je dois faire la chambre. Il y a un nouveau locataire qui arrive demain à la première heure. Il vient du Nord et, si le train est à l'heure, il sera ici à huit heures et demie.

— Quel ennui pour vous de faire cela ce soir !

Mrs Lawson haussa les épaules.

— « Les demandeurs ne sont pas les décideurs », dit-elle. Vous devrez vous habituer à prendre les choses comme elles viennent.

Jane pensa qu'il y avait beaucoup de vrai là-dedans. Elle avait appris à prendre les choses comme elles venaient. Il était inutile de se plaindre ou de rechercher la faute dans les caprices du destin.

Elle but à petites gorgées le thé fort et pas très chaud que Mrs Lawson lui avait apporté et essaya d'oublier celui qu'elle buvait la semaine précédente. Les comparaisons ne servaient à rien. Elle devait se persuader que la vie pouvait être de nouveau une aventure. Elle avait déjà éprouvé cela quand elle était venue de Glendale. Assise dans le wagon de chemin de fer, les yeux fixés sur le paysage, il lui semblait que chaque borne la rapprochait de quelque chose d'excitant, d'un nouveau monde dans lequel tout pourrait arriver. Eh bien, des aventures lui étaient arrivées : elle n'allait pas s'en plaindre maintenant !

— J'ai honte de moi, dit-elle tout haut.

Elle avait tant de sujets de gratitude : Tally, en tout premier lieu. Ensuite l'affection et l'amitié qu'elle avait éprouvées pour Betty et Margaret. Et puis la lourde chape du secret qui s'était levée quand elle avait rencontré sa mère et constaté que c'était une personne tout à fait honorable. Les insinuations de sa tante autrefois n'avaient été que pures méchancetés sans fondement.

Plus tard, elle écrirait à Patience Plowden pour la prier de la recevoir. Elle lui demanderait de ne pas en parler, afin de pouvoir se rendre en Suisse sans que Tally en sache jamais rien. Pour le moment les choses étaient trop compliquées. Cela nécessiterait trop d'explications.

Jane se rappelait l'expression « Le temps guérit tout ». Avec le temps, même son chagrin et sa souffrance s'estomperaient et elle serait heureuse alors de revoir sa mère, de lui parler et de se faire une amie de cette femme qui avait eu une vie difficile et qui allait bientôt mourir.

Oui, elle avait beaucoup de sujets de gratitude et devait en remercier le Ciel.

— Je ne dois jamais, jamais rien regretter, se murmura-t-elle.

A ce moment-là, la porte s'ouvrit, laissant le passage à Mrs Lawson.

— Il y a un monsieur qui vient vous voir, mon petit, dit-elle et, pendant qu'elle parlait, quelqu'un la poussa et entra dans la pièce.

Il se tenait là immobile, les yeux fixés sur elle. Elle entendit la porte se fermer derrière Mrs Lawson, ils étaient seuls. Jane était tellement bouleversée de voir Tally, là debout devant elle dans cette pièce, qu'elle ne pouvait dire un mot ni faire un geste. Seules ses mains s'élevèrent en tremblant pour se resserrer sur le châle blanc.

Finalement, Tally parla. Sa voix était rauque.

— Vous avez été malade ? demanda-t-il.

— Oui, répondit-elle dans un murmure.

— Pourquoi ne m'avoir pas prévenu ? Pourquoi êtes-vous partie ?

En l'entendant poser ces questions, Jane trouva

qu'il y avait quelque chose de bizarre dans sa voix. Ce n'était pas le ton impérieux qu'elle connaissait si bien, mais plutôt le ton implorant de quelqu'un qui cherche à comprendre et puis... il y avait quelque chose de plus... une émotion qui la faisait vibrer et qui faisait battre son cœur.

Elle ne trouvait pas les mots pour répondre. Elle ne savait que dire. Le sang battait à ses tempes et une étrange sensation l'envahissait, une sensation si agréable, si douce qu'elle devait faire un effort pour rester maîtresse d'elle-même.

Il se rapprocha d'elle et se tint près de son fauteuil, la regardant de tout son haut.

— Vous avez été malade, répéta-t-il comme s'il se parlait à lui-même.

— Je vais mieux maintenant.

— Vous m'avez rendu presque fou. Je vous ai cherchée dans tout Londres.

— Pourquoi ? dit-elle en levant vers lui des yeux écarquillés.

— Ne connaissez-vous pas la réponse ?

Elle détourna vivement son regard. Il y avait dans ses yeux une expression étrange qu'elle n'avait jamais vue auparavant, une expression qui la saisissait et la déconcertait.

— Je suis désolée de vous avoir causé des ennuis, dit-elle d'une voix tremblante. Je pensais que c'était mieux ainsi.

— Pour qui ? demanda Tally. Pour vous ou pour moi ?

— Pour vous bien sûr, répondit Jane vivement. Je savais que vous n'aviez plus besoin de moi. J'avais fini mon travail et...

— Qui a dit que je n'avais plus besoin de vous ?

Jane se força à le regarder.

— Je pensais que vous... balbutia-t-elle, que vous... et miss Melchester...

— Mélia n'a rien à voir avec tout cela.

— Oh ! alors elle ne... ?

— Mélia va épouser Ernest Danks, dit vivement Tally avec quelque impatience, comme si tout cela n'avait pas grande importance. Nous apprendrons ses fiançailles dans très peu de temps. Je pense que vous savez que le Premier ministre est mort voilà trois jours.

— Non, je ne suis pas au courant.

— Mais avant cela, continua Tally, avant de quitter Saint-Moritz, j'ai découvert quelque chose que ma mère et vous-même, en femmes avisées, aviez vu très nettement : Mélia ne m'aimait pas et je ne l'aimais pas non plus.

— Mais je croyais que vous, vous l'aimiez.

— J'ignorais encore ce que cela signifiait réellement à ce moment-là, dit Tally en se mettant, d'une façon très inattendue, à genoux près du fauteuil de Jane.

Elle poussa un petit cri, mi-étonnée, mi-effrayée, et puis elle se tint immobile, trop affolée pour bouger, redoutant que tout cela ne soit qu'un rêve qui allait brusquement s'arrêter. Tally ne la touchait pas, il était simplement à genoux, la regardant intensément, leurs visages proches l'un de l'autre.

— Je voudrais vous poser une question, dit-il doucement. Dites-moi, — et sa voix devint plus grave — est-ce que vous m'aimez, Jane ?

Le visage de Jane devint mortellement pâle, puis une rougeur l'envahit, se répandant doucement et douloureusement jusqu'à ses yeux qui se remplirent soudain de larmes. Mais par une sorte de fierté naturelle, elle ne chercha pas à reculer ni à s'esquiver. Les yeux de Tally soutenaient son regard et doucement, dans un murmure presque inarticulé, elle lui répondit.

— Oui.

— Mais pourquoi ? Au nom du Ciel, pourquoi ?... alors que je me suis si mal conduit avec vous.

— Je ne peux pas m'en empêcher, je vous aime... à la folie.

— Oh! Jane, s'écria Tally d'une voix vibrante, maintenant je sais enfin ce que j'aurais dû savoir depuis une éternité. Nous sommes faits l'un pour l'autre.

Elle le regarda, stupéfaite, sans très bien comprendre.

Il remarqua son étonnement et, se penchant en avant, il l'entoura de ses bras et la serra contre lui.

— Je vous aime, dit-il doucement. Je vous aime totalement, comme vous devez être aimée. Vous m'appartenez et vous n'allez plus m'échapper. J'ai désiré beaucoup de choses dans ma vie, Jane, mais jamais je n'ai ressenti un désir aussi fort que celui que j'éprouve pour vous maintenant.

Il la serra contre lui et finalement la stupéfaction qui lui donnait l'air d'être envoûtée parut se dissiper et elle réussit à prononcer son nom.

— Oh! Tally!

La tête posée contre son épaule, elle le regardait en levant les yeux vers lui. Pendant un instant il la regarda au fond des yeux et vit les larmes qui brillaient sur ses joues.

— Oh! ma chérie, dit-il. Puis ses lèvres se posèrent sur celles de Jane.

Pendant une seconde, Jane crut qu'elle allait défaillir. Puis soudain l'extase l'envahit comme une flamme dévorante. Les lèvres de Tally semblaient extraire son âme de son corps. Elle était unie à lui, liée à lui. Ils ne faisaient qu'un, comme elle l'avait imaginé dans ses rêves.

Tendrement, Tally l'aida à se lever, la tenant serrée dans ses bras et la soulevant jusqu'à ce qu'elle repose sur son cœur.

— Vous êtes à moi, dit-il, et il l'embrassa de nouveau.

Ses lèvres se posèrent sur sa bouche, puis sur ses paupières, puis sur sa gorge où le sang battait follement. Il ne cessait de répéter : « Je vous aime, je vous aime », et il y avait plus que de la tendresse dans sa voix.

— Oh ! Jane ! comme j'ai été fou de ne pas m'en apercevoir plus tôt, de ne pas comprendre dès le premier moment où je vous ai vue que vous m'étiez destinée, que vous étiez ma femme pour l'éternité !

C'est alors que Jane réalisa qu'elle était bien éveillée et que tout cela n'était pas un rêve. Elle cacha son visage contre l'épaule de Tally. Elle sentait ses bras puissants, ses lèvres possessives, mais elle n'avait pas peur. C'était l'homme qu'elle aimait et elle savait qu'ensemble ils trouveraient le bonheur grâce à leur amour.

Elle était toute frémissante, chaque fibre de son corps tendue de surprise et de plaisir. Tally, lui prenant le menton, leva son petit visage vers lui.

— Vous n'allez pas m'échapper, dit-il avec autorité. A quoi pensez-vous ?

— A vous.

— Est-ce que vous m'aimez toujours ?

— Vous connaissez la réponse.

— Mais je veux vous l'entendre dire.

A présent elle était intimidée. Non pas à cause de son amour pour lui, mais de se savoir, elle, aimée de lui.

— Dites-le moi.

Il retira ses bras si soudainement qu'elle chancela et qu'elle dut tendre la main pour s'appuyer au dossier d'une chaise. Dans son châle blanc, elle était toute petite et avait l'air pathétique. Et soudain elle eut peur, elle ne se sentit plus en sécurité, redoutant toujours d'être victime de son imagination.

— Tally !

Il y avait un appel désespéré dans son cri, et il le comprit.

— Laissez-moi vous regarder, dit-il. Vous êtes si petite et pourtant vous tenez mon bonheur entre vos mains. Ô Jane, soyez bonne pour moi et aidez-moi. Ce n'est qu'à travers votre amour que je saurai discerner ce qui est digne d'intérêt, ce qui est le mieux et le meilleur.

C'était un appel d'une profonde sincérité et, en l'entendant, les craintes de Jane disparurent. Elle lui tendit ses deux mains.

— Tally, mon chéri, bien sûr que je vous aiderai... si vous avez besoin de moi.

— Si j'ai besoin de vous ! répéta-t-il et il la reprit dans ses bras. Regardez-moi.

Elle rejeta la tête en arrière pour rencontrer son regard et enfin comprit tout ce qu'il attendait d'elle. Elle vit au plus profond de ses yeux l'âme brûlante d'un homme qui demanderait beaucoup mais qui donnerait beaucoup en retour. Le chemin de leur vie ne serait pas toujours facile, mais l'amour les aiderait à passer par-dessus les difficultés et fournirait un abri contre les tempêtes.

Pendant quelques longues délicieuses minutes, ils se regardèrent, ils avaient follement besoin l'un de l'autre et savaient au fond d'eux-mêmes qu'à ce moment, ils n'étaient pas loin du paradis.

Tally serra de nouveau Jane dans ses bras. Ses baisers, plus possessifs, plus exigeants, lui meurtrissaient presque les lèvres mais la rendaient heureuse. C'était l'amour, passionné, brûlant et dévorant. Elle ne pouvait offrir moins qu'une reddition totale et absolue, en cet instant de victoire. Elle entendit alors Tally lui dire d'un ton grave :

— Je vous aime, Jane.

Et sa propre voix, faible et timide mais néanmoins triomphante, lui fit écho :

— Je vous aime, Tally.

Composition Gresse B-Embourg
Achevé d'imprimer en Europe (France)
par Brodard et Taupin à la Flèche (Sarthe)
le 23 juin 1992.
Dépôt légal juin 1992. ISBN 2-277-23257-2

Éditions J'ai lu
27, rue Cassette, 75006 Paris
Diffusion France et étranger : Flammarion